21
세기
황제

이영균 현대 판타지 소설
FUSION FANTASTIC STORY

21세기 황제 1

이영균 현대 판타지 소설

초판 1쇄 찍은 날 § 2011년 9월 6일
초판 1쇄 펴낸 날 § 2011년 9월 14일

지은이 § 이영균
펴낸이 § 서경석

편집부장 § 권태완
편집책임 § 어정원
편집 § 박우진

펴낸곳 § 도서출판 청어람
등록번호 § 제1081-1-89호
등록일자 § 1999. 5. 31
어람번호 § 제1-1268호

주소 § 경기도 부천시 원미구 심곡2동 163-2 서경B/D 3F (우) 420-822
전화 § 032-656-4452 팩스 § 032-656-4453
http://www.chungeoram.com
E-mail § chungeoram@chungeoram.com

ISBN 978-89-251-2617-3 04810
ISBN 978-89-251-2616-6 (세트)

21 세기 황제

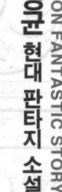

FUSION FANTASTIC STORY
이영균 현대 판타지 소설

도서출판
청어람

CoNTENTs

나는 황제다.

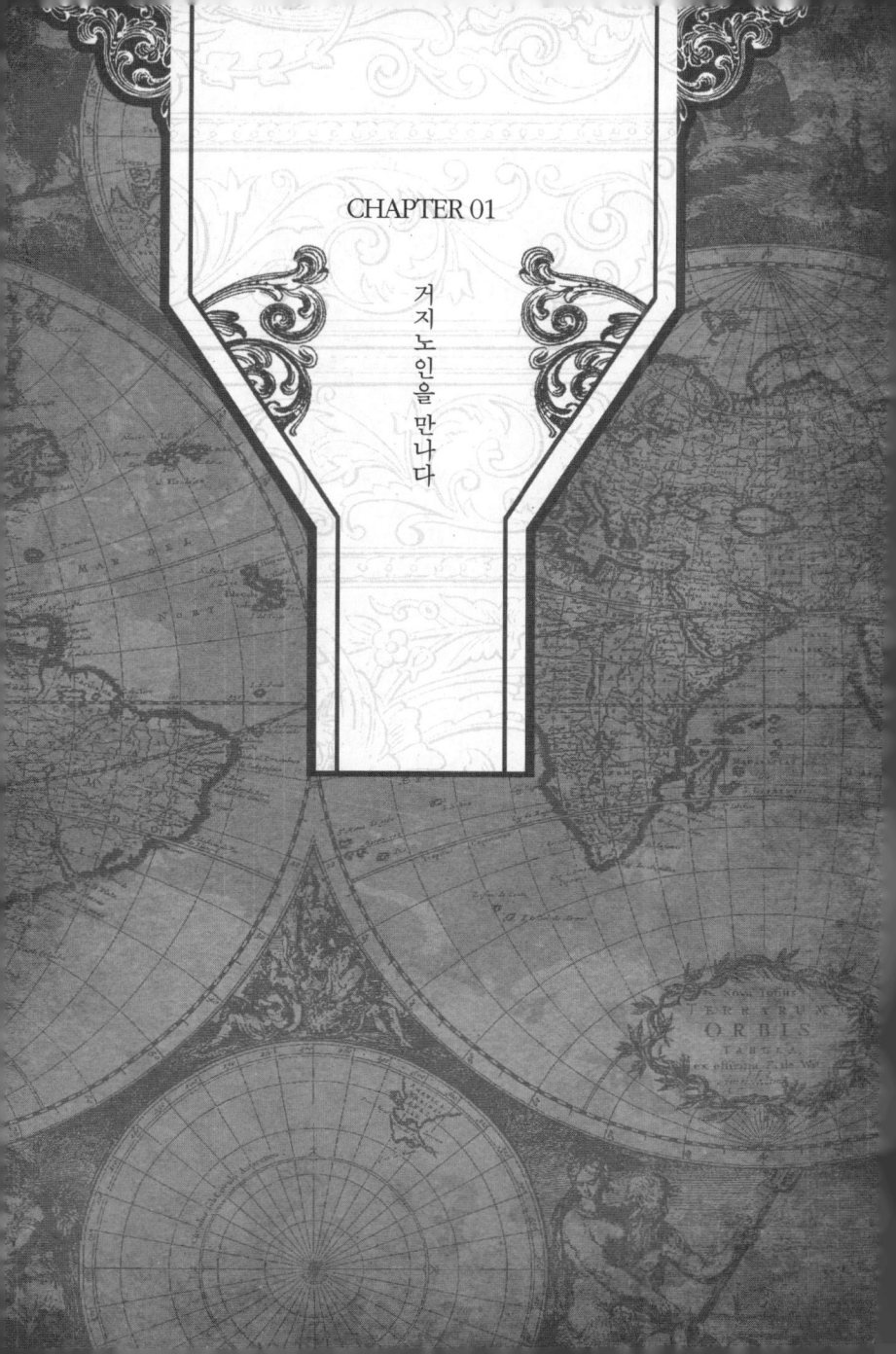

CHAPTER 01

거지노인을 만나다

지리산(智異山)은 신라 오악(五岳:토함산, 지리산, 계룡산, 태백산, 부악, 팔공산) 중 남악으로 어리석은 사람이 머물면 지혜로워진다고 해서 지리산이란 이름이 붙은 민족의 영산이다.

설악산이 마치 가시를 품은 아름다운 여인과 같은 산이라면 지리산은 어머니의 포근한 품속 같은 자애로운 산이다.

'흥! 거짓말! 어딜 봐서 어머니의 품속?'

무혁은 보고 있던 지리산 국립공원의 관광 안내 팸플릿을 꾸깃꾸깃 구겨서 던지려 했다.

"엄마, 저 아저씨 쓰레기 버리려고 해!"

"넌 나중에 커서 저런 몰상식한 사람이 되면 안 된단다."

"돈 많은 청년이네. 국립공원에서 쓰레기 버리면 벌금이 솔찬할 것인디."

"하여튼 요즘 젊은것들이란……."

부모를 따라 씩씩하게 산행을 하던 초등학생쯤 되어 보이는 사내아이가 무혁을 째려보았다. 아이는 구태여 경멸의 감정을 감추려 하지 않았다.

무혁은 얼른 고개를 돌려 아이의 시선을 피했다. 고개를 돌린 그의 시선이 머무는 곳에는 국립공원 관리공단에서 세워 놓은 친절한 경고표지판이 세워져 있었다.

국립공원 내에서 오물 또는 폐기물을
함부로 버리다 적발될 경우
'자연공원법'
제86조 제3항에 의거 10만 원의 과태료가 부과됩니다.
국립공원 관리공단

집어 던지려던 팸플릿을 슬머시 주머니에 집어넣은 무혁은 한숨을 쉬었다.

"아휴~ 죽겠네."

다니던 회사가 부도난 뒤 몇 달 동안 집에 처박혀 온라인 게임만 해댄 데다가 엎친 데 덮친 격으로 한 달 전에 교통사고까지 당했던 무혁이다.

덕분에 그나마 가지고 있던 저질 체력마저 바닥나 버린 그에게 산행은 처음부터 무리였다.

'이제 얼마나 남았을까?'

연신 투덜거리던 무혁은 등산복 가슴 주머니에서 곱게 접힌 천 조각을 꺼냈다.

그가 꺼낸 천에는 약도처럼 보이는 그림이 그려져 있다. 원래는 하얀색이었을 것으로 보이는 천이 누리끼리하게 변색되어 있는 걸로 봐서는 그려진 지 상당히 오래 된 약도가 분명했다.

수십 번도 더 봐서 머릿속에 박힌 약도지만 무혁은 다시 한 번 혹시나 빠뜨린 항목이 없는지 꼼꼼히 살피기 시작했다. 무혁이 보고 있는 천에는 몇 줄기의 선과 X 표시, 나무와 바위가 그려진 그림과 알아보기 힘든 문자로 적힌 글, 그리고 그 글을 해석한 듯한 한글로 적힌 메모가 빽빽이 적혀 있다.

이 약도에는 평범하기 그지없는 일상을 보내던 무혁을 전혀 새로운 세상으로 인도할 힌트가 적혀 있는 것이다. 무혁은 손가락으로 약도의 X 표시를 콕콕 찔렀다. X 표시가 가리키는 장소가 무혁의 무미건조한 인생을 바꾸어줄 무언가가 있는 곳이다.

'대박이냐 쪽박이냐. 그것이 문제로다.'

무혁은 경남 하동의 청학동에서 출발해 천왕봉 방면으로 산행을 하는 중이다.

청학동에서 천왕봉으로 가기 위해서는 일단 삼신봉을 거쳐 한벗샘 갈림길까지 가야 한다. 그다음 동쪽으로 방향을 틀어서 석문을 거쳐 세석대피소를 지나 주능선을 타고 장터목을 거치면 천왕봉인 것이다.

이 루트는 숙련된 등산객에게는 일곱 시간이면 주파할 수 있는 평이한 코스지만 등산이라고는 뒷산 약수터에 가본 경험이 전부인 무혁에게는 히말라야 에베레스트 북벽 겨울 등반과 맞먹는 난코스 중의 난코스였다.

덕분에 새벽에 청학동을 출발한 무혁은 다른 등산객들은 이미 천왕봉에 도착했을 시간인데도 불구하고 이제 겨우 석문에 도착했을 뿐이다.

거친 숨을 몰아쉬며 바위에 앉아 쉬고 있는 무혁의 옆으로 형형색색의 등산복으로 곱게 차려입은 여대생들과 아주머니들이 깔깔거리며 지나간다. 그들은 광활하게 펼쳐진 울창한 산세를 감상하면서 마음껏 즐거워하고 있었지만 무혁은 푸르디푸른 지리산의 녹음이 노랗게 보일 정도로 지쳐 있었다.

방전된 에너지를 보충하기 위해서 배낭에서 초코바 한 개를 꺼내 씹은 무혁은 다시 떨어지지 않는 걸음을 옮기기 시작했다.

'틀리기만 해봐라, 영감탱이.'

무혁은 그가 빌어먹을 영감탱이라고 부르는 괴노인을 만났던 한 달 전의 그날로 기억을 되돌렸다.

바로 그날 모든 일이 시작되었다.

*　　　　*　　　　*

"손님! 손님! 일어나세요."

목적지인 서울 남부터미널에 도착한 택시 기사가 깨우는 소리에 무혁은 선잠에서 깨어났다. 새벽까지 마신 술이 과했는지 아침부터 몽롱한 상태였다.

"아, 죄송합니다. 제가 잠이 들었었나 봅니다."

"아닙니다. 피곤하시면 그럴 수도 있죠. 5,700원 나왔습니다."

무혁은 요금을 계산하고 얼른 택시에서 내렸다. 핸드폰을 꺼내서 시간을 확인한 무혁은 미리 인터넷으로 알아둔 버스 시간에 아직 여유가 있다는 사실을 확인하고는 안도의 한숨을 쉬었다.

'늦지 않아서 다행이네. 그나저나 어제 술을 너무 많이 먹

었어.'

무혁은 지리산 청학동에서 민박을 하시는 부모님에게 가는 길이다.

경찰 공무원이던 아버지는 몇 년 전 경찰 내부에서 안 좋은 일을 겪으시고 직장을 그만두셨다. 그리고 병약한 어머니를 위해서 받은 퇴직금으로 돌아가신 조부모가 사시던 집을 수리해 민박을 개업하셨다.

당시 서울에서 대학을 다니던 무혁은 덕분에 몇 년째 원룸을 빌려 생활하고 있었다. 부모님과 살던 시절에 비교하면 불편한 점도 많았지만 그래도 나름 자유스러운 점도 많아 무혁에게는 불만없는 선택이었다.

목적지인 지리산 청학동은 서울 남부터미널에서 하동까지 고속버스로 이동한 다음 다시 군내버스로 갈아타고 한참을 들어가야 하는 먼 길이다.

무혁이 도착한 남부터미널은 이제 막 시작된 바캉스 시즌을 즐기기 위해 여행을 떠나는 행락객들로 초만원이었다.

'사람 많네.'

카페에서 아이스 아메리카노 한 잔을 사서 마시는 걸로 흐리멍덩한 정신을 추스른 무혁은 시원한 대기실 의자에 앉아서 사람들을 구경하는 것으로 남은 대기시간을 때우기로 했다.

가장 먼저 무혁의 이목을 끈 사람들은 대학생으로 보이는 한 무리의 여자들이다. 요즘 한창 유행하는 하의 실종 패션을 입은 여대생들은 연신 깔깔거리는 기분 좋은 높은 톤의 웃음을 터뜨리며 젊음을 만끽하고 있다.

'좋을 때다, 좋을 때. 오~ 죽이는 각선미! 넌 7점! 넌 웬만하면 바지를 입는 것이 좋겠다. 보는 사람도 생각해 줘야지. 넌 4점.'

무혁은 여대생들을 감상하며 그녀들의 점수를 매기기 시작했다.

무혁은 지금까지 여자를 깊게 사귄 경험이 없다. 그런 경험에 대한 반동인지 아니면 무혁이 원래 여자를 좋아하는 성격인지는 몰라도 '나 홀로 점수 매기기'는 그가 기회만 있으면 즐기는 비밀스러운 놀이였다.

'뭐, 뭐지?'

무혁은 당황했다.

놀이의 대상이던 여대생들이 갑자기 자신을 보면서, 웅성거리며 손가락질을 해댔다.

'이크. 들켰나? 뭐 쳐다본다고 죄가 되는 건 아니잖아. 내가 점수를 매기는지 아닌지 알게 뭐야?'

자라 보고 놀란 가슴 솥뚜껑 보고 놀란다고 했던가. 지은 죄가 있는 무혁은 여대생들의 반응에 잠시 당황했으나 바로 스스로를 합리화시켰다.

그는 뻔뻔하게 여대생들을 응시했다.

'여기서 시선을 피하면 이상한 놈이 되는 거야.'

하지만 그것은 무혁의 오해였다.

여대생들의 시선은 무혁이 아니라 그의 뒤편을 향하고 있었다.

'가만, 내가 아닌가?'

여대생들만이 아니다. 대합실에 있던 다른 사람들의 시선도 무혁의 뒤쪽으로 쏠려 있었다.

심리학 용어 중에 '동조효과'라는 말이 있다. 세 명의 사람을 길가에 세워두고 아무런 이유 없이 하늘을 쳐다보게 하면 지나가던 사람의 60%가 하늘을 쳐다본다. 그리고 쳐다보는 사람을 다섯 명으로 늘리면 80%가 쳐다보게 된다는 이론이다.

평범하기 그지없는 대한민국 청년인 무혁이 동조효과를 피할 방법은 없었다.

그는 살며시 뒤를 돌아보았다.

'무슨 일이기에……. 헉! 거지다.'

무혁이 등 뒤에서 발견한 것은 한 명의 거지노인이었다.

그 노인은 사람들의 반응이 절로 이해가 가는 더러운 모습을 하고 있었다.

이래도 되나 싶을 정도로 앙상한 체구에, 언제 감았는지 떡이 된 백발을 수세미처럼 늘어뜨리고 땟국물이 줄줄 흘러내리는 더러운 옷을 입은 노인은 무혁 쪽으로 다가오더니 뒷자리에 쓰러지듯 주저앉았다.

"허억! 헉! 헉!"

곧 죽을 것처럼 세차게 숨을 몰아쉬는 노인은 아무리 봐도 더위를 먹었거나 탈진한 상태처럼 보였다.

무혁은 잠시 망설이다가 무언가 결심을 한 듯 일어나서 노인에게 말을 걸었다.

"할아버지, 괜찮으세요?"

무혁은 들고 있던 생수통을 노인의 입에 대 주었다. 노인은 살짝 눈을 뜨고 무혁을 바라보았다.

'응? 얼굴은 한국 사람 얼굴인데 눈동자가 파란색이네? 혼혈인가?'

노인은 어디서 그런 힘이 났는지 무혁이 들고 있던 생수를 잡아채더니 한숨에 마시기 시작했다.

"어머. 어머. 저 남자, 거지한테 뭐하는 거지?"

"그러게……. 아휴, 더러워라. 냄새가 여기까지 나는 것 같아."

"경비원들은 뭐한대? 저런 노숙자가 대합실에 들어와도 되는 거야?"

여대생들과 주변 사람들이 노골적으로 수군거리는 소리가 들려왔다.

'다 들려, 이 못생긴 아가씨들아. 최소한 남의 흉을 볼 때는 들리지 않게 하라구.'

무혁은 속으로 궁시렁대며 여대생들의 말을 무시했다.

"빨리 마시면 체해요. 천천히 드세요."

무혁은 살며시 노인의 등을 두들겨 주기 시작했다. 그가 특별히 착한 성격을 가지고 있어서가 아니다. 그가 노인에게 친절을 베푸는 이유는 그가 가지고 있는 어린 시절의 특별한 기억 때문이다. 그는 초췌한 노인의 모습에서 어린 시절 그의 모습을 투영하고 있었다.

무혁은 고아였다. 지금 만나러 가는 청학동의 부모님은 양부모인 것이다.

사실 무혁은 사회적 통념으로 볼 때 분명 축복받았다고 할 수 있는 좋은 환경에서 태어나 성장했다.

친아버지는 좋은 대학을 나온 대기업의 엘리트 사원이었고, 친어머니는 전업 주부로서 남편과 자식에게 헌신적인 사랑을 쏟아붓는 어머니였다. 그린 듯 화목한 가정이었지만 이런 모습이 대외적으로 비춰지는 가식적이라는 것이 문제였다.

친아버지는 철저한, 그리고 전형적인 이중인격자였다. 그는 바깥에서 만나는 사람들에게는 한없이 친절하고 매너 좋은 신사였지만 집에만 들어오면 전제시대의 폭군을 연상시킬 정도로 가부장적이고 폭력적인 성격으로 돌변하는 사람이었다.

그런 친아버지에 반해 친어머니는 남편에게 조금도 저항을 하지 못하는 심약한 여인이었다.

나름 어머니에게도 이유는 있었다.

어머니의 아버지, 즉 무혁의 외할아버지는 어머니가 태어나자마자 외할머니를 버리고 다른 여자와 새살림을 차렸다. 외할머니는 남편이 저를 떠난 이유가 자신이 낳은 딸 때문이라고 굳게 믿고 있었다. 덕분에 어머니는 외할아버지가 떠난 모든 죄를 오롯이 뒤집어쓰고 무차별적으로 학대를 당하며 성장했다.

외할아버지가 떠난 이유를 어머니에게 찾는 외할머니의 학대는 어머니에게 깊은 트라우마를 심어주었다.

불행하게도 그 트라우마는 어머니의 가슴깊이 숨어 있다가 결혼 후 무혁을 낳자 살며시 모습을 드러냈다.

어머니는 무혁이 태어나자 그녀의 아버지가 그랬던 것처럼 남편이 자신을 버리지 않을까 하는 망상에 사로잡히고 말았다. 그리고 그 망상은 남편이 자신에게 폭력을 가할수록 점점 확신으로 변해갔다.

무혁의 어머니는 돌파구가 필요했다.

그리고 그녀가 찾아낸 돌파구는 불행하게도 무혁이었다. 그녀는 어머니의 전철을 따르는 최악의 선택을 하고 말았다.

무혁에게 가해진 학대는 유치원을 다니는 꼬마에게 가해지는 것이라고는 상상하기 힘들 만큼 어둡고 은밀하고 사악했다.

6살짜리 꼬마가 가출을 감행할 정도로 말이다.

가출 후 근 1년 동안 노숙자들의 손에 붙잡혀 껌을 팔고, 앵벌이를 하던 무혁을 구해준 사람은 한 경찰관이었다. 그 경찰관은 굶주려 쓰레기통을 뒤지고 있던 무혁을 발견했고, 경찰서로 데려갔다.

조사 끝에 본가의 주소를 알아낸 경찰관은 어린 무혁에게 닥친 암담한 현실에 비통의 한숨을 쉴 수밖에 없었다.

이미 무혁이 돌아갈 집은 사라지고 없었다. 무혁의 어머니는 자신의 도피처가 되어주던 무혁이 사라지자 마음의 균형을 잃어버렸다. 그리고는 6개월 전 아버지를 칼로 찔러 죽이고 집에 불을 질러 자살해 버리는 극단적인 선택을 했던 것이다.

경찰관은 병약한 몸 때문에 아이를 가질 수 없었던 아내와 상의해서 무혁을 양자로 삼기로 결정했다. 조사 중 무혁의 성장 과정을 모두 알게 된 경찰관은 도저히 무혁을 고아원으로 보낼 수 없다고 생각했다.

하지만 무혁을 입양하는 것은 쉬운 일이 아니었다.

지금껏 무혁에 대해 철저하게 무관심으로 일관하던 친척들이 나타나 경찰관을 헐뜯기 시작했다. 그들은 경찰관이 무혁이 상속받아야 할 재산을 빼돌리려 한다고 주장했다. 그런 마음은 추호도 없던 경찰관은 남겨진 재산을 포기하겠다는 법정 공증을 하고 나서야 무혁을 양자로 입양할 수 있었다. 상처에 다시 생채기를 더하는 격이었다. 당연히 그 일은 어린 무혁의 가슴에 적지 않은 깊은 상처를 남겼다.

그 경찰관이 지금의 아버지다.

발견 당시의 무혁은 아버지가 그를 자폐아로 오해할 만큼 마음의 문을 완벽하게 닫은 상태였다.

무혁은 태어난 이후 처음으로 안정된 환경에서 사랑을 받으며 차츰차츰 스스로 쌓았던 마음의 벽을 허물기 시작했다. 그가 성장하면서 밝아지고 새로운 환경에 적응하기 시작하자 아버지는 무혁에게 친부모의 이야기를 조금씩 해주기 시작했다.

이는 결코 아버지가 무혁을 사랑하지 않아서 아니었다. 아버지는 혹시라도 무혁이 성장한 이후에 진실을 알고 나서 상처를 받을까 봐 미리 예방주사를 놓아주신 것이었다.

아버지는 무혁이 강하게 자라길 바라셨다. 그래서인지 아버지는 무혁이 대학에 입학하자 등록금 한 번 내주신 것을 마지막으로 쿨하게 모든 지원을 끊으셨다. 대학에 들어가면 성인이고, 성인이라면 자신의 앞날을 스스로 헤쳐 나가야 한다는 것이 아버지의 일관된 교육관이었다.

청소년기에는 솔직히 부모가 친부모가 아니라서 그런가

하는 의구심에 약간의 방황도 했었다. 하지만 아버지가 결코 그런 사람이 아니라는 사실을 누구보다도 잘 아는 이 역시 무혁이었기에 방황은 짧았다.

밝고 건강하고 엄한 부모님 덕분에 암울하던 유년 시절에도 불구하고 무혁은 매우 밝은 성격을 가진 청년으로 성장할 수 있었다.

물론 그런 부모님 덕분에 대학 등록금을 버느라 대학생이라면 다하는 미팅 한 번, 제대로 된 여행 한 번 못해보고 각종 아르바이트에 시달리는 궁핍한 삶을 살기는 했지만 말이다.

*　　　　*　　　　*

"좀 어떠세요?"

무혁은 물을 다 마신 노인에게 물었다. 솔직히 의례적인 질문이었다. 무혁은 이미 몇 번 핸드폰의 시간을 체크했다. 버스 시간이 얼마 남지 않았다.

아무리 그가 착하다 해도 생면부지의 노숙자 노인에게 해줄 수 있는 일에는 엄연한 한계가 있었다.

"정말 고맙네, 청년. 하지만……."

노인은 말을 잇지 못했다. 무언가 무혁에게 할 말이 있는 것처럼 보였다.

"뭔데요? 할아버지, 말씀하세요."

"솔직히 너무 배가 고프다네. 나 먹을 것 좀 사주면 안 되겠나? 은혜는 잊지 않겠네."

'크~! 잘못 걸렸다.'

무혁은 당황했다. 하지만 이제 와서 그냥 나 몰라라 하기도 이상했다. 다 죽어가는 노인이고 아직 약간의 시간은 남아 있었다.

무혁은 편의점으로 달려가서 삼각김밥 몇 개와 우유를 사 가지고 돌아왔다.

하지만 그것으로 노인과 무혁의 만남이 끝난 것은 아니었다.

게눈 감추듯이 삼각김밥을 먹어치운 노인은 버스 시간을 확인하느라 연신 핸드폰의 시계를 보고 있는 무혁에게 달라붙었다.

"내 죽기 전에 소원이네. 날 지리산으로 데려다 주게. 그러면 이걸 주겠네."

노인이 내민 것은 그의 앙상한 오른쪽 손목에 감겨 있는 팔찌였다. 단순한 팔찌지만 표면에 새겨진 문양으로 봐서 싸구려 물건은 아닌 것 같았다. 아무리 좋게 봐줘도 도무지 거지 노인이 차고 있을 만한 물건은 아니었다.

하지만 무혁에게는 필요없는 물건이다. 무혁은 달라붙는

노인을 떼어내야 했다.

"그런 구리팔찌 받아서 뭐하게요?"

"금일세."

노인은 당당하게 팔찌의 재질이 금이라고 주장을 했다.

팔찌가 멋있기는 하지만 노인의 말은 어림 반 푼어치도 없
는 이야기다.

"금으로 만들었는데 왜 이렇게 굶주리고 있는데요? 팔아서
밥을 사 드셔야지요."

"팔 물건이 아닐세."

무혁은 노인이 고속버스에서 흔히 만나는 가짜 명품시계
를 파는 사기꾼이 아닌가 하는 의심이 들었다. 하지만 아무리
봐도 노인처럼 거지 옷을 입고 사기꾼 행세를 한다는 것은 말
이 안됐다. 더군다나 노인은 표를 원하지, 돈을 달라는 말은
하지 않았다.

"휴~! 미치겠네. 저 버스 시간 다 됐다고요."

무혁의 말에 노인은 필사적으로 무혁에게 매달리기 시작
했다.

"내 죽기 전 마지막 소원일세. 부탁하네, 젊은이."

무혁은 그냥 자리를 떠날 수도 있었다. 하지만 결국 무혁을
그러지 못했다.

"어머, 어머, 저 거지 말하는 것 좀 봐봐."

"낯짝도 두껍다, 얘."

"그러게 말이야. 저 남자 완전 똥 밟았네, 똥 밟았어."

시끄럽게 흉을 보는 여대생들의 말에 반발심이 생긴 것도 사실이다. 더구나 무혁은 너무도 애절한 노인의 얼굴에서 무언가 알 수 없는 끌림을 느꼈다.

한참을 고민하던 무혁은 결국 노인에게 표를 사주기로 결정했다.

하지만 표를 사주는 일도 쉽지 않았다. 누가 신고했는지 경비원이 쫓아와서 노인이 버스를 타는 것을 막아선 것이다. 승차거부로 고소를 하겠다는 무혁의 협박에도 경비원은 요지부동이었다.

경비원은 무혁이 구입한 고속버스 티켓의 뒷면에 인쇄되어 있는 운송약관을 보여주었다.

무혁은 약관에서 만취자 또는 신변이 불결한 자는 승차를 거절할 수 있다는 항목을 발견할 수 있었다.

'저년들의 말이 맞았어! 난 똥 밟은 거야.'

하지만 이미 내친걸음이다. 무혁은 노인을 남부터미널 옆의 한 사우나에 밀어 넣고 가판에서 노인이 갈아입을 옷들을 구입했다.

'내가 미친 거야. 귀신에 홀린 것이 틀림없어.'

상의, 하의 속옷까지 합해서 겨우 30,000원에 불과한 소소한 지출이다.

하지만 KTX 고속열차보다 더 빠른 속도로 잔고 0을 향해 달려가고 있는 통장의 소유자인 무혁에게는 손이 부들부들 떨리는 지출이었다.

*   *   *

'쿵, 아무래도 속은 것 같아.'

무혁은 고속버스 옆자리에 앉은 노인을 바라보았다.

사우나에서 때를 빼고 면도까지 한 다음 비록 가판에서 산 싼 옷이나마 걸쳐 입은 노인은 처음의 곧 죽어가는 모습에서 지금은 그래도 봐줄 만한 모습으로 변신해 있었다.

'봐줄 만한 정도가 아냐. 잘생겼잖아. 키도 크고……'

노인은 180㎝인 무혁에게도 뒤지지 않는 키에 영화배우를 연상시키는 잘생긴 얼굴의 소유자였다. 게다가 검은색이 아닌 푸른색 눈동자를 가지고 있어서 무언가 설명하기 힘든 신비한 느낌까지 풍기고 있었다.

그런 무혁의 생각을 아는지 모르는지 노인은 조금 전 휴게소에서 무혁이 사준 통감자구이를 허겁지겁 먹고 있는 중이었다.

무혁은 안쓰러운 눈빛으로 노인을 바라보다 손목을 내려

다보았다.

손목을 감고 있는 팔찌의 느낌이 어색했다.

한사코 마다하는 무혁에게 약속은 약속이라며 노인이 반강제로 채워준 팔찌다.

팔찌는 흔히 보는 고리 모양이 아니라 손목에 뱀처럼 둘둘 말리는 형태였다.

'뭐. 괜찮을라나? 전재산을 준 것은 아닌 모양이니 말이지.'

노인은 무혁에게 채워준 팔찌 말고도 또 하나의 팔찌를 차고 있었다.

무혁은 살며시 팔찌를 쓰다듬었다. 금속 특유의 차가운 감촉이 아니라 따스한 온기가 느껴졌다.

'뭐 좋겠지.'

특유의 낙천성을 마음껏 뽐내는 무혁이었다.

고속버스는 이제 고속도로를 빠져나와 구례를 거쳐 하동 방면으로 섬진강을 따라 나 있는 강변도로를 달리는 중이었다.

노인도 이제는 배가 불렀는지 깊은 잠에 빠져 있었다. 잠시 노인의 얼굴을 보던 무혁은 고개를 돌려 한가롭게 차창 밖을 스쳐 지나가는 섬진강의 풍경을 감상하기 시작했다.

넓은 모래사장으로 유명한 섬진강에는 텐트를 치고 물놀이를 즐기는 사람들이 많이 보였다.

'나도 꼭 여자친구와 함께 캠핑을 해봐야 하는데…….'

무혁은 핸드폰을 꺼내서 자신이 꼭 해봐야 할 일들의 목록으로 방금 생각한 항목을 추가했다.

그의 목록에는 자동차를 사서 여자친구와 드라이브하기, 여자친구와 영화 보기, 여자친구와 근사한 레스토랑에서 밥 먹기, 여자친구와 놀이공원 가보기 등 그가 해보지 못한 한풀이 목록이 가득 담겨 있었다.

그 순간이었다.

끼이이익!

꽝!

꽈~ 광!

왼쪽으로 완만하게 커브를 돌던 고속버스가 급정차를 한 승용차를 피하려고 브레이크를 밟으면서 중앙선을 넘어서 왼쪽으로 방향을 틀었다. 안심도 잠시, 고속버스는 맞은편에서 달려오던 25톤 덤프트럭과 그대로 정면충돌했다.

강력한 충격으로 잠시 멈칫한 고속버스는 사고의 여파로 아코디언처럼 쭈그러든 운전석을 기점으로 뒤꽁무니 쪽이 우측으로 살짝 들리면서 회전하기 시작했다.

휴대폰을 만지작거리고 있던 무혁의 몸이 의자에서 튕겨 올랐다가 매고 있던 안전벨트 덕분에 다시 떨어졌다. 눈앞의 세상이 빙글빙글 돌고 있었다.

"꺄악~!"

"컥~"

"허억~"

"깍!"

승객들의 비명 소리가 버스 안을 채웠다.

사고가 난 고속버스 안은 아비규환이었다. 안전벨트를 차고 있던 덕분에 튕겨나가지 않은 무혁과는 달리 그렇지 못한 대부분의 승객들은 좌석에서 튀어 올라 마치 커다란 종이상자에 헝겊인형을 넣고 흔든 것 마냥 버스의 천정과 창문에 이리저리 부딪쳤다.

그때였다.

"에고 실드."

사고의 충격으로 잠에서 깬 노인이 이상한 소리를 외쳤다. 그러자 무혁이 차고 있던 팔찌에서 밝은 파란빛이 여러 줄기 뿜어져 나오더니 각각의 빛줄기가 서로 얽히면서 무혁을 감쌌다.

너무나 환상적이고 몽환적인 모습이었다. 그리고 그 모습은 마치 파란 빛줄기 가닥가닥이 스스로의 의지를 가지고 무혁을 보호하려는 것처럼 보이기 충분했다.

하지만 워낙 순식간에 벌어진 일이라 빛의 보호를 받고 있는 당사자인 무혁도, 다른 승객들도 그 빛에 주의를 기울이는 사람은 없었다.

꽝~!

승객들에게는 불행하게도 덤프트럭과의 충돌은 사고의 끝이 아니었다. 고속버스는 옆으로 회전하고 있는 상태에서 다시 뒤쪽에서 달려오던 유조차에게 옆면을 추돌당했다.

두 번째 충격으로 고속버스는 도로 옆 가드레일을 부수며 섬진강 쪽으로 추락하고 말았다. 고속버스는 제방을 따라서 굴러 섬진강 백사장에 지붕부터 처박혔다.

두 번의 사고의 충격으로 이미 산산조각 난 버스 창문으로 승객들이 튕겨져 나갔다. 그중에는 푸른빛에 휩싸여 좌석째 튕겨나간 무혁의 모습도 있었다.

"뭐야! 뭐야~! 이 빛은?"

중력을 거스르는 경험을 한 사람은 조종사나 우주인들처럼 극히 적은 숫자의 선택받은 인간의 몫이다. 이제 무혁도 그런 소수의 인간 중의 한 명이 되었다. 무혁은 자신이 파란빛에 둘러싸여 허공에 떠 있다는 사실을 깨달았다.

운이 좋은 무혁과는 달리 버스에서 튕겨져 나간 사람들이 끊어진 연처럼 나풀거리면서 섬진강의 모래사장과 주변 도로, 풀숲 여기저기에 처박혔다.

"사… 살려주세요."

"아파, 아파~!"

"으~ 윽~!"

"엄마~"

여기저기서 승객들의 신음 소리가 들려왔다.

온몸의 뼈가 이상한 방향으로 꺾인 사람들이 바람에 날린 빨래가 땅바닥에 떨어진 것처럼 이리저리 널려 있는, 차마 눈 뜨고 볼 수 없는 처참한 모습이 펼쳐졌다.

고속버스가 첫 충격과 두 번째 충격을 받고 모래사장에 처박히기까지 걸린 시간은 불과 몇 초에 지나지 않는 짧은 순간이었다.

'무… 무슨 일이야?'

무혁은 정신을 차리기 위해서 노력했다. 그는 방금 자신에게 일어난 일을 도무지 이해하기 힘들었다. 교통사고도 사고지만 창문 밖으로 튕겨져 나왔을 때 그의 몸이 마치 깃털처럼 사뿐하게 모래사장에 내려앉은 것이다. 덕분에 다른 승객들과는 달리 자신의 몸에는 조금의 상처도 없었다.

무혁을 보호해 준 파란빛은 그가 땅바닥에 내려지는 순간 사라졌다.

'이럴 때가 아냐.'

무혁은 119에 도움을 요청하기 위해 안전벨트를 풀고 좌석에서 일어났다. 하지만 가지고 있던 핸드폰은 사고 당시 날아가고 없었다.

다행히 도로 위에서 사고를 목격하고 차에서 내리는 사람들의 모습이 보였다.

무혁은 오른손을 들어 귀에 대고 왼손을 흔들었다. 신고를 해달라는 신호였다.

무혁의 신호를 알아들었는지, 아니면 당연한 순서였는지 모르지만 도로 위의 사람들이 핸드폰을 사용하는 모습이 보였다.

안심한 무혁은 노인을 찾기 시작했다.

분명 그 노인이 '에고 실드'라는 말을 했고, 팔찌에서 빛이 나왔다. 그 덕분에 무혁은 목숨을 건질 수 있었다.

'죽으면 안 돼.'

무혁은 의문의 풀기 위해서인지, 아니면 순수하게 노인을 걱정해서인지는 모르지만 노인이 절대 죽으면 안 된다고 생각했다.

하지만 이런 대형 교통사고에서 육체적인 충격은 없었다고 하더라도 정신적인 충격까지 없을 수는 없는 법이다. 도로 위의 사람들이 모래사장으로 달려오는 모습을 본 무혁은 팽팽히 당겨져 있던 의식의 줄을 놓고 말았다.

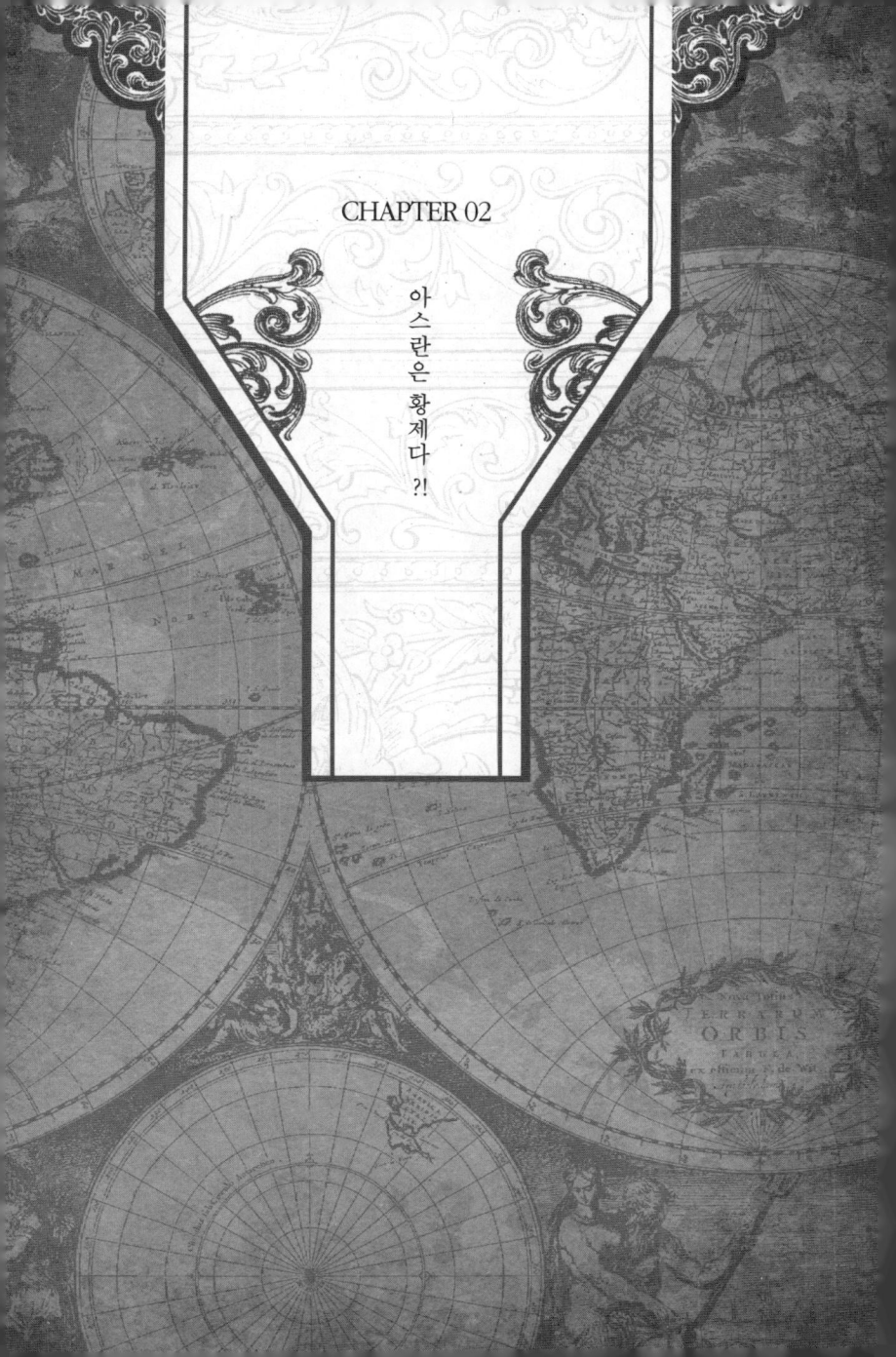

CHAPTER 02

아스란은 황제다?!

무혁이 눈을 뜬 곳은 하동의 종합병원 병실 침상이었다.

버스사고는 28명의 승객 중 16명이 사망하는 대형 사고였다. 살아남은 사람들도 대부분 중상인 상황에서 생채기 하나 나지 않고 멀쩡한 사람은 무혁뿐이었다.

'그가 내 생명을 구해줬어.'

무혁은 노인이 준 팔찌 덕분에 자신이 살아남았다고 확신했다. 그는 노인을 찾기 시작했다.

다행히 노인은 목숨을 잃지는 않았고 대수술을 받은 후 중환자실에서 치료를 받고 있었다. 노인의 상태는 심각했다. 의사의 소견으로는 심각한 타박상에 이은 전신골절로, 부러진 갈비뼈가 간을 비롯한 장기들을 관통하는 바람에 도저히 회생하기 힘든 상태라고 했다.

무혁은 노인 대신 자신이 살아남았다는 죄책감이 들었다.

'팔찌를 날 안 줬으면 그가 살았을 거야.'

무혁은 아무 연고도 없는 노인의 수발을 들기로 결심했다. 사실 중환자실에 있는 노인에게 무혁이 할 수 있는 일이란 전무했다. 하지만 무혁은 그가 할 수 있는 한도에서 최선을 다했다.

그의 노력 덕분인지는 몰라도 노인은 기적적으로 조금씩 기력을 찾아가기 시작하더니 상태가 좋아져서 일반병동으로 자리를 옮길 수 있었다.

일반병동으로 자리를 옮긴 노인은 정신이 있을 때마다 팔찌에 대한 이야기를 묻는 무혁에게 자신의 이야기를 해주기 시작했다.

'말도 안 돼.'

노인이 해준 이야기는 대한민국의 고등교육을 이수한 무혁에게는 도저히 믿기 힘든 이야기였다.

하지만 안 믿을 수도 없었다. 무혁은 노인에게서 팔찌를 받았고, 노인이 에고 실드라고 외치는 순간 팔찌로부터 푸르스름한 빛이 나와서 자신을 보호했다는 사실을 직접 경험했다.

무혁은 자신이 꿈을 꾼 것은 아닐까 하는 생각이 들었다. 그래서 몇 번이고 팔찌에 대고 에고 실드라고 외쳤지만 간호사에게 떠들지 말라는 핀잔만 받았다.

하지만 꿈이 아니었다. 노인이 에고 실드라고 외치자 팔찌에서 파란빛이 나와 그의 몸을 조용히 감쌌다.

"꿈이 아니었군요."

"마법이라네……."

"……."

21세기 IT의 강국 대한민국에 마법이라니…….

"마법이군요."

무혁은 노인의 말에 수긍할 수밖에 없는 자신이 너무 미웠다.

＊ ＊ ＊

노인은 자신이 기억상실에 걸려 있었고, 교통사고를 당하면서 잃어버렸던 기억이 돌아왔다고 설명했다. 그는 자신이 누구고, 어디서 왔고, 어떤 삶을 살았는지 누군가는 알아주었으면 한다고 이야기했다. 그리고 그 누군가가 무혁이라는 사실을 크리샤스 여신께 감사한다고 덧붙였다.

"크리샤스 여신은 내가 살던 세상을 창조하시고 관장하시는 주신의 이름일세."

"⋯⋯."

무혁이 불신의 표정을 한껏 드러내도 노인은 아랑곳하지 않았다. 죽어도 자신이 해야 할 말을 해야겠다는 고집이 엿보였다.

노인은 아스란 폰 아우제블 렉스인더스라는 긴 이름으로 자신을 소개했다. 그리고 자신을 아스란이라고 불러달라고 하더니 급기야는 자신이 지금은 멸망하고 사라진 제국 에빌―아우로―힘멜스타트 연합제국의 최후의 황제였다는 말까지 덧붙였다.

"말도 안 돼요. 지금이 어느 시대인데 제국이에요?"

제국은커녕 진정한 의미의 왕국도 아랍의 몇몇 토후국을 제외하면 사라진 시대다.

"난 이 세상 사람이 아니래도."

노인은 이해한다는 표정으로 웃었다. 그의 웃음에는 왠지 모를 비통함이 서려 있어 안쓰럽기 그지없었다.

아스란은 무혁과의 만남을 여신의 뜻이라고 생각하고 있었다. 그가 보고 느낀 무혁은 착한 청년이었다. 그는 자신에게 무혁에게 줄 무언가가 남아 있다는 사실을 크리샤스 여신께 감사했다. 그것들은 분명 이 착하디착한 청년의 인생을 보다 행복하게 만들어줄 수 있었다.

그는 천천히, 하지만 명료하게 자신의 삶에 대한 이야기를 시작했다.

아스란의 이야기는 회한과 좌절, 그리고 분노로 점철된 이야기였다.

아스란이 다스리던 에빌―아우로―힘멜스타트 연합제국은 퓨어 아스트리아 대륙에서 가장 오래된 국가였다.

장장 5,000년의 장구한 세월에 걸쳐서 렉스인더스 황가는 항상 공평과 자애로 나라를 다스렸고, 백성들은 그런 렉스인더스 황가에 충성을 바쳤다.

그 세월 동안 제국에 위기가 없었던 것은 아니다. 600년 전 벌어졌던 대륙 북쪽의 야만인 크루슈탈 족의 침공으로 촉발된 대전란의 시대는 퓨어 아스트리아 대륙 전체를 장장 500년 동안 피로 물들였고, 제국에도 씻을 수 없는 상처를 남겨주었다.

하지만 5,000년의 역사를 지닌 제국의 저력은 대단했다. 제국은 1,000개 이상의 중소 왕국으로 갈라져 피의 대결을 벌이던 대륙을 전란 이전 시대의 영역으로 복원하는 데 성공했다. 그것이 약 100년 전의 일이었다.

하지만 불행하게도 평화의 시대는 잠시였다.

에빌―아우로―힘멜스타트 연합제국은 다시 중대한 도전에 직면하게 되었다.

그 도전은 대륙 북쪽 변방의 한 왕국에서 시작된 것이었다.

제국에는 제국이 가진 오랜 역사에 걸맞게 수없이 많은 방계의 왕가가 존재했다. 그리고 그런 방계왕가 중 한곳이 렉스사이어 왕국의 렉스사이어 왕가였다.

렉스사이어 왕가는 렉스인더스라는 고귀한 황가의 이름조차 사용하지 못하는, 이제는 혈연의 향기마저 희미해질 대로 희미해진 험준한 산악국가 렉스사이어 왕국의 주인이었다.

그런 렉스사이어 왕국에 한 아이가 태어났다.

아이의 이름은 군터하임!

군터하임은 국왕이 성노예로 사들인 엘프에게서 얻은 이종혼혈의 산물이었다.

렉스사이어 왕국법에는 노예의 자식은 무조건 노예라고 규정되어 있었다. 그래서 당연히 군터하임도 왕의 아들로 태어났지만 노예가 되어야 했다.

하지만 군터하임은 그의 나이가 13세가 되던 해부터 일반 노예와는 다른 삶을 살게 되었다. 군터하임은 어머니가 엘프인 하프엘프라는 특성상 인간의 것이 아닌 너무도 아름다운 외모를 가지고 있었고, 그의 외모가 아버지인 국왕의 관심을 끈 것이다.

국왕은 변태성욕자였다.

한 명의 처녀를, 두 명의 처녀를 유린하던 그는 어머니와 딸을, 자매를, 쌍둥이들을 동시에 상대하는 것으로 자신의 성욕을 넓혀갔다. 그리고 그런 일들에 흥미를 잃은 국왕은 급기야는 그래도 엄연한 혈연적 아들인 군터하임에게까지 눈독을 들이는 금단에 발을 디뎠다.

노예이던 군터하임은 아버지인 국왕의 남색 상대로 전락하고 말았다.

자세한 이야기는 전해지지 않지만 국왕이 군터하임에게 깊숙이 빠져든 것만은 틀림없는 사실이었다.

국왕은 자신의 권력으로 군터하임을 노예의 신분에서 왕자로 인정한다는 파격적인 명령을 내렸다. 그리고 3년 뒤 그의 나이가 18세가 되던 성년의 해에 군터하임은 스물네 명에 이르던 국왕의 모든 자식, 즉 이복형제들을 모두 죽이고 국왕마저 살해한 후 스스로 왕위에 올랐다.

군터하임은 왕위에 오르자마자 렉스사이어라는 아버지의 성을 버리고 엘프인 어머니의 이름을 성으로 삼았다.

군터하임 폰 크로이제 국왕의 탄생이었다.

그는 강력한 카리스마로 국정을 휘어잡고 10여 년 동안 내정에 힘써 렉스인더스에서 크로이제로 이름을 바꾼 왕국을 안정시키더니 그 힘을 바깥으로 표출시키기 시작했다.

크로이제 왕국은 험난한 산악 국가였고 600년 전에 크루슈

탈 야만족들이 가장 먼저 쳐들어온 땅이기도 했다. 덕분에 그의 백성들은 강인했고, 잔인했다.

퓨어 아스트리아 대륙의 전란의 시대가 끝난 지 겨우 100년이 흐른 시점이었다.

각 왕국들은 오랜만에 찾아온 평화에 흠뻑 젖어 있었다. 사치와 향락에 빠져 있던 왕족과 귀족들은 강력한 크로이제 왕국군과 군터하임 국왕이 사악한 마법으로 만들어낸 마수(魔獸)들을 막을 방법이 없었다.

군터하임 왕의 군대는 삽시간에 퓨어 아스트리아 대륙 전역을 휩쓸었다. 그리고 마지막에는 제국에까지 그 마수를 뻗쳐왔다.

그들의 힘은 강대했다. 패배를 거듭한 제국군은 수도까지 속절없이 밀려버렸다.

그리고 5,000년의 역사를 자랑하는 제국의 수도 아쿠아폴리스가 군터하임의 군대에 의해서 불타 올랐다.

"난 솔직히 말해서 현명한 군주도, 용맹한 군주도 아니었어. 절대 황위에 올라서는 안 되는 소인배에 지나지 않았지. 지금 생각해 보면 군터하임이 황제가 되는 것이 백성들을 위해서는 더 나았을지도 모른다는 생각이 드는구면."

노인의 독백처럼 아스란은 일국의 위정자가 절대 해서는 안 되는 선택을 하고 만다.

수도가 함락되는 순간이 오자 군터하임에게서 도망치기로 결정한 것이다.

"난 발견된 지 얼마 안 된 신대륙에서 철저하게 단련해서 군터하임을 몰아내겠다고 자신의 나약함을 변명했지."

담담히 그때의 상황을 설명하는 아스란의 눈에 회한이 가득하다.

"난 그 자리에서 군터하임에게 목이 잘려 죽었어야 했어."

군터하임의 군대가 황도에 들어오던 배덕(背德)의 날 아스란 황제는 황실마법사단에게 최근 발견된 신대륙으로의 초장거리 포탈을 열 것을 명했다.

지금까지 단 한 번도 시도된 적이 없는 초장거리 포탈만이 황도 아쿠아폴리스로부터 시작되는 모든 중단거리 포탈을 막아버린 군터하임의 마법사단이 가진 가공할 만한 마력에 대항하기 위한 유일한 수단이었다.

아스란은 일족이 죽고, 수만의 기사와 수백만의 병사가 죽고, 수억의 백성이 죽던 날 도망쳤다.

그가 사랑하던 태어나고 자란 황도 아쿠아폴리스가 불타오르던 바로 그 날이었다.

황제의 권위도 내팽개치고 오로지 자신만이 살아남겠다는 아스란의 결정은 결과적으로 실패로 돌아갔다. 아스란이 황실마법사단이 연 포탈을 통과하는 도중에 군터하임은 대규모 마나의 유동을 감지했고 그는 인간의 것이라고는 믿을 수없는 가공할 마력으로 열린 포탈을 강제로 닫아버린 것이다.

결국 포탈을 이동하던 아스란은 차원의 틈에 빠지고 말았다.

"여신이 나에게 벌을 내린 것이지."

차원의 틈에서 튕겨져 나와 아스란이 도착한 곳이 바로 지구였다.

"난 차원을 떠돌면서 죽은 백성들의 목소리를 들었어. 미칠 것 같았지."

그래서인지 지구에 도착한 아스란의 검은 머리는 새하얗게 세어 있었다.

아스란의 불행은 거기서 끝이 아니었다.

자신이 도착한 곳이 어딘지 살피기 위해서 나섰던 아스란은 절벽에서 떨어져 의식을 잃어버렸다.

우연히 지나가던 심마니에게 구원을 받고 살아남은 것은 오히려 그에게 내려진 크리샤스 여신의 마지막 저주였을지도 몰랐다.

아스란은 머리를 다친 충격으로 기억상실중에 걸리고 말았으니 말이다.

"백성을 버리고 홀로 살아남으려 했던 내가 편히 사는 것을 크리샤스 여신은 용납하지 않으셨어."

아스란이 지구에 올 때의 나이가 겨우 20살이었다고 했다. 그리고 지금 그의 나이는 겨우 40살이었다.

아스란은 기억을 잃은 상태에서 20년을 노숙자로 떠돌았다. 다행히도 그가 무혁에게 주고 남은 다른 하나의 팔찌가 통역마법이 걸린 팔찌였기에 의사소통에는 지장이 없었다.

대륙 공용어가 안 통하는 신대륙에서 살아가기 위해 준비해 두었던 팔찌가 뜻하지 않게 지구에 도착한 아스란에게 도움이 됐다는 것은 아이러니한 상황이었다.

모든 이야기를 마친 아스란은 무혁에게 지리산에 있는 동굴의 위치가 그려진 천 조각을 주었다. 다행히 아스란은 지구에 도착하자마자 그 지도를 작성했고 기억을 잃어버린 후에도 무엇인지도 모른 채 소중하게 품에 넣고 다녔던 것이다.

"절대 후회하는 삶을 살면 안 되네. 도망쳐서도 안 되고 뒤돌아 봐서도 안 된다네. 내가 주는 것들을 잘만 이용한다면 자네가 가지게 될 힘은 아마도 지구에서 자네를 홀로 우뚝 설 수 있게 만들어줄 것이네. 하지만 그런 힘을 가진 자의 숙명을 받아들일 수 있느냐는 별개의 문제일세."

마치 이 말을 하고 싶었다는 듯 아스란은 열변을 토하기 시작했다.

"난 20년 동안 자네의 세상을 떠돌며 많은 것을 보고 경험했다네. 참으로 활기 넘치고 역동적인 세상이더군. 퓨어 아스트리아 대륙은 백년 천년이 흘러도 변화없이 정체되어 있었다는 것을 알 수 있었지."

무혁은 잠자코 아스란의 이야기를 경청했다. 아스란은 그가 가진 모든 것을 무혁에게 남기고 싶어하는 것처럼 보였다.

"하지만 난 이 세상이 결코 퓨어 아스트리아 대륙보다 살기 좋다고는 생각하지 않네. 이곳 사람들은 꿈이 없어. 그리고 영웅도 없지. 남자들은 한없이 나약하고, 여인들은 사치를 일삼지. 일생의 전부를 노동에 바치고 이유없이 살아가는 데 가진 모든 시간을 쏟아붓는 사람들로 가득 찬 곳이야."

열정적으로 단숨에 말을 이어나간 아스란은 힘이 드는지 숨을 헐떡였다.

무혁이 내준 물 한 잔을 마신 아스란은 한숨을 돌리고는 다시 말을 시작했다.

"내가 무엇보다도 이상하게 생각하는 건 권력자들이 자신이 가진 권력에 책임을 지지 않고, 명예심도 찾아보기 힘들다는 점이었어. 너무나 풍요로워서일까, 아니면 평화에 젖어서일까? 백성들도 그런 권력자들에게 아무런 관심이 없더군. 자신들이 뽑은 대표자이면서도 말이지."

무혁은 아스란의 말 중에서 권력자들이 책임지지 않고 명예심이 없다는 대목 한 가지만 빼고는 그의 말을 이해하기 힘들었다.

아스란의 세계는 기본적으로 중세시대다. 그곳 사람들의 노동의 강도나 시간이 현대인들의 그것보다 적을 수는 없는 일 아닌가. 게다가 아스란의 관점은 어디까지나 그가 속해 있던 지배계층의 관점이었다.

아마도 아스란의 세상은 기사도란 허울 좋은 요식행위가 극에 달해 있던 시대인 듯 싶었다. 게다가 몬스터란 존재 덕분에 무력을 가진 지배층이 실질적으로 백성들의 안전을 보장하는 시대이기도 했기 때문이다.

"내가 보는 자네는 근본적으로 선한 사람일세. 하지만 힘을 가진 사람은 결코 선하기만 해서는 안 되는 법이라네. 때로는 냉혹하고, 때로는 비정해야만 자신이 가진 힘에 대한 책임을 질 수 있는 법이야. 내가 비록 백성들을 버리고 도망친 비겁한 인간이지만 꼭 새겨주시게."

어디서 그런 힘이 솟았는지 열변을 토한 아스란은 말을 마치고는 차고 있던 통역마법이 걸린 팔찌까지 풀어 무혁에게 쥐어주고는 잠이 들었다.

그리고 다음날 아침, 무혁이 아스란을 찾아갔을 때는 이미 영원한 잠에 빠져 있었다.

'아스란. 크리샤스 여신은 당신을 용서하셨을 거예요. 이

제 여신의 품 안에서 행복하시길…….'

불행했던 황제 아스란의 표정은 모든 것을 내려놓은 듯 한 없이 평온해 보였다.

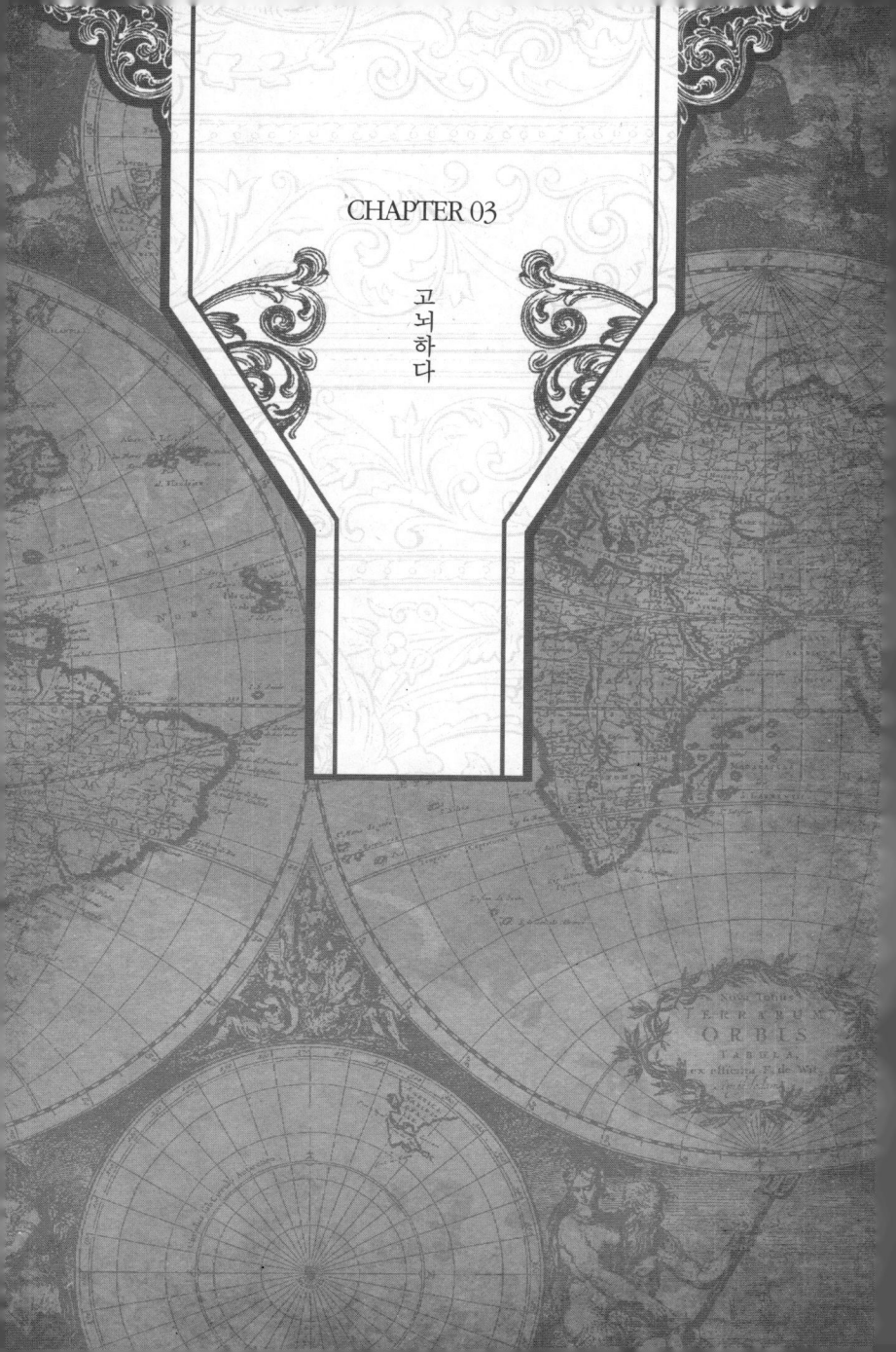

CHAPTER 03

고
뇌
하
다

무혁은 병원 측에 자신을 아스란의 연고자로 등록하고 싶었다. 최소한 그것이 아스란에 대한 예의라고 생각해서였다.

하지만 경찰의 생각은 다른 모양이었다. 무혁을 찾아온 경찰관은 아스란에 대해서 물어왔다. 경찰 입장에서도 아무런 신분증도 없는 혼혈 내지는 외국인으로 보이는 아스란의 처리에 골머리를 앓고 있었다.

아스란이 살아 있을 때는 무혁이 간병을 한 관계로 병원에서는 아스란이 무혁의 할아버지라고 생각하고 있었다. 하지만 아스란이 죽고 나니 두 사람이 아무런 관계가 없다는 사실이 밝혀졌다.

어쨌든 아스란의 시신을 수습하고 싶어하던 무혁의 바람은 수포로 돌아갔다.

이제 아스란의 시체는 무연고로 확인되어 관할 행정당국에 의해 공고를 거친 후 아마도 화장되는 절차를 밟을 것이다.

무혁은 하동군청에 찾아가서 화장하게 되면 꼭 자신에게 연락해 줄 것을 부탁했다. 최소한 아스란의 묘지에 조그만 패라도 만들어주고 싶은 것이 무혁의 소망이었다.

무혁은 패에 새길 문구도 이미 생각해 놓았다.

에윌—아우로—힘멜스타트 제국.
254대 황제 아스란 폰 아우제를 렉스인더스.

어떤 인간도 경험해 보지 못한
기나긴 여행을 마치고
여기 잠들다.

아스란이 죽은 후 무혁은 아스란이 준 힘과 그 힘으로 무엇을 할 것인가에 대해서 고민을 하지 않을 수 없었다.

돈? 명예? 권력?

어느 것도 마음에 쏙 들어오지 않았다.

무혁은 진지하게 자신이 살아온 생을 돌이켜 보기로 했다. 자신을 알아야 비로소 자신이 나아갈 길을 정할 수 있는 것이다.

생을 돌아본다는 것은 결코 쉽지 않은 결정이었다.

의식적으로 잊어버리려고 무던히도 애쓰던 처참했던 어린 시절을 가장 먼저 떠올랐다.

지금의 무혁에게는 친어머니에게 받았던 학대의 상처는 거의 남아 있지 않았다.

그만큼 양부모님은 무혁이 가진 상처를 어루만지고 보듬어서 치료해 주셨다.

하지만 가출을 하고 겪었던 1년간의 거리생활의 기억은 조금 달랐다.

'지옥이지. 현대의 정글이야. 먹이사슬이고……'

무혁과 무혁 또래의 고혈을 빨아먹고 살던 흡혈귀는 노숙자들이었다. 하지만 그들에게도 상납해야 할 먹이사슬의 상층부는 분명히 존재했다. 너무 어렸을 때의 일이라 정확한 기억은 나지 않지만 자신을 때리고 그가 번 푼돈을 빼앗아 가던 노숙자들이 다른 사람들에게 고개를 숙이며 돈을 상납하던 광경은 기억하고 있었다.

아마도 그 구역을 관할하던 조직폭력배들이었을 것이 분명했다.

무혁은 노숙자들을 증오하려 했다. 하지만 그의 시도는 실패로 돌아갔다. 이제 무혁은 노숙자들의 대부분이 어떻게 그런 나락으로 추락해 갔는지 알고도 남을 나이였다. 그들 대부분은 정상적인 가정의 영역에서 정상적인 삶을 살던 사람들이었다. 결코 그들은 스스로 원해서 노숙자를 하는 것이 아닌 것이다.

　무혁의 얼굴에서 미소가 떠올랐다.

　한없이 포근하고 따스한 기억이 가져다주는 미소다. 그는 아버지와 어머니를 처음 만났던 날을 생각하고 있는 중이다.

　한참을 미소를 지으며 부모님과의 행복한 나날을 추억하던 무혁의 표정이 어두워졌다.

　'나쁜 놈들…….'

　이제 그의 기억은 아버지가 왜 직장인 경찰을 그만두게 되었는지에 미치고 있었다.

　아버지가 무혁에게 진실을 이야기해 준 적은 없었다. 하지만 무혁은 아버지가 어머니의 건강을 위해서 그가 그렇게도 자랑스러워하고 보람차하던 경찰에 사표를 낸 것이 아니라는 사실을 알고 있다.

　아버지가 경찰을 그만둔 진정한 이유는 아버지의 정직한 성품 때문이었다.

　무혁이 아버지의 부하였던 한 경찰관을 통해서 알게 된 이야기는 추잡하고 더럽고 불쾌하기 짝이 없는 이야기였다.

무혁의 아버지는 우연한 기회로 한 경찰관이 저지른 용서하지 못할 부정에 대해서 알게 되었다.

박용준이란 이름을 가진 경찰관은 파렴치한이었다.

박용준은 자신을 성폭행하고 비디오를 찍었다는 성폭행범을 고발하러 온 여인의 미모에 빠졌다. 그리고 여인을 보호해주기는커녕 성폭행범에게 뺏은 비디오를 들이대며 남편에게 사실을 알리겠다고 협박했다.

피해자 여인은 박용준의 협박에 못 이겨 그에게 돈과 몸을 바치다가 급기야는 자살이라는 극단적인 선택을 하고 말았다.

사실을 알게 된 아버지가 박용준의 비리를 상부에 고발한 것은 당연한 일이었다.

여기까지는 극히 정상적인 흐름이다.

이제 악덕 경찰관 박용준은 옷을 벗고 법의 심판을 받으면 되는 것이다.

하지만 도저히 이해하기 힘든 이상한 일이 벌어졌다. 박용준은 사건에 대해서 무혐의 처분을 받았고, 오히려 아버지가 동료를 모함을 했다는 누명을 뒤집어쓰고 만 것이다.

알고 보니 박용준은 아버지가 근무하던 경찰서에서 암암리에 벌어지던 모든 비리의 핵심이었다. 관할 구역의 불법 유흥 업주들이 건네주는 뇌물들은 모두 그의 손을 거쳐 경찰서의 상관들에게 상납되고 있었던 것이다.

박용준은 자신이 가진 힘을 적재적소에 적절히 사용할 줄 아는 남자였다. 그는 자신이 가진 비밀장부를 무기삼아 뇌물을 상납받은 상관들을 협박했다.

박용준이 그런 비리를 저지른 것이 벌써 십수 년째였다. 그의 장부에 적힌 명단에는 경찰서의 상관들뿐만 아니라 경찰청의 요직에 있는 사람들의 이름들도 숱하게 적혀 있었다. 명단의 사람들은 이미 악덕 경찰관과 한 배를 탄 신세였던 것이다.

결국 그들은 아버지의 고발을 증거없음으로 내사 종결했다.

당연히 아버지는 반발했다.

하지만 그들은 요지부동이었다. 그들의 공고한 커넥션에 막혀 경찰내부에서 사건을 해결할 방법이 없었던 아버지는 결국 안면이 있던 외부 신문사에 정보를 제공하기로 결심했다.

아버지의 결심을 알아차리고 당황한 비리 경찰관들은 아버지를 협박했다. 그렇지만 아버지는 그런 협박에 굴할 사람이 아니었다.

그들은 결국 아버지의 입을 다물게 할 방법을 찾아냈다.

조직폭력배들이 운영하는 불법 유흥업소의 업주 한 명을

동원해서 아버지를 뇌물수수로 고발한 것이다.

물론 새빨간 거짓말이다.

하지만 아버지는 그 거짓말을 증명할 방법이 없었다.

유흥업소 업주는 바지사장이었고, 기꺼이 아버지와 함께 감옥에 들어갈 준비가 되어 있는 폭력조직의 똘마니였다.

아버지는 어머니의 병 치료에 들어가는 치료비를 대느라 그동안 산동네 전셋집을 전전하던 분이었다. 만일 그들의 협박대로 공무원의 징계 중 가장 큰 단계의 징계인 파면처분을 받게 되면 연금은커녕 퇴직금도 절반밖에 못 받게 된다. 게다가 오히려 형사범이 될지도 모르는 상황에서 아버지가 선택할 수 있는 방법은 단 한 가지였다.

청렴하고 강직한, 그래서 민중의 지팡이라는 경찰의 표상과도 같은 아버지였다. 그런 아버지가 공직생활을 통틀어서 처음으로 불의와 타협할 때의 기분이 어땠을까.

무혁의 아버지는 경찰에 사표를 던졌다.

아버지가 그렇게도 사랑해 마지않던 경찰을 그만두게 된 이유였다.

'복수할 수 있어. 아버지의 명예를 찾아줄 수 있어.'

무혁은 결심했다. 아스란의 힘이라면 쉬운 일이었다.

사고의 흐름은 이제 그가 다녔던 직장에서의 생활로 이어졌다.

무혁은 분명 머리가 똑똑한 아이였다. 성적도 나름 괜찮아서 이류이기는 하지만 수도권 대학의 기계공학과에 들어갔었다. 붙임성도 좋고 서글서글한 성격 덕분에 교우 관계도 원만했고, 교수들과의 관계도 무척이나 좋은 편이었다.

그런 성격 덕분에 불경기에도 불구하고 대학 4학년이 끝나기도 전에 교수의 추천으로 교수의 친구가 운영한다는 자동차 부품 제조회사에 들어갈 수 있었다.

그곳은 중소기업치고는 재무구조도 탄탄하고 근무여건도 좋은 회사였다.

하지만 무혁이 입사한 지 겨우 1년 만에 회사는 어이없이 부도가 났다.

덕분에 무혁은 밀려있던 3개월분의 월급도 받지 못한 채 회사를 나와야 했다.

겨우 1년 다닌 회사였다. 6개월의 인턴기간을 제한다면 무혁이 그 회사에 소속되어 있던 시간은 더욱 줄어든다.

그래서인지 충격은 적었다.

하루에도 수십 개씩의 기업이 부도가 나는 불경기였다. 하지만 나중에 다른 직원들에게 전해들은 회사의 부도 이유는 황당하기 그지없는 것이었다.

무혁이 다니던 회사가 망한 이유는 회사에서 주력으로 납품을 하던 대기업 때문이었다. 그 대기업은 무혁이 다니던 회사와 거래를 끊고 하루아침에 대기업 회장의 친척이 설립한 회사로 거래처를 옮겨 버렸다. 대기업에 대한 매출 비중이 90%가 넘어가던 회사로서는 치명타였다.

그리고 무혁이 다니던 회사의 기술직 사원들이 하나둘씩 새로 생긴 회사로 이직하기 시작했다.

새로 생긴 회사는 알고 보니 처음부터 기술자 한 명 없이 설립된 회사였다.

무혁이 다니던 회사에서 기술자들을 빼내는 걸 전제로 세워진 회사인 것이다.

물론 무혁은 신입직원이었기에 스카우트 대상에서 빠져 있었다.

이야기가 여기서 끝나면 어디서나 흔히 볼 수 있는 대기업의 횡포쯤으로 치부할 수 있는 문제였다.

하지만 황당한 상황은 그것으로 끝이 아니었다.

무혁이 다니던 회사의 사장은 대기업으로부터 그런 사실을 미리 통보받고 있었지만 직원들에게 일절 이야기하지 않았다.

대신 사장은 회사를 담보로 거액의 대출을 받은 다음 모든 재산을 현금화하여 미국시민권이 있는 부인 명의로 돌리고는 회사 부도를 내고 미국으로 도주해 버렸다.

결국 피해를 본 사람들은 신입사원과 나이 많은 고령의 근로자들이었다.

3개월치 월급과 3년치 퇴직금은 나라에서 보장해주니 신입사원인 무혁에게는 별 문제가 없었지만 문제는 장기 근속한 근로자들이었다.

그들은 10년, 20년을 회사에 자신의 청춘을 바친 대가로 배신을 돌려받은 것이다.

*　　　*　　　*

"엉망이었군."

멍하니 병원 벤치에 앉아 하늘을 쳐다보던 무혁의 감상이다.

그의 독백처럼 무혁이 살아온 인생은 어쩌면 패배란 단어로 정의할 수 있었다.

씁쓸한 마음에 호응이라도 하는 것처럼 아랫배까지 살살 아파왔다.

무혁은 화장실로 걸음을 옮겼다. 의외로 화장실은 생각을 정리하기 좋은 곳이었다.

그가 자신의 인생을 반추하며 든 의문은 한가지였다. 그것은 바로 우리가 살고 있는 세상의 기본 이데올로기인 민주주의와 자본주의에 대한 것이었다.

무혁의 삶이 좋은 방향으로 흐른 것은 민주주의와 자본주의의 위력이 아니라 어디까지나 부모님이 가진 선한 마음, 그 선의가 주는 힘 덕분이었다.

민주주의란 과연 절대 다수의 행복을 보장해 주는 제도인가?

다수결의는 과연 선인가?

그렇다고 이미 실패라고 공인된 과거의 잔재인 독재사회가 선인가?

어떤 제도가 선인가?

자본주의!

돈을 쫓고 돈이 정의인 세상이 과연 옳은 것인가.

하지만 역사가 말해주듯이 공산주의의 몰락으로 최소한 자본주의가 공산주의보다는 우월하다는 것이 증명되지 않았던가.

무혁의 의문은 수없이 많은 학자들과 철학자들이 연구하고 고뇌하고 사유했지만 결코 답이 나온 적이 없는 의문이었다.

그러니 무혁처럼 인간 사회의 구조에 대한 지식도 없고 진지한 고찰도 해본 적이 없는 사람이 답을 낼 수 있는 문제가 아니었다.

'그래, 까짓것……'

무혁은 일단 아스란의 힘을 자신의 것으로 만들기로 결정했다.

힘이 있다면, 그 힘을 악하지 않게 사용할 자신이 있는 무혁이다.

'슈퍼맨까지는 아니더라도 최소한 배트맨은 될 수 있겠지.'

범접하기 힘든 힘을 가진 전혀 다른 외계에서 온 슈퍼맨에 비해 배트맨은 가슴 아픈 어린 시절의 기억도 자신과 비슷하고 무엇보다도 선과 악 사이에서 고뇌하는 인간상이라는 것이 무혁의 생각이었다.

세상의 뒤에 숨어서 세상을 이롭게 한다.

'멋진 생각이야.'

하지만 무혁이 크게 착각하고 있는 것이 있다.

스페인의 아즈텍 정벌의 예에서도 볼 수 있듯이 문명 간의 충돌은 그저 인간 대 인간의 작은 파문만으로는 끝나지 않는다.

1,591년 정복자 코르테스가 겨우 508명의 병사와 말 11마리만으로 아즈텍을 멸망시킨 것도 그런 이유이다.

아즈텍인들은 하얀 피부의 사람도, 말도, 대포도 본 적이 없었다. 그들은 스페인인들을 그들의 신화에 나오는 신으로 여기고 환대했다. 그 환대에 스페인인들은 자신들도 모르게 가지고 온 천연두로 보답했다.

천연두에 대한 면역이 전혀 없던 아즈텍인들은 거의 멸종
하다시피 했다. 전혀 면역이 없는 문명과 문명의 충돌이란 그
다지도 무서운 법이다.

무혁이 가지게 될 힘이 천연두와 같은 작용을 하지 말라는
법은 없다. 그가 선의로 힘을 사용한다고 해도 그 결과까지
그러리라는 법은 없다는 의미다.

어쨌든 분명한 사실은 무혁이란 존재 자체가 인류의 모든
사고방식을 뒤엎을 만한 일대 사건이란 것만은 확실했다.

무혁은 배트맨과 같은 영웅이 되자는 막연한 꿈을 꾸었다.
그러나 그런 결심이 어떤 방식으로 세상에 영향을 끼치게 될
는지는 지금 시점에서는 알 길이 없었다.

경상남도 하동의 한 종합병원 3층 한 구석의 남자 화장실
좌변기 위에서 21세기를 살아가는 사람들의 패러다임을 뒤
바꾸어 놓을 한 남자의 결심이 이루어졌다.

'아놔… 그런데 화장지가 없잖아.'

이제 영웅이 되겠다고 결심한 한 남자의 시작은 참으로 미
약한 것이었다.

　　　　　*　　　　*　　　　*

무혁은 아스란이 죽자 원래의 목적지였던 청학동 집으로

향했다.

백수의 좋은 점이다.

돈에 의해서 강력한 제약을 받기는 하지만 시간에 제약을 받지 않는 몸이 백수 아니던가. 한 달을 입원해 있었어도 부모님 이외에는 찾는 사람도, 찾을 사람도 없는 몸이 무혁이었다.

무혁이 교통사고로 병원에 입원했을 당시 놀란 어머니와 아버지가 달려오셨다. 부모님은 무혁이 멀쩡한 모습을 보고는 크게 안도하시는 눈치였다. 무혁은 대충 사정을 이야기하고 아스란을 간호해야겠다고 부모님에게 말씀드렸다.

연고도 없고 아무런 관계도 없는 노인을 간호하겠다는 아들의 황당한 말에도 부모님은 따스한 눈길로 응원을 보내실 따름이었다.

아스란이 죽자 무혁은 청학동으로 향했다. 집에 도착한 무혁은 오랜만에 평온한 시간을 가질 수 있었다.

어머니는 몇 년 동안 지리산의 맑은 공기와 함께해서인지 최근 들어 몸이 많이 좋아진 상태였다. 그런 어머니가 해주신 밥은 맛있다기보다는 따뜻했다.

무혁은 밥을 먹을 때마다 도무지 이유를 설명할 수 없는 저림을 가슴 한편으로 느낄 수 있었다.

'감사합니다. 그리고 사랑합니다.'

무혁은 쑥스러운 마음에 입에 담지는 못했지만 마음속 깊이 진심을 담아 부모님의 사랑에 감사했다.

　며칠간 부모님의 민박을 도우면서 지내던 무혁은 아스란이 알려준 장소로 가기로 결정했다.

　무혁은 아버지의 배낭과 등산복을 빌려 입고 천왕봉으로 향했다.

　이것이 바로 그가 팔자에도 없이 지리산에서 헉헉대고 있는 이유였다.

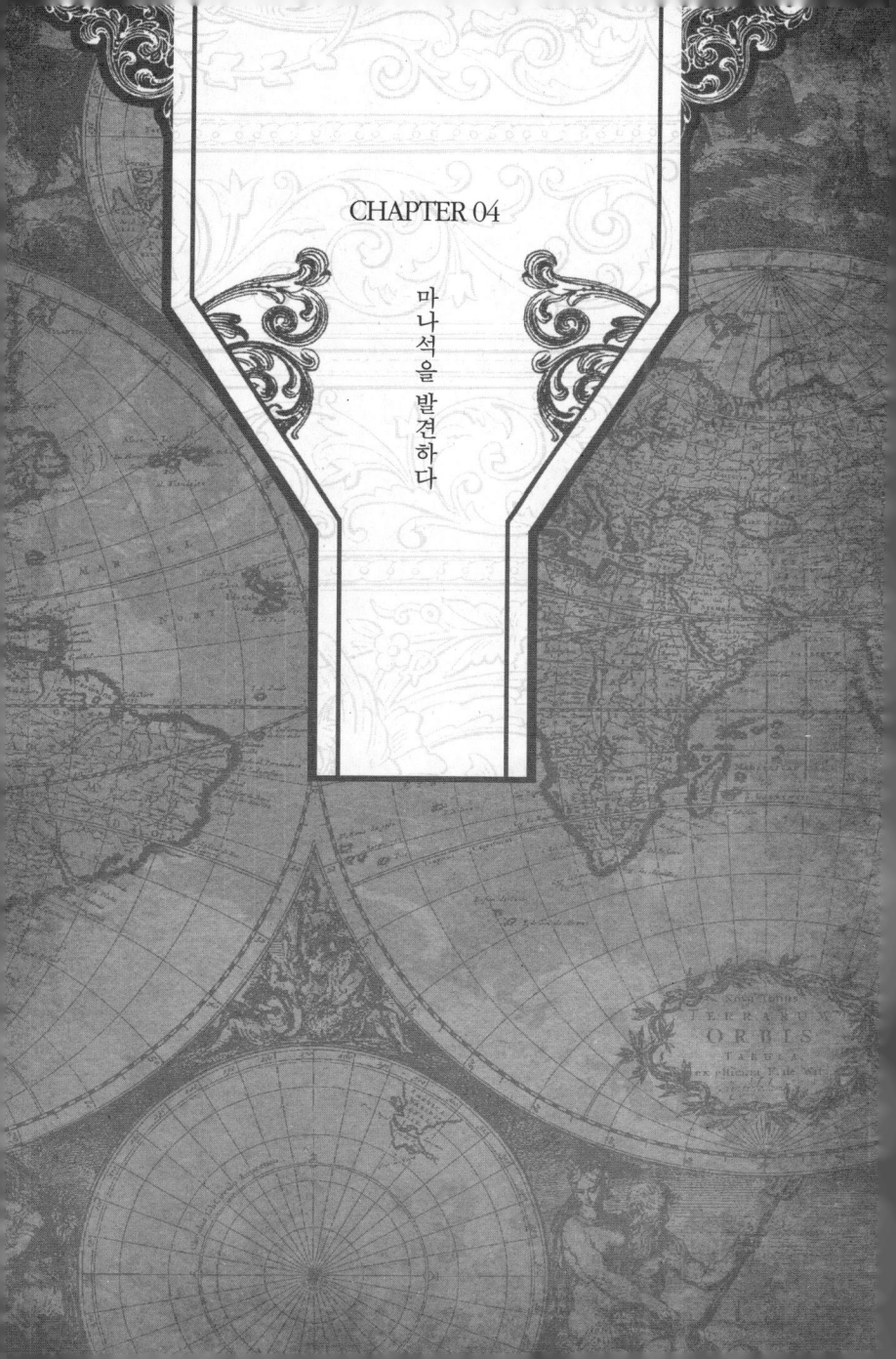

CHAPTER 04

마나석을 발견하다

　무혁이 청학동에서 서울로 올라온 지도 벌써 일주일이 지
났다.

　그동안 무혁은 자신이 얻은 힘을 확인하는 시간을 보내고
있었다. 하지만 생활패턴은 역시 백수의 그것에서 벗어나지
못하고 있었다.

　"하~ 암~!"

　오늘도 오후가 다 되어서야 일어난 무혁은 침대에서 벗어
날 생각을 하지 않고 꾸물거리기 시작했다.

　TV를 틀고 뉴스를 보면서 그렇게 십여 분을 꾸물거리던 무

혁은 침대 한구석에 처박아 놓았던 배낭을 집어 들었다.

그리고는 잠시 망설이더니 배낭 안에서 조그만 가죽주머니를 꺼냈다. 가로 세로가 겨우 30cm 정도 밖에 되지 않는 작은 주머니였다.

가죽주머니는 아스란이 준 약도에 표시되어 있던 동굴에서 발견한 것이었다.

아스란은 죽기 전 무혁에게 가죽주머니에 있는 물건들에 대해서 대략적인 설명을 해주었다. 그의 말을 전부를 믿을 수야 없겠지만 만일 사실이라면 무혁이 천상천하유아독존하는 것도 결코 망상이 아닐 정도의 힘을 얻은 셈이었다.

무혁은 가죽주머니에 손을 넣었다.

가죽주머니는 공간 확장 마법과 무게 감소 마법이 걸려 있는 데다 무혁이 차고 있는 뱀 모양의 팔찌를 열쇠 삼아서만 열 수 있는 마법이 걸려 있었다. 게다가 뱀 팔찌를 차지 않은 사람이 만지면 짜릿한 전격마법을 선사하는 명품 중의 명품이라고 했다.

무혁은 문득 이 주머니를 만들어서 판다면 대박일 것이라는 생각이 들었다.

"아서라, 아서. 큰일 나지. 시작도 못해보고 가죽이 벗겨질 거야."

만들어서 팔 수만 있다면 엄청난 돈을 벌 수 있는 아이템이다.

하지만 아마도 만들어 팔았다가는 무혁은 세상 모든 권력 기관의 표적이 될 것이 분명한 물건이기도 했다.

무혁은 고개를 설레설레 흔들더니 가죽주머니에서 물건을 꺼내기 시작했다.

잠시 후 그의 앞에는 수북하게 쌓인 액세서리들이 모습을 드러냈다.

얼핏 보기에도 명품임이 분명한 화려한 보석들로 치장된 액세서리들이었다.

무혁은 그중에서도 가장 화려해 보이는 목걸이를 집어 들었다. 금이 주는 특유의 묵직함이 그를 기분 좋게 만들었다.

"이 정도 물건을 들고 나가서 팔면 백이면 백! 도둑놈이나 밀수꾼으로 몰리겠지?"

출처가 밝혀지지 않는 커다란 보석을 팔려면 어둠의 루트를 통해야 할 것이다. 당연히 그가 그런 루트를 알 리 없었다.

요즘 금의 시세가 천정부지로 뛰어오르고 있다는 것은 알고 있는 무혁이다. 무혁은 일단 가장 보석이 가장 작고 금의 양이 많아 보이는 액세서리를 팔아 자금을 마련하기로 결정했다.

지금 무혁에게는 무엇보다 돈이 필요했다. 지금 살고 있는 원룸이 있어서 당장 살 집은 문제가 아니었지만 아스란이 준 힘을 수련해야 할 장소도 구해야 하고, 또한 수련에 필요한 물건들도 제작해야 했다.

"이왕이면 세트가 좋겠지. 조금이라도 돈을 떠받을 수 있을 거야. 귀걸이와 반지는 무게가 얼마 안 나가니 패스~!'

무혁은 팔찌 5쌍과 목걸이 5개를 팔기로 결정했다.

나머지 악세서리들을 주머니에 넣은 무혁은 다른 물건들도 확인하기로 했다.

주머니 안에는 액세서리 외에도 마법무구들과 검술교본, 그리고 마법서들이 들어 있었다. 아스란은 이 물건들로 강해져서 군터하임을 몰아내려 했을 것이다. 하지만 아스란이 죽은 지금 이것들은 오로지 무혁의 것이었고, 어떻게 사용하느냐 하는 것도 순전히 무혁의 의지에 달려 있는 것이다.

무혁이 꺼낸 물건의 양은 도무지 작은 가죽주머니에서 나온 물건이라고 볼 수 없을 만큼 엄청났다.

그중에서 무혁의 주의를 사로잡은 물건은 '마법의 입문'이란 제목을 가진 두꺼운 양피지 책이다.

기사와 마법사 중 어느 쪽을 수련할까 한참을 고민하던 무혁이 결국 선택한 것은 마법사였다.

"누가 뭐래도 하늘도 날 수 있고, 공간이동도 가능하고, 투명해질 수도 있는 마법사가 최고지."

판타지 소설에서 읽었던 내용을 떠올리면서 무혁은 마법사가 되면 할 수 있는 일들을 떠올렸다.

사실 무혁이 마법사가 되기로 결정한 이유는 이런 단순한 이유가 아닌 다른 측면도 있었다.

현대 무기의 기본은 총이다. 기사가 아무리 월등한 신체 능력을 가지고 오러를 사용할 수 있다 하더라도 분당 수백 발을 뿜어내는 기관총을 이길 수는 없다는 것이 무혁이 내린 현실적인 판단이었다.

'게다가 남자의 로망인 여탕 잠입도 할 수 있고 말이지. 크크.'

상상만으로도 마냥 즐거운 무혁이었다.

무혁은 낄낄대면서 마법서의 첫 장을 열었다.

지구에 존재하지 않는 문자로 쓰인 마법서지만 아스란의 통역마법 팔찌를 끼고 있는 무혁은 퓨어 아스트리아 대륙의 말과 언어는 물론 지구상의 모든 말과 언어를 사용할 수 있는 상태였기에 글을 읽는 데에는 아무런 불편함이 없었다.

마법은 마나와 자유의지의 결합이다.

마나는 대자연의 기라고도 말할 수 있고, 대자연 그 자체라고 말할 수도 있다.

마나는 무형이면서 유형이고, 존재하지 않지만 존재한다.

마나는 인간의 자유의지를 통해서 실체화된다.

그래서 마법을 배우기 위한 첫 단계는 수련자가 자유의지라는 명제를 깨닫고 실천하는 일이다.

신은 인간에게 자유의지를 주었지만 때다수의 인간은 자유의지를 사용하지 않는다. 인간의 모든 행동은 그 인간이 겪어온 환경, 문화, 관습, 인습 등에 의해 결정된다.

예를 들어보자.

어떤 사람이 검에 맞아 피를 흘리고 있다.

그를 본 인간은 어떤 행동을 할 것인가. 아마도 때다수의 인간은 두 가지 중 한 가지 방법을 선택할 것이다. 검에 맞은 사람을 치료해 주려 노력하든지 아니면 무서운 생각에 피하든지.

하지만 루콘 산맥의 소수 민족인 케리루샤 종족은 피를 흘리는 것은 인간의 생명력이 빠져나오는 것으로 인식한다. 그래서 그들은 인간의 피를 마시면 자신의 생명이 늘어나는 것으로 믿는다. 그러므로 케리루샤 종족은 자신의 생명력을 보충하기 위해서 피를 흘리는 인간의 피를 빨아먹을 것이다.

인간이 스스로 판단하고 사고한다면 왜 서로 다른 결과가 생겨나는가.

케리루샤 종족의 선택은 거의 모든 문명인이라면 손가락질할 만한 행동이다. 하지만 그들에게는 다른 문명인들의 행동이 이상하게 보일 것이다.

마법사가 되려는 자는 피를 흘리는 사람을 어떻게 보아야 할까.

사실만을 열거한다. 피는 생명의 원천이다. 피가 흘러나가면 사람은 죽는다.

이상이 마법사의 마음가짐이다.

이제 마법사의 자유의지가 나설 차례다. 마법사는 누구도 거부할 수 없는 완벽한 진실에 기반을 두고 마나를 그 자신의 자유의지로 조합한다.

이제 마법사는 인간의 상처를 낫게 하는 리커버리 마법을 펼칠 수도, 오히려 피를 빨아들이는 블러드서킹 마법을 사용할 수도 있는 것이다.

다시 말해 마법사에게는 현상을 직시할 수 있는 매우 강력한 정신력과 직관력, 의지력이 필요하다는 말이다.

"대단해! 무슨 말인지 하나도 모르겠어. 마치 우리나라의 법정 판결문을 읽는 기분이야."

무혁은 마법의 입문을 지은 지은이에게 진심으로 감탄했다.

조사의 연결로만 A4용지 두세 장을 넘어가는 길이의 한 문장으로 된 판결문을 써내는 대한민국 판사들에 비하면 월등하게 모자란 감이 있지만 아무리 읽어도 의미를 알 수 없게 서술하는 방법은 판박이였다.

"그래도 나에겐 이것이 있지."

무혁은 다시 가죽주머니에서 마치 여자들의 콤팩트처럼 생긴 원판을 꺼냈다. 두 개의 원판이 겹쳐져 있는 모양의 원반은 마치 노트북처럼 원판을 벌리면 위쪽의 원판에는 주먹만 한 투명한 구슬이 박혀 있고 그 주변으로 화려한 마법진이 그려져 있는 물건이었다.

아래쪽 원판에는 조그만 단추가 키보드처럼 자리 잡고 있었고 단추들의 중앙에는 무언가를 넣을 수 있는 조그만 서랍이 달려 있었다.

원판은 아스란이 무혁이 마법이나 검술을 배울 때 가장 도움이 될 것이라고 말해주었던 동영상 강의가 들어 있는 마법기록 장치였다.

"가만가만, 이것을 동작시키려면 마나석이 필요하다고 했었어. 어디 있더라."

무혁은 다시 가죽주머니를 열었다.

한참 후에 무혁이 주머니에서 꺼낸 물건은 손바닥보다 조금 큰 크기의 나무로 된 상자였다. 무혁은 상자 안에서 손톱보다 작은 콩알만 한 크기의 보라색 투명한 돌을 꺼냈다.

"애미시스트라고 했지? 마나석, 이것이 마나를 저장하는 돌이라 이거지."

애미시스트는 마나석으로 번역되는 보석이었다. 마나를 모으고 저장하고 압축하는 돌로 마법과 마법진에서는 빼놓을 수 없는 보석이었다.

무혁은 가지고 있는 한정된 마나석으로만 마법을 배워야 했기 때문에 마나석을 만지는 그의 손길은 한없이 조심스러웠다.

무혁은 조심스럽게 애미시스트를 아래쪽 원판 중앙에 달

린 서랍에 넣었다.

그리고 많은 단추 중에서 첫 번째 단추를 눌렀다.

단추들이 순간적으로 반짝거리더니 장치가 동작을 시작했다. 잠시 후 위쪽 원판 중앙에 달려 있는 투명한 구슬에서 영상이 쏘아져 나온 것이다.

백발이 성성한 마법사가 열심히 마법에 대해서 강의를 하는 홀로그램 3D동영상이었다.

"완전 3D노트북이군!"

침대에 비스듬히 누워 영상을 보기 시작한 무혁이 남긴 말이었다.

* * *

종로에 있는 '세라' 주얼리샵의 사장인 최선영은 인터넷으로 그녀가 프로필 사진을 올려놓은 모델 사이트를 확인하다가 늘어지게 하품을 했다.

불경기라 손님은 없었고, 그나마 있는 손님도 요즘 하늘을 찌를 듯이 오르고 있는 금값 덕분에 집에 있던 돌 반지 같은 것을 내다 팔려는 사람들뿐이었다.

'나보다 못생긴 것들뿐인데…… 왜 나에게는 연락이 없냐고.'

그녀는 다시 컴퓨터에 집중했다.

이번에는 메일을 확인하는 일이었다.

메일함에는 수없이 많은 스팸메일과 대여섯 군데의 카드사에서 온 카드명세서가 들어 있었다.

카드명세서를 본 최선영의 마우스를 클릭하는 손길이 바빠졌다.

'이번 달 카드값이 부족해. 뭐 어때, 현금서비스 받아서 막으면 돼.'

사실 그녀에게 닥친 문제는 단순히 카드값만이 아니었다. 그녀는 종로 일대에 있는 사설 금융업체 몇몇 군데에도 몇 백씩의 돈을 빚지고 있는 상태였다.

"휴, 장사가 너무 안 돼."

최선영은 한숨을 내쉬었다.

평범한 부모님을 조르고 졸라 대학에서 배운 전공을 살려 주얼리샵을 오픈했고, 인터넷으로 광고도 하고 있지만 매상은 신통치 않았다.

그래도 그뿐이라면 신통치 않은 매상으로도 매장을 유지하는 데 별 어려움은 없었다. 하지만 그녀는 자신에 대한 투자라고 철석같이 믿고 있는 성형시술과 분에 넘치는 명품 구입으로 빚이 기하급수적으로 늘어가고 있는 상태였다.

최선영은 유명 여배우가 외국에 나가면서 공항에서 찍힌

사진, 속칭 공항패션 사진에 집중을 했다.

'이년은 얼굴도 오크처럼 생겼으면서 예쁜 척하는 것이 맘에 안 들어. 그나저나 이 백 예쁘다. 내가 들면 훨씬 예쁠 것 같은데……'

최선영은 불공평한 세상에 한탄을 했다. 자신은 조금 더 나은 환경에서 지금보다 훨씬 좋은 생활을 해야 하는 여자였다.

사진 속 여배우의 어깨에 걸린 명품 핸드백을 보면서 잠시 흥분하던 최선영의 손길이 바빠졌다.

여배우에 대한 악플을 다는 것이다.

며칠 전 홍대 클럽에서 술에 취해 웃통 벗는 것 보기 안 좋았어요. 공인이면 조금 더 남의 눈을 의식해야 되지 않을까요? 그건 그렇고 가슴도 작았는데 그나마도 수술한 것 같아요.

—청담동 예쁜이

택도 없는 유언비어를 날조하는 악플을 날리며 최선영은 자신을 마음을 만족시켰다.

최선영은 170㎝가 넘는 키에 아름다운 외모를 가지고 있는 여자였다. 물론 그녀가 가진 아름다움의 대부분은 현대 의학의 힘을 빌린 바가 컸지만 주변 사람들이 그녀에 대해서 손가락질할 때마다 반대로 그녀의 자부심은 커져만 갔다.

'부러우면 부럽다고 해야지……. 흥! 결과가 중요해!'

그녀가 악플에 열중일 때 가게의 문이 열리고 무혁이 들어섰다.

무혁은 인터넷으로 정보를 모아 보석감정과 도소매를 겸하는 규모가 큰 주얼리샵이라고 선전하는 업체 한 군데를 찾아냈고 그곳이 바로 세라였다.

최선영은 들어오는 무혁을 보고 안색을 찌푸렸다.

무혁의 차림새 덕분이었다.

무혁은 항상 입고 다니는 물 빠진 청바지에 목이 늘어난 티셔츠 차림이었다.

'저 남자 뭐야? 어디서 돌 반지 한 개 팔려고 가져왔나 보네.'

최선영은 순간적으로 무혁을 판단했다.

저 남자는 별 볼일 없는 남자라고 결론을 내린 최선영은 간만에 온 손님에 대한 기대감을 접었다.

하지만 일은 일이다.

무혁을 맞는 최선영의 얼굴 표정과 어투는 한없이 상냥했다.

"어떻게 오셨어요?"

무혁은 아름다운 여자가 친절하게 자신을 맞아주자 기분이 좋아졌다.

'오호~! 예쁜데……'

여자라고는 사귀어 본 적 없는 숫총각 무혁의 당연한 반응이었다.

무혁은 최선영에게 오면서 생각해 두었던 말을 꺼냈다.

"제 어머님께서 지금까지 모으신 귀금속들이 있는데 감정을 받고 가격이 괜찮으면 팔고 싶어서 왔습니다. 물론 매입하지 않으셔도 감정료는 드리겠습니다."

처음부터 덥석 물건을 팔겠다고 내놓은 것보다는 감정을 받아서 가치를 아는 것이 급선무라고 생각한 무혁의 선택이었다.

'오호, 돈이 되겠는걸. 부모님의 목걸이를 가져오는 놈들치고 멍청하지 않은 놈은 없는 법이거든.'

아이 돌 반지나 팔러 온 줄 알았던 손님이 어머니 패물을 들먹이자 최선영은 쾌재를 불렀다.

여자친구에게 명품 가방을 사주기 위해, 혹은 유흥비를 마련하기 위해 어머니의 패물을 훔쳐다 파는 자식이 많고 많다는 걸 그녀는 경험으로 잘 알고 있었다.

그리고 그런 놈들치고 제대로 된 놈이 없다는 사실도 선영은 물론 잘 알고 있었다.

무혁은 화려하게 세공된, 중량이 꽤 나가는 금과 보석으로 장식된 목걸이와 목걸이와 한 쌍인 팔찌 두 개를 꺼내놓았다.

목걸이에 매달린 펜던트는 중앙과 주변이 다이아몬드로

보이는 보석으로 화려하게 세팅된 물건이었다.

"디자인은 옛날식이긴 하지만 그래도 대단하군요?"

액세서리를 보는 최선영의 표정이 환해진다.

무혁이 꺼내놓은 물건들은 일단 중량이 나간다.

당연히 중량이 나가면 매입가와 판매가의 차액이 많아지는 것이 당연하다.

돈이 되는 것이다.

'시작이 좋은걸?

무혁은 여사장의 반응이 좋은 걸 보고 안심했다. 자신의 것이 분명한 액세서리지만 이상하게도 훔친 물건을 파는 것처럼 가슴이 뛰는 무혁이었다.

하지만 그런 좋은 기분도 잠시였다.

"조금 이상하군요. 검사를 해보아도 될까요?"

"네, 얼마든지 그렇게 하세요."

고개를 갸우뚱하던 최선영은 금 체인과 펜던트를 분리한 다음 체인의 안쪽의 안 보이는 부분을 도구를 써서 살짝 긁어냈다.

그러더니 긁어낸 시편에 책상 속에서 꺼낸 약품을 한 방울 떨어뜨렸다.

"이 방법을 시금석 법이라고 해요. 금의 함량을 대략 측정하는 방법이랍니다."

잠시 후 실험을 마친 최선영은 아직도 이해하기 힘들다는 표정이다.

"얼핏 보기에는 24K처럼 보였는데 18K 정도 되는군요."

"그렇습니까?"

실험까지 하는 것을 보고 혹시나 하던 무혁은 안심했다.

최소한 금이란다. 혹시나 금이 아닐까 하는 두려움이 사라졌다.

최선영은 무혁에게 설명을 해주었다.

"아무래도 이 금은 꽤 오래된 고금(古金)인 것 같아요. 요즘 물건이 아니네요."

"고금(古金)이 뭐죠?"

"보통 고금이라면 묵혀둔 금, 그러니까 장롱 속에 처박혀 있던 오래된 금 장신구를 말하지만 이 펜던트의 경우에는 말 그대로 오래된 금을 뜻해요. 100년 이상 된 장신구란 이야기지요."

"아~! 그렇군요."

비로소 무혁은 최선영의 말을 이해할 수 있었다. 아스란이 준 장신구들은 황실에서 대대로 물려 내려온 것들일 테니 100년이 넘었을 거란 주인의 말은 정확했다.

최선영은 말을 이어나갔다.

"보통 18K 골드 하면 금의 함량이 75%에 구리나 은 등의 금속이 25% 들어갑니다. 뭐, 화이트 골드니 핑크 골드니에 따라 성분이 변하긴 하지만요. 하지만 이놈은 정확하지는 않지만 제 느낌으로는 구리나 은 등이 아닌 다른 금속이 들어간 것 같습니다. 물론 금 함량만 맞으면 가격에는 별 차이가 없지만 말이죠."

최선영은 설명을 마무리했다.

무혁은 주인의 말에서 한 가지 사실을 깨달을 수 있었다.

아스란이 온 세상은 현대의 지구와는 동떨어진 문명을 가진 세상이다. 그리고 그 세상의 문화나 사회 구조는 마법과 오러를 제외하고는 지구의 중세와 매우 비슷했다. 그러므로 아마도 그곳은 현대의 지구처럼 완벽한 금의 제련 방법이 성립되지 않았을 것이 분명했다.

'불순물이 많겠군. 그럼 펜던트도 마찬가지일 텐데…….
게다가 보석도……. 보석은 질도 질이지만 가공도 중요하다고 들었는데…….'

무혁의 걱정은 곧바로 현실이 되었다. 기대가 와르르 무너지는 순간이었다.

최선영은 펜던트를 들어서 무혁에게 보여주며 말을 이어나갔다.

"문제는 이 펜던트입니다."

"……."

"가운데 가장 큰 보석은 수정입니다. 품질은 좋지만 보석으로서 가치는 거의 없다고 봐야죠. 그리고 주변에 박힌 보석들도 수정입니다."

왜 그랬을까?

순간적으로 최선영은 무혁에게 거짓말을 했다.

분명 가운데 커다란 보석은 수정이 분명했다. 하지만 주변의 보석은 커팅이 좋지 않았지만 품질은 상당히 훌륭한 다이아몬드가 맞았다.

그녀는 무혁이 속으면 그것으로 그만이고, 아니라면 작아서 확인을 못했다고 말하면 그만이라 생각하고 있었다.

보석을 취급하는 곳이라면 어디서나 벌어지는 일이었다. 보석의 세계에서는 아는 만큼 보이는 법이었고 최선영은 그런 공식에 철저한 여자였다. 게다가 이번 건만 잘되면 지금지고 있는 빚을 청산하고 조금 전 인터넷에서 본 여배우가 들고 있던 백도 살 수 있다는 생각에 그녀는 조금의 희열마저느끼고 있는 상태였다.

무혁이 당황할 차례다.

'수정 목걸이라니. 그래도 황후가 끼던 물건인데……'

최선영은 무혁의 양해를 얻은 후 유성펜으로 중앙의 보석에 선을 그렸다.

"다이아몬드는 친유성이랍니다. 그래서 유성펜으로 선을

그리면 선이 확실하게 그려지지요. 그런데 보세요. 선이 끊어

지지요?'

　　최선영의 말마따나 유성펜으로 그린 선은 툭툭 끊어져 있

었다.

　　"그렇군요. 어머니에게 말씀을 들은 것 같습니다."

　　무혁은 혹시나 사장이 이상하게 여길까 봐 얼른 어머니 핑

계를 댔다.

　　'어머니, 죄송합니다. 지금껏 목걸이 한 개 못 사드렸는

데…… 제가 돈 벌어서 꼭 사드릴게요.'

　　어머니를 파는 것에 대해 양심의 가책이 생긴 무혁이었다.

　　"속아서 사신 것이 아니라니 다행이에요."

　　'이 자식 진짜 모르잖아?'

　　최선영은 멍청한 청년이 눈치를 챌까 봐 손에 땀이 젖어 왔

다. 그녀는 얼른 치마에 손을 닦았다.

　　최선영은 거의 허벅지위 30cm는 올라갈 만큼 짧은 초미니

스커트를 입고 있었다.

　　무혁의 눈이 본능적으로 최선영의 뽀얀 허벅지로 향했다.

　　'죽인다.'

　　저절로 입이 벌어지는 무혁이었다. 한낱 수정 따위는 이미

그의 뇌리에서 사라졌다.

　　"큼~!"

끈적끈적한 무혁의 눈길을 느낀 최선영이 잔기침을 했다.

'남자들이란……'

깜짝 놀란 무혁은 얼른 고개를 올리고 어색함을 지우려고 질문을 던졌다.

"그럼 가격이 얼마나 되겠습니까?"

"금은 중량이 꽤 나갑니다. 체인, 펜던트, 팔찌 합해서 거의 백세 돈 정도 되는 무게입니다. 18K의 오늘 매입가격은 돈당 141,000원입니다."

최선영이 계산해 준 가격은 14,523,000원이었다.

'생각보다 많이 나가질 않네. 하기야 세공비는 금을 매입할 때는 전혀 쳐주질 않는다니. 게다가 보석도 다이아몬드가 아니고……'

무혁은 어디선가 주워들었던 개똥 상식이 생각났다.

'팔아, 말아?'

무혁은 잠시 시간을 달라고 말하고 최선영이 차를 한 잔 가져오는 틈을 타서 스마트 폰으로 금 시세를 검색했다. 금 시세는 최선영의 말이 맞았다. 게다가 오히려 인터넷상에서 검색된 오늘의 매입시세보다 1,000원이 비싼 가격이다.

"이것도 봐주세요."

무혁은 들고 온 가방에서 다른 목걸이와 팔찌 세트를 꺼냈다. 무혁의 계획대로라면 1,400만 원으로는 돈이 부족했다.

이번에 꺼내놓은 것은 조금 전의 물건보다 중량이 조금 더 나가는 것이다.

일련의 과정을 거쳐서 최선영이 제시한 가격은 18,612,000원. 두 개를 모두 합한 가격은 33,135,000원이었다.

"팔겠습니다."

최선영은 입이 찢어지기 일보 직전이다. 금만 가져고도 그녀는 최소한 500만 원의 이익이 생겼다. 게다가 다이아몬드는 별도였다.

"잠시만 기다려 주시겠어요. 워낙 큰 금액이라 저도 돈이 부족하답니다."

최선영은 무혁에게 양해를 부탁하고 홍성표에게 전화를 걸었다.

홍준표는 그녀의 남자친구로 고급 외제 승용차를 타고 다니는 재미교포 재력가였다.

"준표씨? 금을 매입해야 하는데 돈이 부족해서 말이야. 한 3,500만 원만 빌려줄 수 있어?"

이런 일이 한두 번이 아닌지 통화를 하는 최선영의 말투에는 거침이 없었다.

"고마워! 사랑해~!"

최선영은 밝은 표정으로 통화를 끝낸 후 무혁에게 다가왔다.

"10분만 기다려 주세요. 그동안 서류처리를 하죠. 금의 양이 많으니 아무래도 신분증을 복사해야 될 것 같아요. 만일이라는 것이 있잖아요. 괜찮으시죠?"

"네, 괜찮습니다."

최선영은 무혁이 넘겨준 주민등록증을 복사하고 10분이 지나 아마도 돈을 입금했다는 것으로 보이는 문자가 도착하자 인터넷 뱅킹으로 무혁의 계좌에 돈을 이체시켜 주었다.

'대단하네. 남자친구가 3,500만 원 정도는 껌으로 아는 남자가 봐. 부럽다.'

솔직한 심정이었다.

최선영은 보기 드물게 아름다운 여인이다.

약간 인상이 사나워 보이는 것이 조금 아쉽기는 했지만 그렇다고 해서 그녀의 아름다움이 손상되는 것은 전혀 아니었다.

그리고 그 여인은 3,500만 원이란 거금을 전화 한 통으로 빌려줄 수 있는 재력가 남자친구가 있었다.

약간은, 아주 약간은 최선영에게 관심이 있었던 무혁이었다.

무혁은 자신의 통장에 입금된 돈이 자신에게는 거금이지만 어떤 사람에게는 아무것도 아닌 돈일 수 있다는 생각이 들자 한숨만 나왔다.

여러 의미에서 좌절하고 있는 무혁과는 달리 최선영은 자신의 행운에 기쁨을 감추기 힘들었다.

금값만 해도 500만 원의 차익이 생기지만 다이아몬드는 온전히 자기의 몫이었다.

그녀가 대충 계산한 다이아몬드의 가격은 2억이 넘는 금액이었다.

'멍청한 자식.'

최선영이 내린 무혁의 평가였다.

그리고 그 평가는 적절한 것이었다.

'대단해. 정말 대단해.'

아무리 봐도 감탄이 절로 나오는 액세서리였다.

금을 매입할 때는 세공비를 치지 않는 것이 상식이다. 하지만 이 정도 물건에는 상식이 통하지 않는 법이다.

계란만 한 펜던트에는 수백 송이의 장미꽃이 아름답게 조각되어 있었다. 팔찌는 세공기술이 더욱 대단했다. 확대경으로 봐야 겨우 보일 정도로 작은 수천 송이의 장미꽃이 정교하게 조각되어 있고, 촘촘하게 작은 다이아몬드로 장식되어 있는 팔찌는 나름 전문가인 최선영이 보기에도 경악할 만큼 대단한 물건이었다.

솔직히 최선영은 지금까지 이렇게 정교한 세공과 조각기술은 본 적이 없었다.

'임자 잘 만나면 이대로 팔아도 좋을 텐데 말이야.'

최선영은 모든 일을 마친 무혁이 가게 밖으로 나가려 할 때 그를 붙잡았다. 빚에 대한 고민을 깨끗하게 씻어준 멍청이에게 한 가지 선물을 주기 위해서였다. 게다가 멍청이가 들고 있는 가방에는 분명 더 많은 액세서리들이 들어 있다는 것을 그녀는 알고 있었다.

이런 호구에게는 잘 보여 두는 것이 중요했다. 한 번 호구는 영원한 호구인 것이 이쪽 업계의 불문율이었다.

"어머님께서 소중하게 간직하셨을 목걸이와 팔찌를 파시는 것이니 이거라도 가져다 어머니께 선물하세요."

최선영이 무혁에게 준 물건은 14K 골드로 아름답게 장식된 자수정 목걸이와 팔찌였다. 가격은 비싸지 않지만 화려하고 크기가 큰 유색 보석을 좋아하는 장년층이 좋아하는 물건이었다.

무혁은 자수정 목걸이와 팔찌를 보고 까무러치게 놀랐다.

'이 보석은 애미시스트잖아. 마나를 저장하고 정제하고 모으는 돌. 곧 마나석! 이 정도 크기면 최상급? 죽인다.'

무혁은 놀란 가슴을 억지로 다독거렸다.

애미시스트는 분명 마나석이었다. 아스란의 설명에 의하면 지구는 그가 온 세상에 비해서 마나의 농도가 거의 오분지 일 수준으로 낮은 곳이다. 그래서 무혁이 마법을 배우고 사용하는데 마나석은 많으면 많을수록 좋은 물건이었다.

그런 물건을 느닷없이 발견한 무혁은 자신의 행운에 축배를 들고 싶은 마음뿐이었다.

　"사장님, 혹시 이 보석 이름이 뭐죠?"

　"자수정이에요."

　"이 자수정을 금장식을 제외하고 산다면 얼마나 할까요?"

　무혁은 최선영에게 질문을 던졌다.

　느닷없는 무혁의 질문을 받은 최선영은 마음속으로 뜨끔했다. 솔직히 자수정은 보석으로서의 가치가 거의 없는 준보석이다. 원가로 따지자면 팔찌 한 개의 가격이 만 원도 채 안 되는 물건인 것이다.

　하지만 어쩔 수 없는 일. 인터넷 액세서리 사이트에도 자수정 팔찌와 목걸이는 흔하고 흔하니 거짓말을 한다고 해서 통할 일이 아니었다.

　어쩔 수 없이 최선영은 무혁에게 사실을 이야기해 줄 수밖에 없었다.

　"자수정은 기를 모으고 정신을 안정시키는 효과가 있다고 동의보감에 나와 있을 정도로 사람에게 좋은 보석이에요. 제 가게에서 취급하는 것은 그중에서도 최고의 품질을 가진 것이지만 사실 자수정은 비싼 보석이 아니죠. 아마 모두 합해도 10만 원을 넘지 않을 거라고 생각되네요."

　그래도 최선영은 최대로 가격을 부풀리는 것을 잊지 않았다.

"나이스."

"네?"

"아……. 아닙니다."

무혁은 최선영이 말하는 가격을 듣고는 너무 기뻐서 싸구려를 선물로 받았다는 사실도 있고 무의식 중에 탄성을 질렀다.

무혁은 최선영에게 진심으로 감사했다. 그래서 앞으로 팔장신구를 또 가져오면 잘 부탁한다는 말까지 남기고 가게를 나섰다.

솔직히 무혁이 화가 나서 거래를 취소할까 봐 걱정이 태산이던 최선영의 입장에서야 이런 호구가 또 있을까 싶은 행동이었다.

얼마나 기뻤는지 최선영은 큰길까지 따라나서면서 무혁을 배웅했다.

"일이 잘 풀려서 다행이야. 생각보다 쉽게 팔았으니 말이지. 게다가 무엇보다 필요한 마나석이 그렇게 싸다니. 대박이야."

모르는 것이 약이라는 말이 있다.

2억이 넘는 액세서리를 단돈 3,500만 원에 넘기고도 기분 좋은 무혁이었다.

무혁은 오랜만에 목에 기름기를 바르고 싶은 마음에 저녁에 구워먹을 삼겹살과 소주를 사서 집으로 돌아갔다.

오늘 무혁은 단숨에 3,500만 원이란 거금을 손에 넣었다.

하지만 그는 팔아치운 목걸이와 팔찌들에 대해서 몰라도 너무 몰랐다.

그가 판 액세서리들은 최고의 드워프 장인이 심혈을 기울여 만든 물건이었다. 게다가 황실마법사가 마법 부여까지 한 명품 중의 명품이었던 것이다.

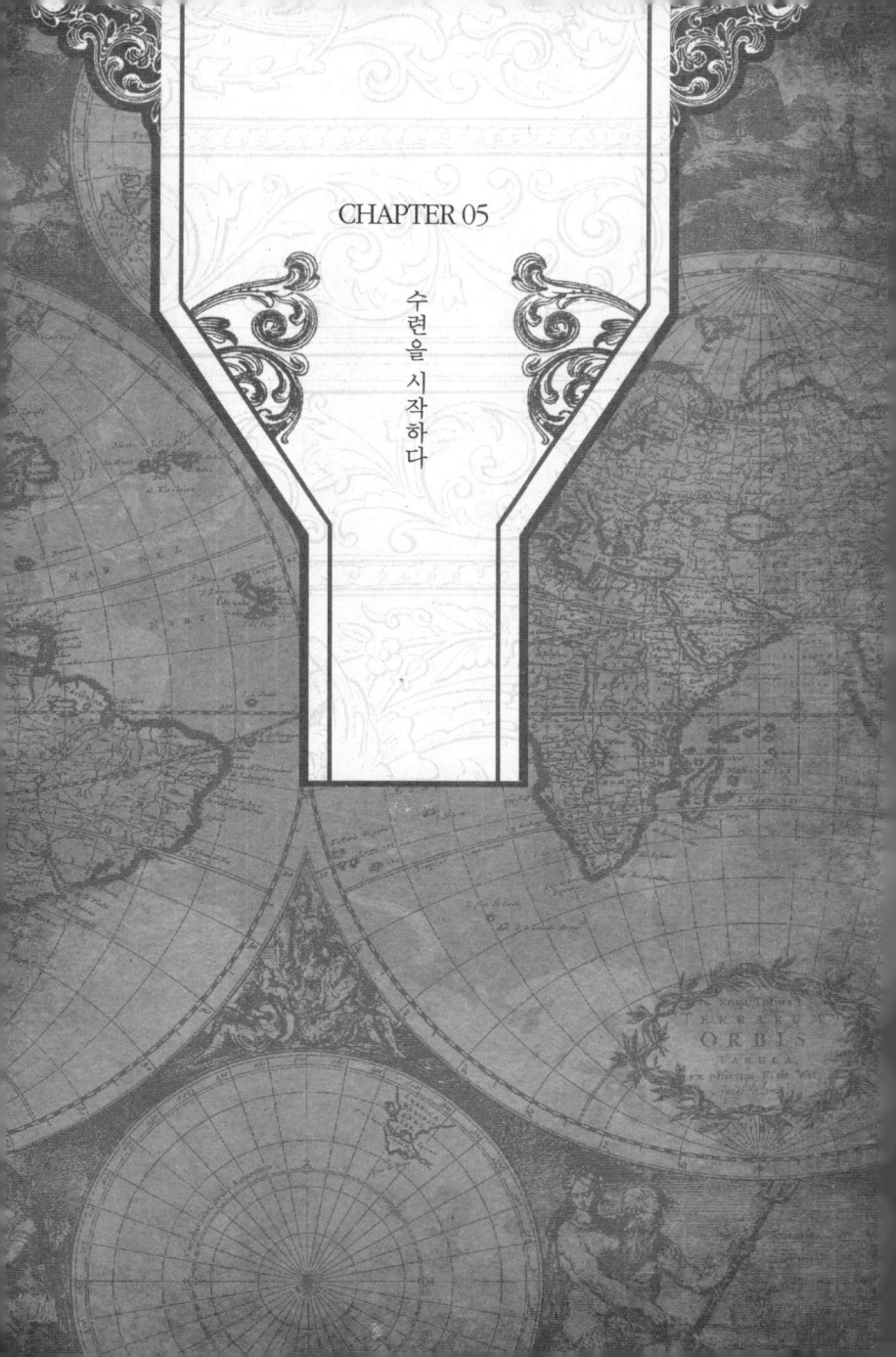

CHAPTER 05

수련을 시작하다

　종잣돈을 마련한 며칠 후 무혁은 구로공단으로 향했다. 구로공단에는 지금은 망해 버리고 없는 무혁이 다니던 회사에서 함께 근무하던 김진수란 이름을 가진 형이 운영하는 조그만 기계부품 가공회사가 있었다. 회사라고는 하지만 직원 한명을 두고 CNC와 선반 한 대, 밀링 한 대로 주문받은 부품을 가공하는 조그마한 구멍가게 수준의 회사였다.

　"오랜만이야, 진수 형. 사업은 어때?"

　무혁은 근 6개월 만에 만나는 진수에게 반갑게 인사를 건넸다.

진수는 선반으로 쇠 환봉을 가공하고 있는 중이었다.

회사에 다닐 때부터 두 사람은 친형제처럼 가깝게 지낸 사이다. 하지만 회사가 망하고 나서는 진수가 자신의 회사를 차리느라 바빴고 무혁도 나름 바쁘게 생활해서 두 사람이 얼굴을 본 것은 이번이 처음이었다.

"살아 있었네? 잠시만!"

진수가 무혁의 말에 쳐다보지도 않고 대답했다. 진정 가까운 사이는 일 년 만에 봐도 어제 본 것처럼 대해주는 사이라는 말이 있다. 일견 쌀쌀맞은 반응이지만 진수는 무혁에게 그런 존재였다.

무혁은 집중하고 있는 진수에게 방해가 되지 않도록 가게를 구경하기로 했다.

20평도 안 되는 조그만 작업장과 작은 사무실로 이루어진 단출한 작업장이다.

아마 기계들을 리스로 구입하고 가게를 얻느라 빚깨나 졌을 것이 분명한 진수다.

'잘되야 할 텐데……'

대충 구경을 마친 무혁은 사무실에 들어가서 소파에 주저앉았다. 벽에 걸린 작업표를 보니 불경기에도 불구하고 빈틈이 없이 빼곡했다.

원체 실력이 있고, 성실한 진수라 일감은 끊이지 않고 들어오는 모양이다.

잠시 후 철봉 가공을 마친 진수가 무혁이 앉아 있는 소파로 다가왔다.

"그래서 무슨 일이냐?"

모르는 사람이 봤으면 싸우는 줄 알 만큼 퉁명스러운 질문 이지만 누구보다 진수의 마음을 잘 아는 무혁이라 전혀 신경 쓰지 않았다. 오히려 진수가 평소의 모습이 아니라 무혁을 환 대했다면 그는 혹시 진수가 무슨 일이 있지 않을까 걱정했을 것이다.

"응! 필요한 게 있어서……. 형이 좀 만들어줬으면 하구."

무혁은 주머니에서 집에서 그려온 도면을 꺼내 놓았다. 이 류 대학이지만 명색이 기계공학과를 나온 무혁이다. 종이에 대충 수치만 써놓은 간단한 도면을 그리는 일은 아무것도 아 니었다.

진수가 무혁이 꺼내 놓은 도면을 받으면서 말했다.

"돈은?"

"우리 사이에 돈 이야기가 너무 빠른 거 아냐? 아직 도면도 보기 전인데?"

"잘 가라."

물론 진수의 농담이다. 최소한 무혁이 아는 진수는 그런 사 람이다.

"알았어. 알았어. 빳빳한 현찰로 지불할게. 오케이?"

"진작 그럴 거지. 자~ 한번 볼까?"

진수는 진지한 표정으로 도면을 살폈다. 물론 간단한 도면이라 진수가 도면을 확인하는 데는 많은 시간을 필요로 하지 않았다. 하지만 도면에 그려진 물건이 문제였다.

"도대체 넌 이걸로 뭘 하려는 거냐?"

진수가 고개를 흔들며 무혁에게 물었다. 황당한 것이다.

무혁이 주문한 물건은 지름 350㎜에 길이 4m짜리인 강철기둥 한 개, 지름 3㎝에 길이 1.3m짜리 탄소강 봉 5개, 지름 10㎝ 정도의 자물쇠가 달린 쇠고리 40개다.

아무리 생각해도 서로 전혀 연관이 없는 물건들의 조합이니 진수가 궁금해하는 것은 당연한 일이다.

"내가 운동 좀 해보려고."

"운동하는데 이런 물건이 필요해?"

"흐흐"

"넌 할 말이 없으면 꼭 이상하게 웃더라."

"흐흐, 일단 재질은 무르지 않았으면 좋겠어. 아니 오히려 단단할수록 좋아. 그리고 쇠기둥에는 크레인으로 들어 올릴 수 있도록 튼튼한 고리를 한쪽에 달아주고 반대쪽에는 대충 강철봉을 십자 모양으로 용접해 줘. 그거 묻어서 시멘트로 고정시킬 거거든. 참. 그리고 다 완성되면 내가 지정하는 곳으로 가져다주면 돼."

"다른 건 문제가 없는데 쇠기둥은……. 잠깐만."

진수는 계산기를 꺼내 쇠기둥의 중량을 계산했다.

"대략 3톤이 넘는다. 이건 우리가 못하고 환봉을 취급하는 철강 대리점에 의뢰를 해야겠다."

"왜? 형 회사에서 안 돼?"

"응. 우리 기계로는 가공이 안 돼, 그리고 무엇보다도 어차피 350㎜ 환봉은 규격품이 나오니 그냥 가서 길이에 맞게 잘라오는 게 편해."

진수는 이런 사람이다. 아무 말 하지 않고 자신이 대행하기만 해도 돈이 들어오는 일이지만 절대 그런 짓은 못하는 사람이 진수다.

무혁도 명색이 철밥을 먹은 사람으로 그런 사정을 모를 리 없다. 하지만 회사를 차린 지 얼마 안 된 진수에게 일감을 주고 싶다는 생각에 도면을 내민 것이다.

"그건 형이 알아서 해줘."

무혁은 대략적인 계획을 이야기해 주고 진수에게 작업할 인부들의 수배까지 부탁을 했다.

"운송비는 당연히 별도다."

"짠돌이!"

"꼼생원!"

"하하하하하하"

"크하하하하"

"일 이야기는 끝마쳤으니 조금만 기다려라. 술이나 한잔하
자."

"당연하지! 그러려고 저녁시간에 맞춰서 왔잖아."

이런저런 일로 요즘 부쩍 외로움을 타는 무혁의 마음을 진
수는 아는지 술자리를 제안했다.

무혁은 진수와 만남이 마냥 즐거웠다.

                    *   *   *

김진수가 무혁이 의뢰한 물건들을 제작하는 시간은 이틀
이면 족했다. 김진수는 무혁의 성화에 작업 일정을 조정해서
최대한 빨리 만들어주기로 했다.

무혁은 김진수가 작업을 하는 동안 장안평 중고차 시장에
가서 천만 원을 주고 작은 SUV를 한 대 구입했다. 수련을 위
해서 빌린 빈 공장의 위치가 대중교통으로는 접근하기 힘든
서울 외각에 있어서였다.

태어나서 처음으로 산 차다. 비록 중고차이긴 하지만 무혁
은 자신이 산 차가 어떤 멋진 외제 스포츠카보다 멋지게 보였
다.

시동을 거는 무혁의 손길이 조심스러웠다. 솔직히 말해서 무혁의 면허는 장롱면허였다.

'아버지도 한 대 사드려야 할 텐데……'

하지만 아버지의 반응이 두려웠다. 그가 아는 아버지는 차를 선물 받은 기쁨에 앞서 무혁이 어디서 돈이 났을까 취조를 먼저 하실 분이다.

'로또에 당첨됐다고 뻥을 칠까?'

이런저런 생각을 하면서 무혁은 그가 임대한 빈 공장에 도착했다.

국도변의 산길로 한참을 들어가야 하는 장소에 있는 공장은 상당기간 비어 있어서 거의 폐가로 변해 있는 건물이었다.

무혁은 건물을 관리하는 부동산 회사의 직원과 만나서 보증금 1,000만 원, 월 200만 원에 공장을 빌리는 것으로 계약을 완료한 상태였다.

"이제 어떻게 하면 되는 거냐?"

완성된 물건들을 가져온 진수는 어이가 없다는 듯이 창고와 쇠기둥을 번갈아 가리켰다. 아직도 무혁이 무엇을 하려는지 도무지 짐작이 가지 않는 진수다.

"다른 건 상관없고 공장 한가운데 땅을 파고 저 쇠기둥을 1m쯤 묻은 다음 주변을 시멘트로 고정시키기만 하면 돼"

"……"

진수가 운반을 위해서 크레인이 달린 5톤 트럭을 동원했을 정도로 무거운 쇠기둥이었다. 그저 쉽게 생각할 문제가 아니었다.

"너, 그래서 고리를 달아 달라고 했던 거구나?"

"응. 쇠기둥 한쪽에 고리에 체인을 걸고 들어 올려야지."

무혁이 고개를 끄덕였다.

진수는 인부를 동원해서 시멘트로 된 공장 바닥을 에어브레이크로 깨내기 시작했다.

그리고 바닥을 파낸 다음 기둥을 세우고 다시 시멘트로 빈틈을 메우면 되는 것이다.

인부들에게 작업 지시를 내리는 진수에게 무혁이 말을 걸었다.

"형! 안 바빠?"

"바빠."

"흥."

"크크크크!"

농담인지 진담인지 모를 대화가 오갔다.

무혁은 자신의 일처럼 모든 도구와 인부와 자재를 준비해 준 진수가 고마웠다. 물론 모든 비용은 이미 진수의 계좌로 조금의 보너스를 보태서 이체한 상태였다.

진수가 미리 준비해 놓은 인부들과 자재들 덕분에 몇 시간의 작업 끝에 수월하게 일을 끝마칠 수 있었다.

이제 기둥을 고정시킬 시멘트가 굳기만 하면 무혁은 강해질 준비가 끝난 것이다.

*   *   *

"이제 시작이다."

무혁은 쇠기둥을 중심으로 줄자를 대고 주의 깊게 분필로 원을 그렸다.

그리고는 펼쳐 놓은 양피지를 보면서 정확한 치수에 맞춰 세부적인 문양을 그려나가기 시작했다.

지금 무혁이 그리고 있는 것은 마나 집적 마법진이다. 그리고 이 마법진은 아직까지는 마법을 사용할 수 없는 무혁이 그릴 수 있는 유일한 마법진이기도 했다.

수십 개의 선과 문양, 그리고 원들이 교차하는 마법진을 그리고 난 무혁은 룬문자가 인쇄된 A4용지 뭉치를 꺼냈다.

무혁의 능력으로는 도저히 그릴 방법이 없어서 룬문자의 이해란 마법서를 사진으로 찍어서 컴퓨터로 확대한 다음 프린터로 출력한 것이다. 무혁은 A4용지에 인쇄된 룬문자를 오려내기 시작했다. 그리고 나서 A4용지를 바닥에 두고 흰색 스프레이를 뿌리기 시작했다.

어디까지나 정확한 치수대로 마법진을 만들어야 하는 무혁이 생각해 낸 잔머리의 산물이다.

스프레이를 뿌리고 난 무혁은 자동차에서 미리 사둔 공업용 분쇄기를 꺼내왔다. 돌이나 유리를 가루로 만드는 용도로 사용되는 물건이다. 무혁이 분쇄기에 넣은 것은 마나석인 자수정들이다. 무혁은 자수정을 가루로 만들 심산이었다.

잠시 후 곱게 갈아진 자수정 가루를 무혁은 벽지를 파는지물포에서 사온 벽지용 풀에 넣고 잘 섞었다. 그리고는 붓으로 자수정 가루가 들어 있는 풀을 그려놓은 마법진에 덧바르기 시작했다.

한참을 지나 풀이 마른 것을 확인한 무혁은 조심스러운 손길로 줄자를 들고 마법진의 하나하나의 자세한 수치를 양피지에 그려진 마법진의 수치와 비교하기 시작했다.

"됐어. 마법진은 됐으니 이제 시동할 단계야."

무혁은 만족스러운 표정이다. 그는 자수정 목걸이를 분해해서 나온 콩알만 한 크기의 자수정들을 마법진에 표시된 장소에 놓기 시작했다.

무혁이 마지막으로 한 행동은 마법의 가죽주머니에서 황금빛 액체가 들어 있는 조그마한 유리병을 꺼내는 일이었다.

"현자의 돌이란 말이지!"

돌이라고는 하지만 액체였다.

현자의 돌(Philosopher's Stone)은 연금술에서 비귀금속들, 즉 철이나 납을 황금으로 바꾸어주는 역할을 한다고 믿어지는 촉매다. 하지만 무혁이 들고 있는 유리병 속 현자의 돌의 사용방법은 중세시대 연금술사들이 만들고 싶어하던 그것과는 확연히 사용방법이 달랐다.

아스란의 세계에서 현자의 돌은 마법사를 대신하는 물질이다. 마법진을 시동할 수 있는 마법사가 없는 상황에서 일반인이 마법진을 시동하려 할 때, 아니면 마법 물품을 사용하려 할 때 마나의 초기시동을 도와주는 물질인 것이다.

무혁은 조심스럽게 마법진의 지정된 장소에 현자의 돌을 뿌렸다.

그러자 현자의 돌은 무혁이 열심히 그린 선을 따라서 휘발유에 붙인 불이 타오르듯이 빠른 속도로 마법진 전체로 퍼져나갔다.

그리고 잠시 후!

마법진은 밝은 빛을 내더니 환상처럼 허공으로 떠올랐다. 그리고 맹렬하게 회전하다 신기루처럼 사라졌다.

"서… 성공이야."

무혁은 방금 마나 집적 마법진을 가동시키는 데 성공한 것이었다.

눈에 보이지도 않고 지금의 무혁으로서는 느낄 수도 없지만 마법진 내부는 마법진이 주변에서 빨아드린 평소의 100배가 넘는 마나들로 가득할 것이다.

마법진의 준비가 끝난 무혁은 탁자 위에 놓아두었던 새하얀 대리석 같은 재질로 만들어진 우윳빛 여신상을 조심스럽게 어루만졌다.

'너만 믿는다.'

크리샤스 여신상이었다. 여신상을 만질 때마다 찌릿찌릿한 전기가 무혁의 몸을 통과하는 느낌이 들었다.

무혁이 계획한 수련을 하기 위해서 꼭 필요한 물건이 바로 이 여신상이었다.

무혁은 쇠막대기를 들고 굳은 표정으로 쇠기둥 앞에 섰다.

쇠기둥은 사분의 일 정도가 땅속에 묻혀 시멘트로 단단하게 고정되었고, 무혁이 사온 탁자 위에는 쇠막대기와 쇠고리들이 가지런히 놓여 있었다.

마나 집적 마법진도 정상적으로 시동을 한 상태니 모든 준비는 완료된 상태였다.

"이 방법 이외에는 달리 방법이 없다는 것이 너무 슬퍼."

기둥 앞에 서서 한참을 망설이던 무혁은 어금니를 질끈 물더니 쇠막대기를 두 손으로 꼭 잡고 쇠기둥을 향해서 그대로 풀스윙을 했다.

깡!

땡그랑~!

털석.

"크아아악!"

쇠막대기가 어디론가 날아가고 무혁이 창고 바닥에 누워 몸부림쳤다.

단단한 쇠기둥을 단단한 쇠막대기로 패면 그 반발력은 고스란히 때리는 사람에게 전해지는 법이다.

시멘트로 단단히 고정한 쇠기둥이나 쇠막대기가 진동을 흡수하지 못하니 그 진동은 무혁의 신체에 가공할 만한 충격을 고스란히 전해주었다.

무혁은 한 번도 느껴보지 못한 고통에 쇠막대기를 놓치며 쓰러졌다. 손아귀에서부터 느껴지는 강력한 고통과 진동이 팔을 거쳐 온몸으로 퍼져 나갔다.

"크으으윽."

무혁은 온몸의 세포 하나하나, 뼈마디 하나하나가 저리는 고통을 참지 못하고 땅바닥을 뒹굴었다. 게다가 쇠막대기를 쥐었던 그의 손은 아귀가 충격으로 터져 나가 피가 줄줄 흐르는 상태였다.

무혁은 고통을 참으면서 탁자 위에 놓여 있는 여신상으로 기어가기 시작했다.

그리고 여신상을 피가 줄줄 흐르는 손으로 어루만졌다.

당연히 순백의 여신상이 무혁의 피로 얼룩졌다.

그것도 잠시!

놀라운 일이 벌어졌다. 여신상에서 새하얀 빛이 흘러나오기 시작하더니 무혁의 찢어진 손아귀가 빠른 속도로 아물어가기 시작한 것이다.

손의 상처는 아물었지만 무혁은 아직도 온몸이 저리는 고통에서 헤어 나오지 못하고 있었다. 크리샤스 여신상은 손의 상처만 낫게 할 뿐이었다.

그래도 손의 상처가 바로 아물기 때문에 무혁이 이 말도 안되는 수련을 10년에서 2년으로 단축할 계획을 세운 것이기도 했다.

"마법을 배우기 위해서는 무엇보다 몸이 튼튼해야 한다고? 도대체 기사보다 더 몸을 단련시켜야 하는 마법이 어디 있어."

무혁은 한탄을 했다. 하지만 자신이 선택한 길이고 달리 방법이 없었다.

"내 팔자야. 내 팔자야."

독수공방 30년 된 과부나 할 법한 탄식을 내뱉으면서 무혁은 엉금엉금 일어났다.

그리고 멀찍이 날아가 떨어져 있는 쇠막대기를 주워들었다.

언젠가 아버지는 무혁의 장점 중 가장 큰 장점은 인내심이라고 이야기했다.

무혁이 초등학교 때였다. 어린 마음에 그가 반찬 투정을 하자 아버지는 '배고프면 먹게 되어 있어' 하시면서 밥상을 치워 버리셨다.

당시 무혁은 철없게도 이틀 동안이나 고집을 부리면서 밥을 굶는 반항을 했었다.

아버지는 배가 고파서 죽을 것 같으면서도 똥고집을 부리는 무혁을 보면서 비꼬아서 하신 말이었지만 어느 정도는 무혁의 성격을 잘 파악한 말이기도 했다.

그리고 그런 인내심 때문인지 무혁은 훈련을 계속하려 하고 있었다.

"이 빌어먹을 방법이 틀리기만 해봐라."

무혁은 이를 악물고 쇠막대기를 들어 다시 쇠기둥에 풀스윙을 했다.

"크아아악!"

조금 전 상황이 반복되었다.

＊　　　＊　　　＊

무혁이 수련하려는 방법은 아스란의 마법주머니에서 찾아

낸 마법 영상 강의에서 언급되었던 책에 나오는 수련 방법이다.

마법 영상 강의를 하던 마법사는 책의 이름을 거론하면서 누구보다 빨리 강해질 수 있는 방법임은 확실하지만 수련 방법을 만들어낸 마법사 이외에 그 누구도 따라하지 못한 방법이라고 설명했다.

마법사의 말은 최대한 빨리 그리고 최대한 강해지겠다고 결심하고 있던 무혁의 관심을 끌었다.

'다 늙어서 강해지면 어디다 써! 젊었을 때 강해져야 즐거움을 누리는 법이거든!'

매우 간단한 결론이고 분명 무혁의 생각은 일리가 있었다. 수련으로 50년을 보낼 수는 없는 일 아닌가.

'간달프 할아버지처럼 호호백발이 돼서 강해지는 것은 사양이야.'

간달프는 무혁이 좋아하는 판타지 '반지의 제왕'에 나오는 할아버지 마법사다.

무혁은 마법주머니를 발칵 뒤집어서 그 마법서적을 찾아냈다.

아스란의 세계에서는 마법을 배우려면 마나 집적 마법진의 도움을 받아서 마나를 느낀 다음 혈관이나 신경처럼 몸에 뻗어 있는 마나로드를 형상화하는 과정을 거친다.

그리고 마나로드에 마법의 시동어인 룬문자를 설계도처럼 그리고 마나를 채우면 되는 것이다.

불행하게도 무혁이 수련하고자 하는 마법서의 저자는 마나를 느낄 수 없는 사람이었다. 천재였던 그는 마법을 배우는 것을 포기하지 않고 평생의 연구 끝에 결국 한 가지 방법을 찾아내고야 말았다.

마나를 느끼는 기관인 마나로드를 인위적으로 넓고 크게 만드는 방법이었다.

그러기 위해서 먼저 해야 하는 것이 온몸의 근육을 강철같이 만들어야만 했다. 근육으로 마나로드를 보호하기 위해서였고 그 방법이 쇠막대기로 쇠기둥을 치는 것이었다.

진동에 의한 충격으로 마나로드를 단련시키는 무식하기 그지없는 방법.

하지만 그 효과는 대단해서 같은 서클이라도 거의 4배의 위력을 가진 마법을 쓸 수 있었고 자신의 서클보다도 더욱 높은 서클의 마법마저도 쓸 수 있게 만들어 주는 방법이었다.

그러나 그가 창안해 낸 수련방법은 수련자에게 인간이 감당하기 힘든 고통을 안겨준다. 그래서 아스란의 세상에서도 다른 사람들이 배운 예가 없었고 차츰차츰 잊혀 갔다.

아마도 수련 방법을 만든 마법사는 상상도 하지 못했을 것이다. 전혀 다른 세상의 한 청년이 자신이 만든 수련방법을 따라 강해지려고 결심한 것을 말이다.

무혁은 무명마법사의 설명을 읽은 후 자신이 무명마법사보다 월등하게 강해질 수 있는 요소가 몇 가지 있다는 사실을 깨달았다.

우선 거의 무한대로 구할 수 있는 마나석의 존재였다.

지구는 아스란의 설명대로라면 마나의 농도가 퓨어 아스트리아 대륙에 비해서 오분지 일에 지나지 않는다. 하지만 마나석만 넉넉하다면 무혁은 마나의 존재를 느끼는 것도, 마법을 사용하는 것도 월등히 유리했다.

비약하자면 무혁은 자수정으로 갑옷을 만들어 입을 수도 있는 것이다.

'무한 난사 마법의 탄생이지.'

무혁의 생각이 옳다면 어쩌면 9서클 마법을 기관총처럼 난사하는 전무후무한 먼치킨 마법사가 탄생할지도 모르는 일이었다.

또 한 가지 무혁에게 유리한 점은 크리샤스 여신상의 존재였다. 크리샤스 여신상은 치유력으로 무혁의 수련 방법을 만든 마법사처럼 온몸을 근육갑옷으로 만들 수고를 덜어주었다. 근육이 마나로드를 보호해 주는 역할을 무혁은 여신상으로 대신할 수 있으니 그만큼 시간이 절약되는 것이다.

깡~!

"크아아아아악! 빌어먹~을~!"

이제는 무혁의 입버릇이 되어버린 '빌어먹을'이란 단어가 인적없는 산속의 공장 안에서 울려 퍼졌다.

*   *   *

에어컨도 없는 한여름의 공장 안은 말 그대로 찜통이다.

무혁은 그냥 서 있어도 흘러내리는 비지땀을 닦으며 쇠기둥을 내려쳤다.

인간은 적응의 동물이라는 말이 있다. 무혁은 그 말을 실감하고 있는 중이었다.

이제는 처음의 아픔은 온데간데없고 오히려 기분 좋은 저림이 온몸을 감쌌다.

그리고 잠시 후 마법진에 가득 찬 마나가 무혁의 몸으로 흘러들어 왔다.

마나가 몸을 흐르는 감각은 말로 표현하기 힘든 황홀한 경험이다.

마치 롤러코스터가 막 하강하려는 순간의 기분?

난기류를 만난 비행기가 순간적으로 몇백 미터 밑으로 떨어질 때의 감각이 전신을 감쌌다.

'중독될 것 같아.'

처음부터 이런 감각이 생긴 것은 아니었다.

처음에는 쇠기둥을 한 번 때리면 족히 10분은 그 고통에 몸부림치고 여신상의 도움을 받아야 했다. 하지만 차츰차츰 고통의 시간이 줄어들더니 이제는 연속해서 하루 종일 쇠기둥을 내려쳐도 별다른 문제가 없을 정도로 적응이 된 상태였다.

그리고 기다리던 순간이 다가왔다. 충분히 단련된 마나로드에 마치 박하사탕을 씹을 때처럼 상쾌한 기분이 느껴졌다.

"느껴져, 느껴진다고!"

무혁은 아무도 없는 공장 안에서 미친놈처럼 함성을 질렀다.

열심히 수련 방법을 따라하고 있었지만 솔직히 약간의 불안함은 있었다. 하지만 이제 그는 마나가 느껴지는 경지에 도달했다.

낮에는 쇠기둥을 치고 밤에는 잠을 잘 시간을 줄여가며 룬문자를 공부했던 무혁이다. 이제 마법사가 될 준비가 끝난 것이다.

룬문자는 가까스로 외웠고, 마나를 흡수할 수 있는 마나로드도 단련시켰다.

이제 무혁이 할 일은 1서클을 만드는 것이다.

무혁은 아마도 마나로 휘몰아치고 있을 마나 집적 마법진의 중앙에 가부좌를 틀고 앉았다.

'누가 뭐래도 수련에는 가부좌지. 암. 그렇고말고.'

가부좌란 자세가 애당초 존재하지 않는 아스란의 세상이다. 마법서의 어느 곳에서도 자세에 대한 이야기는 나와 있지 않았지만 무혁은 구태여 불편한 가부좌 자세를 취했다.

마법에서 가장 중요한 것은 자신의 몸에 있는 마나로드를 인식하는 일이다. 여기저기서 주워들은 지식으로 보아서 가부좌는 몸속을 관조하기 가장 좋은 자세였다.

온몸의 마나로드를 인식하고 그 마나로드를 백지 설계도 삼아서 룬문자를 설계도 그리듯이 형상화하는 것이 마법이다.

마나가 온몸의 마나로드를 휘감고 돌아가는 것이 느껴졌다.

어떻게 보면 짜릿하고 어떻게 보면 간지러운 느낌이다. 살며시 손을 내민 무혁은 가장 쉬운 마법인 라이트 마법을 사용해 보기로 했다.

1서클의 라이트 마법은 마법사가 되기 위한 첫 관문인 무속성의 마법이다.

자세를 바로 하고 눈을 감은 무혁은 몸속에 있는 마나로드 한 줄기 한 줄기를 떠올리기 위해 노력했다. 그리고 그 마나로드에 천천히 라이트 마법의 룬문자의 형상대로 마나의 줄기들을 인도했다.

그의 손이 가볍게 들렸다.

"마나의 힘으로 명하노니 주위를 밝히는 빛이 되어라, 라이트."

무혁은 몸속의 마나가 룬문자에 반응하는 것이 느껴졌다. 그리고 마나는 룬문자의 형상으로 배열되었고 배열된 순간 가슴으로 몰려들었다.

"헉."

처음으로 마법을 사용하는 것이다. 동영상 속의 마법사에게 가르침을 받고는 있지만 이끌어주는 사람 없이 마법을 배운다는 것은 어려운 일이다.

게다가 마법이란 학문은 무혁이 지금까지 배우고 익힌 모든 상식에 반하는 것이었다. 마법의 입문이란 책에도 나와 있듯이 사물을 명확히 인식하는 것이 마법사에게 매우 중요한 덕목이다.

다행히도 무혁은 아스란이란 사람을 보았고 이미 마나 집적 마법진도 그리고 활성화시켜 보았다. 그래서인지 그에게 마법에 대한 의구심은 존재하지 않았다.

마나는 심장 부위를 세차게 감싸고 돌더니 순간 사라졌다.

무혁은 살며시 눈을 떴다.

그의 눈앞에 백열등처럼 밝은 빛을 내는 원형의 구체가 거짓말처럼 두둥실 떠올라 있었다.

"만세~!"

무혁은 자신도 모르게 두 손을 들고 만세를 외쳤다. 지구

역사상 최초의 마법이 무혁의 손에서 성공한 순간이다.

무혁은 홀린 눈으로 자신이 만들어낸 구체를 바라보았다.

빛은 있지만 열은 없는 구체가 한없이 신비롭게 보였다.

흥분을 가라앉힌 무혁은 심장에 의식을 집중시켰다. 심장을 감싸고 도는 마나의 흐름이 느껴졌다. 마나는 가냘프지만 끊이지 않고 자신의 존재를 증명하고 있었다.

'성공이야. 난 1서클 마법사가 된 거야. 아스란! 고마워요.'

라이트 마법에 성공함으로 인해서 무혁은 명실상부한 마법사의 길에 들어섰다. 단 1서클의 마법이고 위력이 아스란의 세상의 그것에 비하면 오분지 일 수준에 지나지 않는다고 해도 그의 기쁨은 조금도 줄어들지 않았다.

'이제 시작이야.'

무혁은 주먹을 불끈 쥐었다. 그가 선택한 방법은 옳았다는 것이 증명됐다. 이제는 마나 집적 마법진 안을 채우고 있는 마나의 흐름이 직접적으로 느껴졌다. 1서클 마법사가 되기 전만 해도 간헐적으로 느껴지던 마나였다. 하지만 지금은 완연히 그 농도를 느낄 수 있을 지경이다.

1서클 마법사가 된 무혁은 김진수에게 부탁해서 만들었던 쇠고리로 몸에 부담을 주기 시작했다.

'이왕 하는 수련이니 신체적인 능력도 올리면 좋지.'

무혁이 하고 있는 수련법은 단순히 마나로드만을 강하게

해주는데 멈추지 않고 그의 근육 세포 하나하나가 마나가 충만해지는 효과도 더불어 가져다주고 있었다.

수련이 거듭될수록 무혁은 신체적으로나 정신적으로 무척이나 많은 면에서 변화를 겪고 있는 중이었다. 그리고 그 중에서도 가장 많은 변화를 겪은 것이 민감해진 감각이었다.

한밤중에도 사물을 뚜렷하게 구별할 수 있을 정도로 시력이 좋아졌고, 청력도 10m 밖에서 떨어지는 바늘 소리를 들을 수 있을 정도로 좋아졌다.

어제는 못하던 것을 오늘은 할 수 있었고 오전까지 안 되던 일이 오후면 가능했다. 그런 기분은 지금까지 느껴본 적이 없는 특이한 경험이었다. 그래서인지 무혁은 현대인의 필수품이라고 할 수 있는 핸드폰이 없음에도 미처 사러 나갈 시간이 없을 정도로 수련에 푹 빠져 있는 상태였다.

결국 무혁은 한 가지 힘든 결정을 내렸다. 지금까지 살고 있던 원룸을 정리하고 공장에 딸려 있는 사무실을 개조해서 숙식을 해결하기로 한 것이다.

그렇게 결정한 데는 두 가지 이유가 있었다.

첫 번째 이유는 바로 금전적인 문제였다.

'그렇게 좋은 건지 누가 알았나?'

무혁은 손목을 감싸고 있는 팔찌를 어루만졌다. 무혁은 1서클에 접어들고 나서 자신이 팔아치운 목걸이와 팔찌가 엄청난 마법 아티팩트임을 깨달았다.

돈으로 살 수 없는 엄청난 물건을 한순간에 헐값에 팔아치운 바보 같은 짓을 저지른 것이다.

강해지면 얼마든지 돈은 벌 수 있다고 생각한 무혁은 처음의 자금 이외는 더 이상 액세서리를 내다 팔지 않기로 결정한 상태였다.

그러다 보니 수련에만 전념할 수 있는 돈이 부족해졌다.

시골구석에 있는 공장이지만 보증금과 매달 들어가는 임대료가 만만치 않았다.

시간도 아까웠다. 무혁의 원룸에서 공장까지는 자동차로 한 시간이 더 걸리는 거리였다. 그가 공장으로 이사를 온다면 시간이 절약될 뿐만 아니라 원룸의 보증금도 사용할 수 있다.

다행히 여름이라 별다른 편의 시설이 되어 있지 않은 사무실이지만 남자 혼자 지내는 데는 무리가 없었다.

무혁은 이사비도 아까워서 그의 자동차로 짐을 나르기로 결정했다.

워낙에 궁핍하게 살던 무혁이라 버리기로 결정한 침대를 제외하니 한 번의 왕복으로 이사는 완료됐다.

'응? 누가 있지? 진수 형인가?'

저녁 늦게 짐을 싣고 공장에 도착한 무혁은 사무실에 불이 켜져 있는 것을 발견했다.

김진수는 무혁의 수련이 재미있다면서 시간이 나면 삼겹살과 소주를 사들고 놀러오곤 했다.

'올 때 진수형 차가 없었는데…… 어이쿠, 저런…….'

창문으로 살펴보니 걸친 교복으로 보아 이제 겨우 고등학생 정도로 보이는 남자 세 명과 여자 한 명의 모습이 보였다. 그들의 곁에는 환각을 위해서인지 짜고 남은 본드통과 흡입을 위한 비닐봉지가 있었고 그 주변으로는 소주병들이 어지럽게 널려 있었다.

'말세다, 말세.'

무혁도 요즘 중고등학생들이 얼마나 대책없이 무모한 행동을 저지르는지 알고 있었다. 하지만 어떤 일이나 마찬가지겠지만 듣는 것과 직접 눈으로 보는 것에는 큰 차이가 있었다.

거기다 사내 한 놈과 여학생이 반쯤은 벌거벗고 껴안고 있는 모습도 보였다. 머리에 피도 안 마른 아이들이 어른들도 안할 행동을 흉내 내고 있는 모습은 무혁의 꼭지를 돌게 하기 충분했다.

"야! 이놈들, 뭐하는 짓거리냐."

무혁은 들고 있던 짐 꾸러미를 내려놓고 사무실로 들어갔다.

이미 이지를 상실했는지 아이들은 뛰어 들어온 무혁을 보고서도 처음에는 별 반응이 없었다. 잠시 무혁을 바라보던 아이들 중 여학생을 껴안고 있던 남학생이 무혁에게 삿대질을 하며 말했다. 아무래도 그중에서는 리더 격의 아이인 듯싶었다.

"넌 뭔데?"

"……."

이 무슨 황당한 경운가. 무혁은 기가 막혔다. 하지만 그런 속도 모르고 남학생은 계속해서 무혁의 속을 뒤집어 놨다.

"넌 뭐냐고!"

"난 이 집 주인이다."

아이가 무혁의 말을 듣더니 피식 웃는다.

"웃기고 있네, 이곳은 우리 집 거라고. 어디서 개소리야."

아이는 당당한 표정으로 자신의 아버지가 공장 건물의 주인이라고 주장했다.

'이런 싸가지!'

무혁은 건물주의 얼굴은 본 적이 없다. 계약 당시에도 부동산 회사를 통해서 계약을 했을 뿐이다. 그러니 싸가지가 건물주의 아들인지 아닌지 알 턱이 없다.

마음 같아서는 죽자고 패주고 싶지만 그럴 수는 없다. 오랜 세입자 생활 동안 체득한 경험으로 세입자에게 가장 무서운 사람은 집주인이 아니라 집주인의 자식이라는 사실을 뼛속 깊이 새기고 있는 무혁이다.

뒤집어지는 속을 부여잡고 무혁은 정중하게 아이들에게 나가줄 것을 부탁했다.

"이곳은 내가 빌렸단다. 모두 나가주면 좋겠다."

하지만 싸가지는 피식 웃을 뿐이다.

"명식 오빠. 저 남자 뭐야?"

"수영아, 신경 쓰지 마. 지나가던 똥개가 짖는 소리니."

"그래? 멍멍 짖어 보라고 해. 재미있겠다."

명식이라고 불린 싸가지와 엉켜 있던 여자아이가 고개를 들어 무혁을 바라보며 이죽거렸다. 쥐라도 잡아먹었는지 입술에 바른 빨간 립스틱이 번져 눈 뜨고는 볼 수 없는 몰골이다.

아무리 잘 봐줘도 고등학교 3학년 정도로 밖에 안 보이는 아이들이 하는 말이라고는 믿어지지 않는 단어의 연속이다.

무혁은 아이들을 쫓아내기로 결정했다.

솔직히 그들을 계도해서 착한 사람으로 만들어준다는 생각은 손끝만큼도 없다.

고등학생이 담배를 피우는 것을 보고 훈계하던 남자가 있었다. 고등학생이 남자에게 대들며 주먹질을 했다. 남자도 화가 나서 함께 주먹질을 했다.

두 사람 다 쇠고랑이었다.

웃긴 것은 고등학생은 고등학생이라 훈방조치되고 남자는 구치소에 수감되었다는 사실이다. 고등학생은 남자가 먼저 주먹질을 했다고 주장했다.

고등학생이 담배를 피웠다는 사실은 사라지고 쌍방이 주먹질을 했다는 사실만 남은 것이다.

이런 뉴스도 있었다.

어두운 밤 공원 한편에서 여자가 성폭행당하는 모습을 본 남자가 있었다.

남자는 의협심을 발휘해서 성폭행범을 흠씬 두들겨 패주었다.

지나가던 다른 사람이 봤는지 경찰이 달려왔다.

성폭행 당하던 여자는 수치심에서인지 사라지고 없었다.

결론은?

의협심을 발휘한 남자는 성폭행범을 구타한 폭력범이 되었고 성폭행범에게 무릎 꿇고 빌면서 합의해 달라고 애원하는 신세가 되었다.

무혁이 오늘 아침에 신문에서 본 뉴스니 확실한 사실이다.

비록 무혁이 영웅이 되고자 하는 결심을 했지만 아직까지는 추상적인 구상의 단계나 다름없었다. 지금 무혁에게 중요한 것은 조용하게 수련에 열중하는 일이었다.

이런 조무래기들에게 발목 잡혀서 귀찮은 문제가 생기는 것은 단연코 사양하고 싶은 것이 솔직한 심정이었다.

무혁이 생각에 잠겨 있을 때 다른 아이들까지 욕설을 퍼붓기 시작했다.

"넌 뭐야?"

"아~ 졸라 웃겨."

"담배 있어?"

아이들이 무슨 죄가 있을까? 무혁은 잠자코 사무실에서 나왔다. 그의 뒤에서 깔깔거리며 그를 비웃는 아이들의 웃음소리가 들려왔다.

공장 건물 한편에 마련된 수도로 간 무혁은 식수로 사용하던 5갤런 생수통 한 개에 가득 물을 담았다. 먹지 못하는 오염된 지하수라는 글귀가 온갖 전문용어로 적혀 있는 푯말이 달려 있었지만 아이들의 정신을 되돌리는 데는 충분할 만큼 차가웠다.

확실히 힘이 세진 것이 느껴졌다.

물이 가득 담겨있는 5갤런 생수통은 거의 20kg에 육박하는 무게다.

하지만 무혁은 그런 무게의 생수통을 들고서도 별다른 무게감을 못 느끼고 있었다.

'마법사의 말이 맞았어. 이 수련법으로 마법을 배우면 기사처럼 뛰어난 신체 능력을 가진 마법사가 된다는 말을 듣고 믿지 않았는데.'

자고로 마법사란 골골하는 이미지다.

영화에서든 소설에서든 마법사가 주먹질하는 경우는 없는

법이다.

하지만 무혁이 배우고 있는 수련법은 그런 상식을 뒤엎는 것이다. 물론 수련법을 창안한 사람 이외에는 배운 사람이 없을 정도로 황당한 수련법이기도 했다.

힘차게 사무실 문을 열고 들어간 무혁은 아직도 비몽사몽인 아이들에게 골고루 물을 뿌려주었다.

"앗! 차가워."

"뭐야."

"어떤 놈이야."

아이들은 기겁을 하며 물을 피하려 했다. 하지만 몽롱한 정신이 그들의 신체를 구속하고 있었다. 이리 쓰러지고 저리 쓰러지면서 물을 피하려던 아이들은 고스란히 무혁이 쏟아붓는 물을 맞고 생쥐 꼴이 되고 말았다.

"새 나라의 어린이는 일찍 자고 일찍 일어나고 선생님 말씀을 잘 들어야 하는 법이야. 너희들처럼 조그만 것들이 담배에 술에 부탄가스까지 마셔대면 뼈가 삭아서 나중에 나이 먹으면 고생한단다."

무혁은 마음껏 아이들을 비아냥거렸다. 답답하던 마음이 조금은 풀려왔다.

아이들은 휘청거리는 몸으로 사무실 밖으로 쫓겨 나갔다.

"두고 보자."

"아이 씨."

"옷 다 버렸잖아."

그 정신에도 악담을 늘어놓는 아이들이다.

"그래그래, 그 정신이면 너희들은 뭐라도 될 수 있겠다. 어른이 되기 전에 어디 뒷골목에서 시체로 발견되지 않으면 말이지."

무혁은 마음껏 아이들을 비웃어주었다.

아마도 저 아이들의 부모들은 자신의 자식들이 저런 행동을 한다는 사실을 꿈에도 모를 것이다.

무혁은 저 아이들의 행동을 이해할 수 없었다.

그는 부모의 학대를 받고 겨우 6살에 가출을 감행했다. 아버지가 자신을 구해주지 않았다면 그는 추운 겨울 어느 다리 밑에서 얼어 죽었을지도 몰랐다.

"너희들은 행복한 거야. 지금의 시간이 얼마나 소중한 것인지 잘 생각해 보길 바라."

아이들이 사라져 갔다.

무혁은 누구에게 하는 것인지 모를 말을 하면서 어두운 공장 앞마당에 우두커니 서 있었다. 그런 그의 등이 유난히도 쓸쓸하게 보였다.

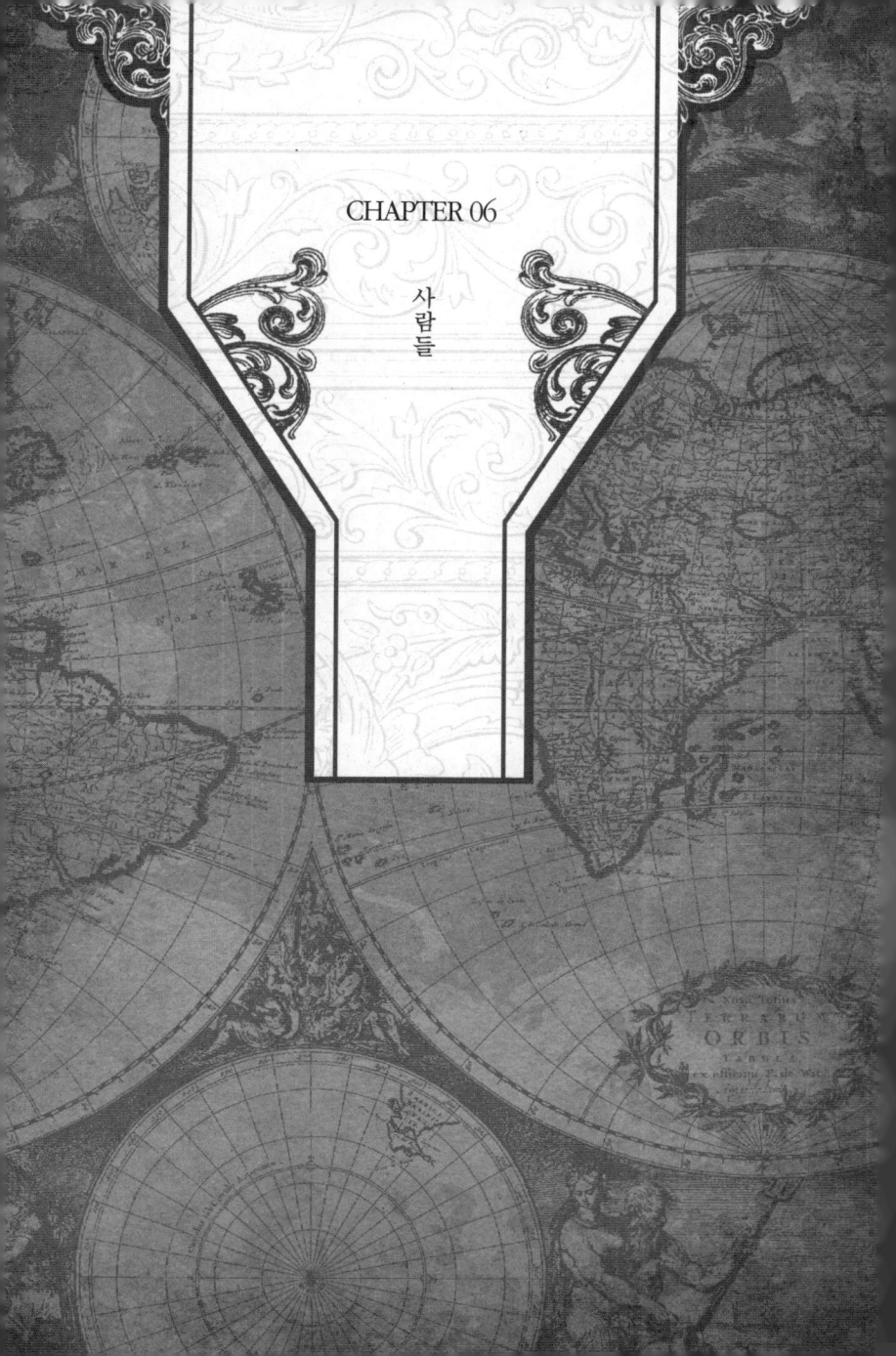

CHAPTER 06

사람들

"교수님! 교수님! 의뢰하신 결과 나왔습니다."

"고맙습니다, 성 선생."

이민혁은 임상병리사 성진영이 건네는 차트를 받아들었다.

"그런데 이 샘플, 어떤 짐승의 샘플이에요? 개나 고양이, 뭐 그런 건가요?"

"무슨 말씀을 하시는 건지? 그 샘플은 인간의 것입니다."

성진영의 질문에 이민혁은 고개를 갸우뚱했다.

그가 임상병리실로 넘긴 유전자 샘플은 확실하게 인간의

것이었다.

"농담도 잘하시네요. 전 이런 검사 결과는 본 적이 없는 걸 요. 그런 그렇고 이번 주말에 한잔 어때요?"

"지금은 시간이 어떻게 될지 모르겠습니다."

"그럼 시간 되면 한잔해요."

성진영이 묘한 웃음을 남기고 연구실을 나갔다. 이민혁의 완곡한 데이트 신청 거부에도 별로 개의치 않는 눈치다. 거기다 부산에서 알아주는 병원인 경원대학병원에서도 가장 괴짜로 소문난 이민혁이 또 무슨 짓을 저지르려는 건지 무척이나 궁금하다는 표정이다.

날씬하다기보다는 육감적인 성진영이 엉덩이를 씰룩거리며 이민혁의 연구실을 나갔다. 내일 모레면 40살인 노총각 이민혁은 멍하니 성진영의 엉덩이를 바라보았다.

성진영은 요즘 한참 이민혁에게 대놓고 대시를 하고 있었다.

그런 성진영이 이민혁도 싫지만은 않았다. 38살에 20대 중반의 여자의 대시를 받는 것은 쉽지 않은 일이다. 이민혁이 비록 의사라는 존경받는 직업에 있다 해도 그런 사실을 변하지 않았다. 하지만 이민혁은 너무나 노골적인 성진영의 대시가 거북했다. 조금은 시간을 두고 두 사람의 관계를 진척시키고 싶은 것이 솔직한 심정이다.

"나 참. 도무지 무슨 소린지."

그가 받은 차트는 순전히 그의 개인적인 호기심 때문에 의뢰한 샘플에 대한 것이었다.

이민혁은 경원대학 유전체 연구실에서 유전질환을 연구하는 교수였다.

그는 평소 바르덴부르크 증후군(Waardenburg syndrome)에 깊은 관심을 가지고 있었다. 바덴버그 증후군이라고도 부르는 바르덴부르크 증후군은 사람들이 흔히 오드아이라고 부르는 양쪽의 눈 색깔이 다른 사람들이 청각장애를 동반한다는 사실을 독일의 안과의사인 P. J. 바르덴부르크가 발견한 후 알려진 선천적 청각장애의 대표적인 질병이다.

상염색체 우성형태로 유전한다고는 알려져 있지만 아직까지는 확실한 원인이나 치료방법이 알려져 있지 않은 질병이었다.

이민혁은 해부학 교실의 동료 교수로부터 동양인 외모에 파란 눈을 가진 남자 카데바(Cadaver:해부실습용 시체를 이르는 용어)가 들어왔다는 소식을 들었다. 한국인에게서 파란 눈이 나오는 것도 드물다. 더군다나 카데바의 신체적 나이는 40대인데 이미 백발의 머리카락을 가지고 있었다.

바덴버그 증후군의 특징 중 하나가 빠르면 7세가 되기 전에 머리가 백발로 세는 것이었다.

흥미가 생긴 그는 직접 카데바를 보고 직접 피부세포를 체취해서 유전자 검사를 의뢰했다.

하얀 머리에 파란 눈이기는 하지만 오드아이가 아닌 카데바는 그의 지적욕구를 자극했다.

그는 연구실 소파에 앉아 흥미로운 표정으로 유전자 검사가 적혀 있는 차트를 살펴보았다.

여유로웠던 이민혁의 표정이 점점 굳어 갔다.

검사 결과는 성진영의 말마따나 그의 예상을 완전히 벗어나는 것이었다.

흔히 사람과 가장 닮은 짐승으로 유인원인 침팬지를 든다. 침팬지는 인간과 그 유전자의 99%가 같다고 알려져 있다. 단 1%의 차이만으로도 침팬지는 인간과는 전혀 다른 생물이 된다.

'이 사람 도대체 뭐야.'

차트에 적혀 있는 검사 결과는 도저히 인간으로 볼 수 없는 어떤 생명체에 대한 것이었다.

인간의 염색체는 22쌍의 상염색체와 한 쌍의 성염색체, 즉 46개의 염색체로 이루어진다. 그리고 침팬지의 경우에는 48개의 염색체를 가지고 있었다.

하지만 이민혁이 들고 있는 차트에는 50개의 염색체를 가진 어떤 생명체의 검사 결과가 적혀 있었던 것이다.

이민혁은 즉시 핸드폰을 꺼내 해부학 교실의 동료 교수에게 전화를 걸었다.

조금 더 자세한 검사를 해보고 싶은 욕구에 의해서였다.

카데바는 아스란이었다.

아스란의 시신은 보통의 미연고 시신의 경우처럼 화장되지 않고 해부용 시신으로 경원대학에 제공되었다.

무연고자 사체의 장례 절차는 경찰이 그의 시신에서 채취한 지문을 가지고 행적을 찾는 데서 시작된다.

그런 일이 불가능해질 경우 중앙 일간지에 공고를 한다. 그런 절차를 거쳐서 시체가 무연고자로 확인되면 화장을 하고 그 유골을 10년간 봉안하는 것이다.

하지만 아스란의 사망 당시 하동을 지역구로 하는 모 국회의원이 군청에 요청해서 받은 행정 감사 자료가 문제가 됐다. 지자체가 무연고 시신의 확인 및 처리 과정에서 각 의과대학장에게 해부용 시신으로 사용가능성을 의무적으로 통보해야 하는 절차를 무시했다는 것이다.

그 사실을 실은 신문은 심지어 연구용 시신을 중국 등지에서 수입까지 하고 있다는 지방의대학장들의 인터뷰 결과를 내놓았다.

신문의 위력은 대단했다. 지금까지 그냥 화장되던 무연고 시신들은 모두 대학병원의 해부실습용으로 제공되었고 그 시신들 중에 아스란의 시신이 끼어 있었던 것이다.

"자네가 보기엔 어떤가?"

이민혁 박사는 자신이 이해할 수 없는 검사 결과에 벌써 두 번이나 재검사를 요청했다. 하지만 결과는 항상 똑같았다.

그는 결국 다른 사람의 의견을 들어보기로 하고 자신의 친구인 국립과학수사연구원 남부분원에 근무하는 친구 성진우에게 샘플을 보냈다.

성진우는 국립과학수사연구원 법의학과 유전자 분석실장으로 근무하고 있었다.

"내가 보기에는 생물학적 관점에서 이 시신은 인간이 아니네."

"나도 동감이네."

자신의 생각과 똑같은 말을 꺼내는 성진우다. 이민혁은 성진우의 말에 동감을 표명했다.

"자네도 알다시피 염색체가 한 개만 돌연변이로 많아져도 각종 질병이 발병하네. 다운 증후군이며 에드워드 증후군, 터너 증후군, 클라인펠터 증후군 등이 있지. 하지만 이런 염색체들은 각각의 쌍이 한두 개 많거나 적어지는 것이네. 식물에서 나타나는 배수성 증후군과는 그 예가 다르다는 말이지."

"그렇지."

"하지만 이 시체는 염색체의 쌍 자체가 25개네. 돌연변이가 아니란 말일세. 인간과 같이 23쌍이 아니니 도저히 인간이라고 볼 수 없지."

성진우는 명쾌하게 결론을 내렸다.

"이 시체에 대해서 조사를 부탁한 것은 어떻게 됐나?"

"조금 기다리면 결과가 나올 걸세. 다행히 나와 친한 후배한 명이 서울 지방경찰청 광역수사대에 근무하네. 그놈에게 자세히 살펴볼 것을 부탁했으니 시체의 신원을 파악할 수 있겠지."

"서울이라……. 너무 멀지 않은가?"

이민혁은 노인의 시체가 온 곳이 경남 하동이란 사실을 알고 있었다.

노인은 얼마 전 신문지상을 떠들썩하게 했던 고속버스 3중 추돌 사건의 피해자였다.

이민혁은 노인의 신원이 궁금했다. 노인의 염색체 구조로 보면 과학적인 견지에서 노인은 절대 그 나이까지 생존이 불가능한 상황이다. 엄밀히 말하자면 노인은 인간이 아닌 것이다.

그는 노인의 신원을 알아낸 후 유전자 조사에서 가장 중요한 그의 가계를 조사해 보고 싶었다. 그래서 성진우에게 조사를 부탁한 것이다.

다행히 성진우의 후배가 서울 지방경찰청에 근무하고 있다하니 이제는 결과를 기다려야 했다.

"그나저나 자네와 나의 직업도 기구하네그려."

"무슨 말인가?"

성진우의 느닷없는 말에 이민혁은 반문했다.

이민혁은 자신의 일에 자부심을 가진 남자였고 이 분야에서 이름도 꽤 알려져 있었다. 넘치는 탐구욕 덕분에 가끔 다른 사람과 충돌하는 면이 없지 않았지만 기본적으로 그는 천생 학자 타입의 인간이었다.

그래서인지 조금 유명해진 학자들이 의례히 교내나 교외의 정치에 눈을 돌리는 것과는 다르게 그런 곳에 전혀 관심이 없기도 했다.

성진우도 마찬가지였다.

그는 자신이 하고 있는 일에 만족하고 있었다.

CSI라는 미국 드라마로 덩달아 유명세를 탄 과학수사연구원에서 매일매일 시체와 지내는 일상을 보내고 있는 진우다. 과학수사연구원의 직원들은 드라마와는 달리 자신이 밝혀낸 증거로 범인이 잡혀서 피해자가 구원을 받는다고 해도 그들의 얼굴도 볼 수 없고 감사도 받을 수 없는 위치에 있었다. 철저하게 수사를 뒷받침하는 음지에 존재하는 일인 것이다. 그렇지만 성진우의 만족감에는 변함이 없었다.

그의 손길에 의해서 범죄자가 잡힌다. 그리고 그는 그걸로 충분했다. 거기에는 어떠한 공명심도 없었다. 성진우는 타고 난 정의주의자였던 것이다.

"자네나 내가 지금 하고 있는 일을 좋아하고 또 만족하고 있다는 건 확실한 사실이지. 하지만 그렇다고 해도 이 좋은 곳에서 시체 조각을 안주삼아 사십이 다 된 노총각 둘이서 맥주잔을 기울인다는 것은 아무리 생각해도 정상은 아니지 않나 싶어서 말이지."

성진우는 옆자리에 앉아 있는 비키니 차림의 아가씨들을 쳐다보며 말했다.

두 사람이 앉아 있는 곳은 해운대 해변의 한 카페였다. 장마도 물러가고 불볕더위가 기승을 부리고 있는 계절이다. 해운대 해변은 물론 인근 상가까지 비키니 차림으로 당당히 활보하는 여인들로 눈길 두기가 마땅치 않을 지경이다.

이민혁도 성진우의 시선을 따라서 여자들을 바라보았다. 항상 자신에게 친절한 임상병리사 성진영의 육감적인 엉덩이가 떠올랐다. 그녀는 대놓고 이민혁과 엮어지려고 노력하는 모습을 보이는 여인이었다.

"하하하하. 자네 말이 맞네. 나도 요즘 눈치를 주는 아가씨가 있는데 확 결혼이나 해버릴까?"

"부럽다 부러워. 나도 여자만 있으면 결혼하고 싶은 마음이 굴뚝이다. 하지만 실험실에 처박혀서 시체의 DNA만 쳐다 보고 있는 남자와 결혼해 줄 여자가 있을라나 모르겠다."

이민혁의 큰소리에 성진우가 부럽다는 표정이다.

"기다려라 내가 이번에 그 여자랑 잘되면 새끼쳐 볼 테니. 하하하하."

"좋아! 좋아! 그렇다면 내가 오늘 술값은 책임진다. 대신 너도 날 책임져야 한다. 알았지?"

"알았다. 알았어."

두 사람은 이가 시리도록 차가운 생맥주잔을 부딪쳤다.

"아 시원하다."

"좋다."

시원한 맥주와 눈을 즐겁게 하는 비키니 차림의 여성들, 그 리고 마음에 맞는 친구, 거기다가 자신들도 여자친구를 만들 수 있다는 희망(?)!

무엇이 더 필요할까.

남자 둘이서 자신들을 대놓고 보면서 대낮부터 술잔을 기 울이는 모습을 보고 여자들이 눈총을 주기 시작했다.

자기의 일에 열중하는 남자의 모습은 아름다운 법이다. 그 것이 꼭 돈에 관련된 일이 아니더라도 결코 변함없는 사실이 다. 그리고 아름다운 남자의 모습은 자신감으로 나타난다.

두 사람의 모습도 마찬가지다. 두 사람을 보고 손가락질하는 여성들이 추래한 몰골의 자신들이 여자들이 가장 선호한 다는 의사란 직업을 가지고 있는 것을 알았다면 어떻게 반응 했을지 두 사람은 경험으로 알고 있었다. 그리고 두 사람은 그런 여자들을 진심으로 경멸하는 부류의 남자들이었다.

*　　　*　　　*

길우영 경사는 하동경찰서에서 보내준 사고 고속버스의 블랙박스에 담겨 있던 디지털 영상을 보았다.

사고가 발생하고, 어지럽게 화면이 흔들리고, 승객들이 튀어 오르는 모습들이 모니터에 펼쳐졌다. 형사라는 직업 덕분에 수많이 많은 참혹한 현장 사진과 실제 현장들을 봐온 길우영이라고 해도 대다수가 사망했을 승객들이 교통사고의 충격으로 버스 안을 마네킹처럼 날아다니는 모습을 보는 것은 그리 좋은 경험이 아니었다.

'어떤 의미로는 대단하군.'

친한 선배가 모처럼 간곡히 부탁한 것이니 성의를 보여야 했다.

자연스럽게 모니터를 쳐다보는 눈에 힘이 들어갔다.

모니터의 가장자리, 블랙박스가 녹화한 영상의 가장자리에 선배가 부탁한 노인이 앉아 있는 모습이 보였다. 사고가 나기 전까지의 영상을 살펴본 바에 의하면 노인과 창가에 앉아 있는 청년, 두 사람은 분명 서로 아는 사이였다.

'연고자를 찾아달란 말이지.'

길우영의 관심은 이미 죽은 노인보다는 옆자리에 앉아 있는 청년에게 쏠렸다.

정상적인 플레이 속도로는 영상에서 별다른 이상을 찾을 수 없었다. 길우영은 플레이어의 옵션을 조정해서 재생속도를 10배 늦게 플레이 되도록 조작했다.

몇 번이나 리플레이를 하면서 영상을 보던 길우영의 눈빛에 이체가 서렸다.

사고 순간 청년에게서 순간적으로 정상적인 플레이 속도에서는 구별하기 힘든 은은한 푸른빛이 터져 나오는 모습을 발견한 것이다.

'뭐지? 카메라 플래시라도 터진 건가?'

길우영은 영상 플레이어의 커브툴의 채널을 조정해서 푸른색이 강조되도록 했다. 푸른색 빛을 조금 더 확실하게 보고 싶어서였다.

아무리 보아도 그 빛은 카메라 플래시라고 볼 수 없는 것이었다. 카메라 플래시라면 한번 반짝하고 말겠지만 푸른빛은 청년을 휘감은 형태로 계속 지속되고 있었다.

길우영은 청년의 얼굴을 확인하기 위해 문제 부분의 영상을 정지하고 자세히 살펴보기 시작했다.

하지만 워낙 흔들린 화면이고 버스에 달려 있던 블랙박스의 해상도가 그리 높지 않았다.

'외국 드라마나 영화를 보면 이런 장면들도 버튼 한 번만 누르면 선명하게 만들던데 말이야.'

영화는 어디까지나 영화다. 그가 아는 상식으로는 흐린 사진은 흐린 사진일 뿐이었다. 조금의 선명함은 만들어낼 수 있지만 그렇다고 해서 영화처럼 흔들린 얼굴을 선명하게 복원하는 기술 따위는 존재하지 않았다. 원판 불변의 법칙은 여자의 얼굴에만 있는 것이 아니라 영상이나 사진에도 존재했다.

길우영은 영상을 캡처해 프린터로 인쇄를 했다.

성진우의 부탁을 받고 무연고로 사건 종결된 노인의 신원을 밝히는 일을 시작한 길우영이 녹화 영상을 검토하고 나서 두 번째로 한 일은 하동종합병원으로 향하는 일이었다.

마침 다음날부터 여름 동안 각종 사건에 치여 써먹지 못한 휴가를 신청한 길우영은 하동종합병원을 들러 단서를 찾아본 다음 부산에서 선배들과 어울려 술 한 잔을 기울일 계획을 세웠다.

36세가 되도록 여자친구 한 번 제대로 사귀어보지 못한 길우영에게 해마다 찾아오는 여름휴가는 자신이 모태솔로라는 사실을 확인시켜 주는 그리 반갑지 않는 행사였다.

다음날 4시간이 넘게 운전을 하고 하동에 도착한 길우영은 하동의 명물인 재첩국 한 사발을 먹고 나서 하동종합병원으로 향했다.

"그러니까 죽은 노인을 이 청년이 극진하게 간호를 했단 말이죠?"

"맞아요. 처음에는 노인이 이 사람의 친할아버지인 줄로만 알았다니까요."

성진우가 만난 간호사는 청년을 잘 기억하고 있었다. 거의 절반의 승객이 죽은 대형 교통사고에서 유일하게 다치지 않고 멀쩡했던 승객이 청년이었으니 기억을 못하는 것이 이상한 일이다.

"그럼 아니란 말씀입니까?"

"네. 나중에 그 할아버지가 돌아가셨을 때 연고자로 등록을 하고 싶어 하더라고요. 친할아버지라면 그럴 필요가 없었겠죠. 전 처음에는 이 남자가 버스회사에서 나오는 보상금을 노리고 그러는 줄 오해했었어요. 지금 생각해 보면 꼭 그랬던 것 같지는 않아요. 한 달 동안 정말 극진하게 죽은 할아버지를 간호했거든요. 두 사람이 무슨 사연이 있는 것처럼 날이면 날마다 병실에서 대화를 나누곤 했죠."

길우영은 간호사의 말에 약간의 혼란을 느꼈다.

간호사의 말이 사실이라면 두 사람은 생면부지의 사람이

었다. 그런데 지극정성으로 간호를 하고 거기다가 연고자 등록을 해서 장례까지 치러주려 했다?

10년이 넘는 경찰 생활 동안 길우영이 깨달은 것이 있다면 인간이 목적없이 베푸는 선의는 없다는 사실과 아마도 인간은 악한 생명체이지 않을까 하는 의문이다.

교회를 다니면서 주변 사람에게 전도를 하고 선행을 베푸는 사람도 따지고 보면 자신이 천국에 가고자 하는 소원을 이루기 위해서이지 않던가. 염세적인 생각이지만 길우영은 자신의 생각에 일종의 확신을 가지고 있었다.

부모가 온라인 게임에 빠져 자식을 굶겨 죽이고, 자식이 용돈을 안준다고 부모를 칼로 찔러 죽이는 사건이 일 년에도 몇 차례씩 버젓이 일어나는 세상이다.

경찰에 투신하고 나서 한길로 강력사건만 다뤄왔던 길우영은 인간에 대한 믿음을 잃어버리고 있었다.

그래서인지 길우영은 판타지 소설을 좋아했다. 판타지 소설 속에 나오는 등장인물들은 하나같이 일차원적인 사고를 한다. 나쁜 놈은 처음부터 끝까지 나쁜 놈이고 주인공은 언제나 정의의 사도다. 나쁜 놈과 좋은 놈의 구별이 쉽지 않는 현대사회에서는 결코 찾아보기 힘든 캐릭터들인 것이다.

'말 그대로 천사란 이야긴데 믿기지가 않아. 흠~ 그렇다면 노인에게 문무혁이라는 사람이 무언가 얻을 것이 있었다

는 말인데…….'

길우영은 핸드폰을 만지작거렸다.

'그냥 못 찾겠다고 할까? 아냐, 아냐.'

자신이 맡은 사건도 아니고 선배의 부탁으로 시작한 일이다. 문무혁과 노인의 관계가 인척 관계가 아니라는 사실이 밝혀진 지금 그는 전화 한 통으로 선배의 부탁을 마무리하고 싶은 유혹에 빠졌다.

하지만 수사관 특유의 감각이 그를 망설이게 했다.

전혀 모르는 노인을 한 달간 간호했다. 사고 당시 파란빛이 나왔다.

'그는 전혀 다치지 않았어. 그런 대형 사고에서 생채기 하나 없이 멀쩡했다는 것은 말이 안 돼.'

그리고 혹시라도 문무혁이 노인과 대화 과정에서 노인의 인적사항에 대한 단서를 들었을지도 모를 일이다.

결정을 내린 길우영은 병원과 하동경찰서에서 사고 당시 작성해 놓은 조서와 사건 기록을 복사했다.

'한번 만나보자.'

길우영은 차에 올랐다. 도저히 강력사건을 다루는 형사라고는 볼 수 없는 뚱뚱한 체구의 소유자가 길우영이다. 구입할 당시에도 꽤나 연식이 있었던 길우영의 애마, 경차가 그의 무게를 감당하지 못하고 삐걱거렸다.

'한 대 새로 사긴 사야 되는데……'

직급이 낮은 경찰관이 부정을 저지르지 않고 새 차를 사서 유지하는 것은 거의 불가능했다. 길우영은 인간에 대한 불신으로 가득 찬 남자였지만 그렇다고 해서 뒷돈을 챙기는 부류의 경찰은 아니다.

물론 완벽히 청렴한 경찰인 것도 아니었다. 휴가비가 없는 경찰의 특성상 이번 휴가를 떠나면서 여기저기서 한두 푼씩 찔러주는 돈마저 마다할 정도로 융통성이 없게 살지는 않았다. 대놓고 돈을 밝히지 않았다 뿐이지, 눈먼 돈마저 모른 척하는 남자는 아닌 것이다.

창밖으로 섬진강변에서 뜨거운 여름을 즐기는 행락객들의 모습이 길우영을 슬프게 했다.

길우영은 국도를 벗어나 고속도로에 접어들었다.

그가 향하는 곳은 원래의 목적지인 부산이 아니라 서울이었다.

*   *   *

여름도 막바지에 접어들고 있었다. 이상기온 덕분에 비도 많이 오고 유난히도 더운 여름이었다.

길우영은 여름을 끔찍이도 싫어했다. 그의 체구 때문이기도 했고 항상 허전한 옆구리 때문이기도 했다. 그는 한여름 아스팔트와 시멘트에서 올라오는 열기를 참지 못하고 편의점으로 달려 들어갔다.

"징그럽게 덥구먼."

쭈쭈바 한 개를 산 길우영은 에어컨이 시원한 편의점의 의자에 앉아 지친 다리를 쉬기로 했다.

덩치에 어울리지 않게 쭈쭈바를 빨고 있는 길우영을 아르바이트 여학생이 힐끔거리며 쳐다보았다. 강력사건을 다루는 형사들의 공통점은 그들의 외모가 대부분 조폭과 흡사하다는 점이다. 만나는 사람들이 그런 사람들이니 그들과 쉽게 어울리고 동화되어 정보를 얻어내려면 자연스럽게 그들의 외모를 따라가는 것이다.

외국 영화에 나오는 멋진 외모의 형사란 최소한 대한민국에서는 있을 수 없는 존재였다.

'자식, 어디로 사라진 거야.'

무혁과 통화를 시도하던 길우영은 투덜거리기 시작했다.

길우영은 문무혁이 사고 처리 당시 남겨놓은 연락처와 주소를 가지고 있었다. 하지만 아무리 전화를 걸어도 무혁은 길우영의 전화를 받지 않고 있었다.

무혁은 교통사고 당시 핸드폰이 부서져 지금은 핸드폰이 없는 상태였다. 그런 사실을 알 리 없는 길우영으로서는 답답하기 그지없는 상황이었다.

'처음이 쉽다 했어. 내 인생에는 왜 직구가 없냐고……. 항상 커브야, 커브!'

문무혁의 뒤를 쫓는 일은 매우 순조롭게 풀려갔다. 문무혁이 적어놓은 주소를 보고 그가 살고 있을 집을 찾는 일은 식은 죽 먹기였다.

하지만 길우영은 그곳에서 무혁의 모습을 찾을 수 없었다. 주인은 무혁이 얼마 전 이사를 했다고 말했다.

'어떻게 한다.'

다 먹은 쭈쭈바의 껍질을 통통한 손가락으로 말면서 던지며 길우영은 고민에 빠졌다.

관할 동사무소에도 가보았지만 아직 다른 주소로 전입신고가 되어 있지 않은 상태여서 현시점에서 문무혁의 행방은 묘연했다.

'별수없지. 이러고 싶지는 않았지만 방법이 없어.'

길우영은 주머니에서 쪽지를 꺼내 거기에 적힌 번호로 전화를 걸기 시작했다.

무혁은 아스란의 연고자로 등록하려 했을 때 병원에 청학동 부모님의 주소와 연락처를 적었다. 길우영이 들고 있는 쪽지에는 만일을 대비해서 적어온 그 연락처가 적혀 있었다.

경찰이 느닷없이 전화를 해서 아들을 찾는다면 부모들은

백이면 백 놀라게 마련이다. 그런 사실을 모를 리 없는 길우영은 선배의 부탁과 자신의 호기심으로 시작한 조사 때문에 무혁의 부모를 놀라게 하고 싶지 않았다. 게다가 사실 따지고 보면 문무혁이란 친구는 지은 죄도 없는 몸이다.

하지만 이제 달리 방법이 없다.

몇 번의 전화벨이 울리고 조용한 목소리를 가진 여인이 전화를 받았다.

"여보세요. 청학 민박입니다."

"저는 하동경찰서의 길우영 경사입니다. 한 가지 여쭤보고 싶은 것이 있어서 전화 드렸습니다. 그곳이 문무혁 씨의 본가 맞습니까?"

"그… 그런데요? 무슨 일로 그러시나요?"

길우영은 최대한 조심스럽게 질문을 던졌다. 그럼에도 불구하고 예상했던 것처럼 전화 속에서 들려오는 여인의 목소리가 떨리는 것이 느껴졌다.

'이럴 때가 경찰이 된 것에 회의를 느끼는 순간이지. 경찰이 불법 비디오나 호환마마도 아니고 말이지.'

하지만 일은 일이었다.

"혹시 전화 받으시는 분은 문무혁 씨와 어떤 관계이신지……."

"전 무혁이의 엄마예요. 무슨 일이시죠? 혹시 무혁이에게 무슨 일이라도 생겼나요?"

"아닙니다. 절대 이상한 일이 아니니 걱정하지 마십시오."

"그래요? 그럼 무슨 일로……."

"다름이 아니라 일전에 교통사고로 돌아가신 노인분의 신원을 찾는 과정에서 당시 노인의 옆자리에 앉아 있던 아드님께 몇 가지 물어보고 싶은 말이 있어서 그렇습니다."

길우영의 설명을 들은 무혁 어머니의 목소리가 한결 가벼워졌다. 자식과 상관없는 일이란다. 당연한 반응이다.

"아……. 네에. 저도 그 이야기 들었어요. 고속버스터미널에서 우연히 만난 노숙자 할아버진데 불쌍해서 먹이고 입히고 목욕시켜 줬더니 지리산까지 차표를 사달라고 했다고 하더군요. 그래서 아들이 표를 사 줬다고 했어요."

한층 밝아진 목소리로 어머니는 무혁에게 들은 이야기를 길우영에게 해주었다. 전후 사정을 들어서인지 그녀의 목소리에서는 착한 아들에 대한 부모 특유의 자부심마저 느껴졌다.

'얼래? 전혀 모르는 상태의 노숙자 할아버지를 먹이고, 씻기고, 옷 사 입히고, 차표 사 주고, 한 달간 간호까지 했다고? 천사 났군, 천사 났어.'

어머니의 말만 들어서는 요즘 세상에 있지 않을 법한 이야기다.

"아~! 그렇군요. 정말 착하신 아드님을 두셨습니다. 하지만 저도 일이라서 꼭 만나 뵙고 청취를 해야 돼서요. 그런데 핸드폰도 연락이 안 되고 당초에 적으셨던 주소지도 옮기신 것 같아 연락할 길이 없네요."

"그러시군요. 저희 남편도 예전에 경찰 생활을 하셔서 그 기분 잘 알아요. 사고 때 핸드폰이 부서졌는데 아직 사지 않았다고 했어요. 그리고 잠시만요. 일전에 이사한 곳 주소를 알려줬어요. 택배로 김치를 좀 보내달라고……."

무혁 어머니의 목소리가 한결 밝아졌다. 남편이 경찰 생활을 했다는 이야기까지 덧붙이며 주소를 찾는 눈치다.

불러주는 주소를 받아 적은 길우영은 무혁을 만나기 위해 차의 시동을 걸고 내비게이션에 주소를 입력했다.

"좋은 세상이야. 선배 이야기를 들으면 예전에는 모르는 곳을 찾아가려면 별별 쇼를 다했다고 하던데……."

이미 노인은 문무혁과 아무런 상관이 없다는 것이 무혁의 어머니의 말을 통해 밝혀졌다. 이제 그가 노인과 나눴던 대화를 들어보면 된다. 그리고 가능하다면 왜 그가 노인에게 그런 친절을 베풀었는지도 알고 싶었다.

여름도 이제 막바지였다.

괜히 짜증이 몰려왔다. 휴가도 반납하고 여자도 아니고 남자를 찾아다니는 자신의 신세가 처량하게 느껴졌다.

'아~ 징그럽게 덥네.'

에어컨을 틀었는데도 불구하고 푹푹 찌는 여름 한낮의 열기가 새삼 미워지는 길우영이었다.

길우영이 알아낸 무혁의 거처는 경기도 광주시 목현동 외각에 있는 한 공장이었다.

천생 경찰인지라 길우영은 무혁이 있다는 공장을 찾아가기 전에 정보 파악을 위해 먼저 목현동 관할 파출소에 들렀다. 그리고 그곳에서 당직을 서고 있던 순경에게 문무혁에 대한 이야기를 들을 수 있었다.

"순찰하다 보면 밤이고 낮이고 쇠끼리 부딪치는 소리가 나더군요. 혹시나 몰라서 공장으로 들어가 보니 미친놈처럼 웃통을 벗고 쇠몽둥이로 쇠기둥을 치고 있더라구요. 그런데 혹시 그놈이 무슨 죄라도……."

순경이 해준 이야기는 길우영으로 하여금 무혁에 대한 호기심을 더욱 키우게 만들었다.

"아닙니다. 개인적으로 아는 사람이라서요."

"그렇죠? 하도 이상해서 제가 신분조회까지 해봤지 않습니까? 하지만 별다른 건 없었거든요."

파출소 순경은 혹시나 자신이 눈앞에서 건수 한 개를 날리지 않았나 하고 걱정하는 눈치였다. 하지만 길우영의 설명을 들은 순경은 이내 관심을 끊었다.

같은 경찰로서 순경의 심정을 십분 이해하는 길우영이었다.

'그놈의 할당이 뭔지.'

할당이란 미리 숫자를 정해놓고 건수를 채우는 경찰의 고질적인 병폐였다.

그리고 길우영이 가장 싫어하는 단어이기도 했다.

무혁이 있다는 공장은 다른 공장들과도 한참 떨어져 있는 산속에 자리 잡고 있었다.

"이놈 도대체 뭐하는 놈이기에 이런 산속에 처박혀 있는 거야."

길우영은 투덜거리며 운전을 했다. 파출소에서 무혁이 산다는 공장까지는 차로 10분이 채 안 걸리는 가까운 거리였다.

공장의 진입로인 시멘트 도로를 만난 길우영은 한편에 차를 세우고 공장을 향해 걷기 시작했다. 형사로서의 습관이었다. 잠복을 하거나 범인을 추적할 때 현장까지 차를 몰고 가는 것은 금기사항이다. 자동차 소리는 의외로 커서 범인이 도망치기 십상이기 때문이다.

그가 찾아가고 있는 문무혁이 무슨 범인이란 이야기는 아니었지만 그래도 습관은 무서운 법이다.

한여름의 뙤약볕은 길우영에게는 천적이나 다름없는 존재

였다.

　비대한 체구의 소유자답게 길우영의 온몸에서 땀이 비 오듯이 쏟아지기 시작했다.

　헉헉대며 약간 비탈진 시멘트 길을 오르던 길우영은 자신이 한심스러웠다.

　'내가 지금 뭐하는 거지? 하~! 그냥 선배한테 문무혁이는 아무 관련이 없고 노인의 신원은 파악불가라고 전화 한 통만 하면 되는데 말이지.'

　하지만 어쩌랴. 호기심이란 단어는 길우영이란 남자의 정체성을 대표하는 단어였다. 주변 사람들이 경찰보다는 과학자가 어울린다고 말할 만큼 길우영은 호기심이 강했다.

　"내 복이지."

　길우영은 쏟아지는 땀을 닦으며 무거운 발걸음을 옮겼다.

CHAPTER 07

네 명의 노예가 생기다

"아~! 더워."

무혁은 공장 한편에 있는 수도를 이용해서 대충 샤워를 했다. 올해 여름은 유난히도 더운 날씨의 연속이다. 32~3도를 넘나드는 불볕더위가 사그라질 조짐이 보이지 않았다. 방금 샤워를 했는데도 바로 땀이 흘러내릴 정도로 더운 날씨는 무혁을 지치게 하기 충분했다.

물수건 한 개를 만들어서 수련을 계속하기 위해 공장으로 걸어가는 무혁을 누군가 불러왔다.

"어이~ 형씨?"

'응? 누구지?'

무혁을 불러세운 사람은 나는 깡패다라고 얼굴에 써 붙인 듯한 남자 네 명이었다.

안 좋은 예감이 들었다. 아니나 다를까, 그중 한 남자가 무혁을 위아래로 쓸어보며 시비를 걸어왔다.

"어이, 형씨. 자네가 우리 도련님을 화나게 했다며?"

"무슨 말이신지?"

무혁은 도련님이란 단어에서 그들이 자신이 내쫓은 아이와 관계가 있음을 알아차렸다.

'왜 슬픈 예감은 틀리지 않나.'

한물간 유행가의 가사가 생각나는 무혁이다. 날씨도 덥고 사람도 짜증난다.

"엊그제 이곳에서 사랑을 속삭이시던 도련님에게 다짜고짜 물을 끼얹고 주먹을 날렸잖아. 안 그래?"

"낄낄낄."

"요즘 아이들은 조숙도 하지. 고삐리가 사랑을 속삭이다니 말이야. 그것도 시원한 모텔 놔두고 하필 이런 창고에서."

깡패들이 무혁을 다그치다 말고 자기들끼리 농담을 한다. 그들은 무혁을 완전히 업신여기고 있었다.

"다들 조용히 해라."

"……."

그중 나이가 40대 중후반은 되어 보이는 깡패가 다른 깡패들을 조용히 시켰다.

아마도 그가 이 패거리의 두목쯤 되는 모양이었다. 그래도 완전한 동네 건달들은 아닌지 그가 한마디 하자 깡패들이 바로 입을 다물었다.

무혁은 최대한 공손한 표정으로 전후 사정을 이야기했다.

"아. 그 아이들이요. 나쁜 짓을 하기에 물을 부은 것은 사실이지만 주먹질은 안 했습니다."

"뭐 아무래도 좋아. 일단 이곳을 비워라. 내일 저녁까지 이곳을 안 비우면 재미없을 거다."

황당했다. 무혁은 반발했다.

"전 정식으로 계약을 하고 들어온 사람입니다. 이런 억지가 어디 있습니까?"

깡패 대장의 인상이 찌푸려진다.

그 모습을 본 옆에 서 있던 부하 깡패가 앞으로 나섰다. 큰형님이 좋은 말로 했고 무혁이 안 들었으니 다음은 자기 차례라는 생각이었다.

"억지인지 아닌지가 중요한 게 아냐. 중요한 건 네가 도련님을 화나게 했다는 거야. 그러니 일단 좀 맞아라."

부하 깡패는 그대로 무혁에게 주먹을 날렸다.

많이 싸워본 놈이다. 그리고 싸움에서 가장 중요한 것은 기선 제압이라는 사실을 아는 놈이다. 게다가 단순히 아는데 그치지 않고 실전에 사용할 줄 아는 놈이기도 했다.

"아악!"

강력한 주먹이었다. 무혁은 광대뼈에 엄청난 충격을 받고 땅바닥에 쓰러졌다.

그래도 수련한 보람이 있어서 살짝 피하는 바람에 그가 노렸음직한 턱을 피해서 광대뼈를 얻어맞기는 했지만 고통은 매한가지였다. 무혁은 구름 한 점 없는 대낮에도 노란 하늘을 볼 수 있다는 사실이 놀라웠다.

무혁은 성질이 났다.

"뭡니까? 왜 사람을 때리는 겁니까?"

21세기 대한민국에서 무작정 사람을 패도 되는 것인가? 무혁의 항의는 당연했다. 하지만 상대들은 말이 통하는 상대가 아니었다. 그들은 깡패였다.

"웃기시네."

"더 맞아라."

깡패 대장을 뺀 나머지 깡패들이 쓰러진 무혁에게 마구잡이로 발길질을 하기 시작했다.

퍽.

퍼벅.

"악! 악! 왜 때려요."

무혁은 본능적으로 얼굴을 손으로 감싸고 몸을 구부렸다.

"어쭈. 막아? 막는 손은 네 살 아니냐? 막으면 안 아파?"

사람을 숱하게 패본 경험이 있는 전문가들이다. 깡패들은 이죽거리면서 막고 있는 무혁의 팔을 향해 발길질을 했다.

비 오는 날 먼지가 풀썩풀썩 나도록 맞는다는 말이 실감나도록 무혁은 엉망진창 얻어맞았다.

"끄으으응~"

얼마나 시간이 흘렀을까. 비명도 못 지르고 끙끙거리며 신음 소리를 내는 무혁의 앞에 옆에서 담배를 피우고 있던 깡패 두목이 다가와 앉았다.

그는 손으로 무혁의 머리를 툭툭 밀기 시작했다.

"내일까지 여기 비워라. 알았냐?"

"......"

"더 맞을래?"

무혁은 맹렬히 고개를 저었다.

"도련님이 이곳을 너무너무 사랑하신단다. 그러니 어쩌겠냐. 억울하면 힘이 세지든지, 돈이 많든지. 이도 저도 아니면 너처럼 되는 거야."

"흐흐흐. 저놈도 머릿속에 뇌라는 것이 있으면 형님 말을 듣겠죠."

"몸을 썼더니 출출합니다. 한잔 빨리 가시죠."

"요즘 로마 나이트가 물이 좋습니다."

깡패들은 이제 무혁이 당연히 자신의 말을 들을 걸로 생각하는 것 같았다. 그들은 쓰러져서 고통을 참고 있는 무혁 따위는 안중에도 없다는 듯이 행동했다.

'너희 말이 맞아. 힘도 돈도 없으면 당하는 거지. 아버지의 경우를 봐도 세상은 결코 법으로만 굴러가지 않는다는 건 이미 알고 있었어.'

왜 아버지의 일이 떠오른 걸까. 무혁은 화가 나기 시작했다.

'나도 힘이 있잖아. 내가 왜 저놈들에게 맞아야지?'

무혁도 분명 수련을 하고 있다. 성과도 있었다. 마법을 뺀 신체적인 능력만으로도 저들을 제압하는 데는 별 무리가 없다는 것을 그는 알고 있었다.

워낙 순식간에 당한 일이라 정신이 없었다고 해도 이렇게까지 얻어맞는 것은 비정상 아닌가.

'이유가 무얼까?'

경험이다. 사람이 사람의 얼굴을 맨주먹으로 온 힘을 다해서 치는 행위는, 축구공을 차듯이 인간의 얼굴을 발로 차는 행위는 마음속에 있는 심리적 사슬을 끊어내지 못하면 불가능한 행동이다.

아이들 간의 푸닥거리가 아니다. 인간을 때린다는 것은 바로 그런 것이다.

깡패들은 경험이 많았고 무혁은 주먹질이라고는 한 번도 해보지 않고 성장했다.

당연한 결과였다.

모든 사람이 자신을 제약하고 있는 심리적 족쇄, 즉 법, 도덕심, 인간성, 측은지심, 뒷일들을 벗어버린다면 세상은 어떻게 될까? 현대사회에서는 특수한 직종에 종사하는 몇몇 부류의 인간들을 제외한 보통 사람들은 최소한 폭력이란 측면에서는 심리적, 사회적 족쇄를 차고 있는 것이다.

'참을 수 없어.'

아스란을 만나기 전의 무혁이라면 어떻게 했을까? 아마도 순순히 깡패들의 말을 들었든지, 아니면 법에 호소를 했을지도 몰랐다.

아니, 처음부터 세상의 모든 어른들처럼 아이들을 무시해서 일의 단초를 만들지 않았을 것이다.

무혁은 천천히 몸을 일으켰다.

그리고 각오를 다졌다.

'할 수 있어.'

무혁은 결심했다.

"어쭈~! 눈깔 똑바로 뜨고 어딜 째려봐? 안 내려? 확 뽑아서 쪽쪽 빨아버린다?"

결심을 굳히자 그들의 말과 행동이 들리고 보였다.

이 얼마나 깡패다운 상투적인 대사인가. 웃음마저 나올 지
경이다.

"풋!"

결국 무혁은 웃음을 참지 못하고 웃음을 터뜨렸다.

입이 짭짤했다. 피였다. 무혁은 입술과 입안이 터져서 나
온 피를 꿀꺽 삼켰다. 다시금 각오가 다져졌다.

깡패들이 험악한 얼굴로 다가왔다.

"웃어? 죽으려고 환장했냐?"

무혁은 얼른 손목을 만졌다. 아스란이 준 팔찌가 느껴졌다.

이번에도 다짜고짜 주먹이 날아왔다.

"에고 실드."

1서클에 접어들면서 아스란의 팔찌를 사용할 수 있게 된
무혁이다.

그냥 실드가 각인된 아티팩트와 에고 실드가 각인된 아스
란의 팔찌와의 다른 점은 마나가 없는 일반인도 사용할 수 있
는 아티팩트와는 달리 에고 실드는 마나를 주입해서 시전 해
주어야 한다는 것이다.

그러면 에고 실드는 한 번 펼쳐지고 사라지는 실드와는 달
리 발동되면서 스스로의 마나와 시전자의 마나를 사용해서
착용자를 보호한다.

단점은 역시 마나를 소모한다는 점이었다. 팔찌에 박힌 마

나석의 마나를 소모하면 에고 실드는 시전자의 마나를 지속적으로 소모한다.

교통사고 당시 팔찌를 차고 있지 않았던 아스란의 명령에 에고 실드가 발현된 것은 아스란이 크리샤스 여신으로부터 인정받은 황제이자 팔찌의 주인이었기 때문이었다.

무혁의 팔목어름에서 파란빛이 나와 날아오는 깡패들의 주먹을 막아갔다.

소리도 없고 얼핏 보아서는 형체도 없는 빛이다.

"뭐야, 이거."

"왜 이래?"

당연한 반응이었다. 아무리 주먹을 날려도 그들의 손은 빛에 막혀 무혁의 근처에도 못 오고 있었다.

이번에는 무혁의 차례였다.

결심을 굳힌 무혁의 주먹은 매서웠다. 그동안 쇠고리를 차고 쇠기둥을 치며 철저하게 단련된 몸이다. 마나는 그의 근육세포 하나하나를 질기고 강하게 만들어주었다.

퍽!

잘 익은 수박이 깨지는 소리가 나면서 깡패 한 명이 뒤로 벌러덩 넘어졌다.

'조심조심.'

무혁의 주먹은 아직 전문적인 수련을 거친 사람들처럼 단련되지 않은 상태였다.

태어나서 싸움은커녕 따로 운동 따위를 배워본 적이 전혀 없는 무혁이었다. 하지만 단 한 번 그가 남을 때리는 법을 배운 적이 있었다.

대한민국의 건장한 남자라면 누구나 한 번쯤은 경험하는 군대에서였다.

무혁은 군대시절 배웠던 태권도 정권지르기의 기억을 떠올렸다.

'새끼손가락부터 차례로 주먹을 쥐어야 해. 손등과 팔은 일직선.'

주먹을 고쳐 쥔 무혁은 뜻밖의 상황에 당황하고 있는 깡패에게 주먹을 날렸다.

결심은 자신감으로, 자신감은 여유로 변했다.

무혁이 주먹을 날리자 다시 한 명의 깡패가 쓰러졌다.

세 번째, 깡패 대장은 조금 상황이 달랐다. 무혁이 주먹을 내지르자 깡패 대장은 그의 손을 막았다. 그는 단순히 무식하게 주먹질만 하는 놈이 아니라 무언가 무술을 배운 사람이었다.

에고 실드가 제몫을 다해준 바람에 상대방에게 맞지 않는 무혁이 유리하다고는 하지만 근본적인 문제는 남아 있다. 무혁이 내지르는 주먹에는 힘은 실려 있지만 그 힘을 뒷받침할 기술이 없는 것이다.

대장 깡패는 주먹을 막은 다음 멋진 뒤돌려 차기를 했다. 하지만 에고 실드 덕분에 그의 시도는 수포로 돌아갔다.

'태권도 도장이라도 다녀야 하나.'

막무가내로 휘두르는 무혁의 주먹을 그는 수월하게 막았다. 그리고 깡패가 휘두르는 주먹은 에고 실드가 방어한다. 지리한 소강상태가 벌어졌다.

하지만 상황은 조금씩 무혁에게 불리하게 변하고 있었다.

남은 한 명의 깡패가 어디선가 굴러다니던 각목 한 개를 들고 다가오고 있었고, 무혁의 몸에 있던 마나도 줄어들고 있었다.

무혁은 이제 겨우 1서클이다. 사용할 수 있는 마나는 말 그대로 한 줌뿐이다.

무혁은 주먹으로 안 되자 에고 실드의 보호를 받는 자신을 믿어보기로 했다. 그는 생각과 함께 발길질을 하는 대장 깡패에게 태클을 감행했다.

하늘이 도왔는지 그의 태클은 성공했고 자연스럽게 마운트 자세에 돌입했다. 이제 주먹을 날릴 차례였다.

무혁이 주먹을 쥐자 깡패 두목의 얼굴이 창백해졌다. 그도 무혁의 주먹을 맞은 동료들이 어떻게 됐는지 알고 있는 것이다.

퍽!

한방이다.

무혁은 안도의 한숨을 쉬었다.

각목을 들고 열심히 무혁을 가격하던 깡패는 이미 사색이 되었다.

아무리 때려도 그의 각목은 무혁의 몸 근처에서 튕겨 나오고 있다.

처음에는 맷집이 좋은 놈인 줄로만 알았다. 하지만 이쯤 되면 그런 상황이 아니라는 것은 머릿속까지 근육으로 뭉친 깡패라도 알 수 있다.

결정은 빨랐다.

안 그래도 항상 네 명의 깡패 중에서 뒤처리담당에 망보기 전문이던 그였다.

그리고 그에게는 기절해 있는 깡패들처럼 보기만 해도 무식한 주먹을 맞고 기절해 줄 의리는 없었다.

생각도 빨랐지만 행동은 더 재빨랐다.

최후의 깡패는 몽둥이를 버리고 냅다 도망치기 시작했다.

무혁은 거친 숨을 몰아쉬며 도망치는 깡패를 바라보았다.

주먹질이란 것은 생각보다 힘든 운동이다. 운동 꽤나 했다는 일반인들이 단 3분의 권투시합을 못 버티는 것이 현실이다.

학교 운동부에서 나름 단련한 선수들의 복싱시합 룰이 3분 3회전이다. 단 9분을 뛰고 난 선수들은 그것만으로도 체력의 한계에 다다른다.

하지만 아무리 힘들어도 도망치는 것을 두고 볼 수는 없다.

아직 무혁에게는 비장의 수가 한 가지 남아 있었다. 무혁은 손을 들어 도망치는 깡패를 겨누었다.

"마나의 힘으로 명하노니 적을 뚫을 수 있는 힘이 되어라! 매직 미사일!"

매직 미사일은 1서클 마법에 있는 무속성의 화살을 날리는 마법이다. 살상능력이 거의 없다시피 하지만 자동으로 유도 기능이 달려 있어 결코 빗나가지 않는 마법이다. 게다가 마법사가 가진 마나의 총량이 많아지면 만들어지는 화살의 개수까지도 늘어나는 마법이기도 했다.

무혁의 심장 주위를 회오리치던 마나가 몸 안의 마나로드로 퍼져 나가 재배열되면서 룬문자를 형성했다.

그가 내민 손 앞에 환상처럼 투명한 하얀색의 화살이 두둥실 떠올랐다. 그리고 시전자인 무혁의 의지에 따라 발사됐다.

달리는 인간보다 쏘아진 화살이 늦을 수는 없는 법이다.

무혁이 발사한 매직 미사일은 마치 레이저를 쏜 것처럼 하얀 선을 그리며 날아가 깡패의 다리에 명중했다.

"아악~!"

영화의 한 장면처럼 깡패는 비명을 지르며 땅바닥에 나동그라졌다.

"휴~ 후"

겨우 5분도 안 되는 전투(?)시간이었지만 정신적, 체력적 피로감은 상당했다.

상황이 마무리되자 이제야 무혁은 자신이 저지른 행동에 덜컥 겁이 났다. 당연하다. 인간에게 화살을 맞혀본 경험을 가진 사람이 얼마나 있겠는가.

피곤한 몸을 이끌고 무혁은 매직 미사일을 맞고 울부짖고 있는 깡패에게 다가갔다.

깡패의 다리에서 피가 흘러나오는 모습이 보였다.

"그대에게 평안한 휴식을……. 슬립."

무혁은 깡패의 괴로움을 덜어주기 위해 슬립마법을 시전했다.

깡패는 잠시 움찔거리더니 다시 고통의 비명을 질렀다.

고작 1서클의 슬립마법이다. 그리고 고통은 슬립마법에 저항하는 가장 큰 힘이었다. 슬립마법이 실패한 것도 당연하다.

'어떻게 한다?'

아스란의 세상에서는 치료는 어디까지나 신관의 영역이다. 마법사는 두 가지의 치료 스킬을 가지고 있기는 했지만 제약이 심했다.

일단 6서클의 큐어 마법이 있다. 외상만을 치료하는 마법이다. 그리고 죽지 않은 사람이라면 완벽하게 회복시킬 수 있는 리커버리 마법도 있다. 하지만 리커버리 마법은 9서클에 있는 마법이다.

잠시 고민하던 무혁은 무엇인가를 결심했는지 굳은 표정으로 비명을 지르고 있는 깡패를 한 대 쥐어 팼다.

'미안!'

비명을 지르던 깡패가 침묵했다.

무혁은 기절해 있는 깡패들을 모두 공장 안으로 옮기기로 결정했다.

'아직은 나의 정체를 들킬 수 없어. 이놈들의 입을 막을 방법을 찾아야 해. 그리고 숨어 있는 저놈도 처리해야 하고.'

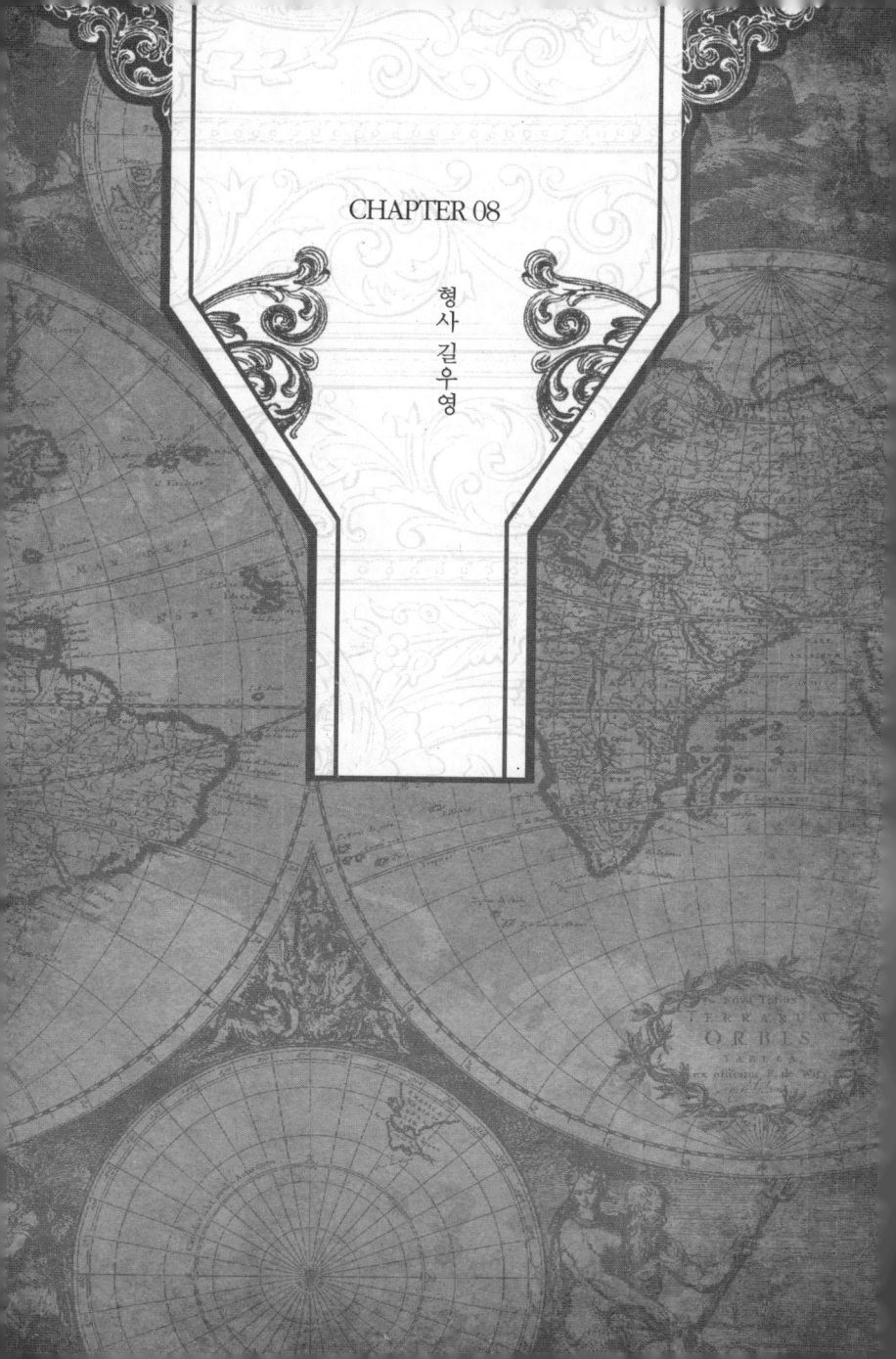

CHAPTER 08

형사 길우영

길우영은 자신의 눈을 의심했다.

"말도 안 돼. 뭐야?"

길우영이 이곳에 도착한 것은 무혁이 깡패들에게 주먹을 날리는 순간이었다.

그는 바로 뛰어나가 일방적인 구타를 당할 것이 분명한 무혁을 말리려 했다.

하지만 그의 발길을 잡은 것은 바로 사고 버스의 블랙박스 영상에서 보았던 파란빛이었다.

그 파란빛은 깡패들이 아무리 주먹질과 발길질을 해도 심지어는 각목을 휘둘러도 완벽하게 무혁을 보호하고 있었다.

게다가 그는 분명 무혁이 주문을 외우자 손에서 하얀 화살 같은 것이 튀어나와 도망치던 깡패의 다리를 맞추는 것도 보았다.

"매직 미사일?"

처음에는 암기라도 던진 줄 알았다. 하지만 그런 것이 아니라는 것은 무혁의 다음 행동을 보자 명확해졌다.

그리고 무혁은 손을 내밀고 다시 주문을 외웠다.

"슬립이라고?"

길우영은 판타지 소설의 광팬이다.

대한민국에 출판된 모든 판타지 소설을 읽었다고 자부하고 판타지 소설의 리뷰 블로그를 운영할 만큼 그의 판타지 사랑은 대단했다.

그는 비번일 때나 퇴근 후에 또는 잠복근무를 할 때 항상 판타지 소설을 읽을 정도로 판타지 소설과 판타지의 세상을 사랑하는 사람이었다.

물론 태어나서 여자친구를 단 한 번도 못 사귀어본 모태솔로라 시간이 많아서 시작된 취미였긴 했다. 하지만 현실의 팍팍함에 비해 판타지 소설 속의 주인공들이 펼치는 모험은 그를 즐겁게 하기 충분한 것이었다.

그렇더라도 판타지 소설은 소설이다. 길우영이 아무리 판타지 소설을 사랑하고 소설 속의 주인공처럼 기연을 얻는 것을 꿈꾼다 해도 현실과 공상을 구별 못할 사람은 아니었다. 어디까지나 길우영은 현대를 살아가는 사람이었기 때문이다.

길우영은 고개를 흔들었다. 부정의 의미다. 그는 자신이 본 것이 사실이 아니라고 믿었다.

'뜨거운 태양 때문이야.'

자신이 본 것을 태양의 탓으로 돌린 길우영은 무혁에게 다가갔다.

'그래도 사실이라면 멋진 일일 거야.'

사람들은 살아가면서 누구나 한 번쯤 일탈을 꿈꾼다. 그리고 그 일탈에는 신비한 능력으로 세상을 오시하는 꿈이 빠지지 않는 법이다.

길우영에게는 마법이 바로 그런 역할을 하는 존재였다.

'하지만 해야 할 일은 해야겠지.'

쓰러진 네 명의 남자가 어떤 직업에 종사하는 사람인지 알기는 어렵지 않았다. 건달들은 입은 옷만으로도 알아볼 수 있는 길우영이다.

무혁이 네 명을 쓰러뜨린 것까지는 정당방위로 볼 수 있는 행동이다. 하지만 그가 공장 안으로 그들을 옮기는 것은 묵과할 수 없다. 정상적인 경우라면 무혁은 전화기를 꺼내 들어

신고를 해야 했다. 공장으로 옮긴다는 행위는 정당방위가 의지를 가진 폭력으로 변화할 수 있는 것이다. 정당방위와 폭력은 그 성질이 완전히 달랐다.

솔직히 말해서 지금까지 구경만 한 것으로도 경찰인 그에게는 직무유기나 마찬가지였다.

'워낙에 순식간에 벌어진 일이었으니 괜찮아. 괜찮아.'

스스로를 변호하는 길우영이다. 그는 이제 자신이 나설 때가 됐음을 깨달았다.

하지만 앞으로 나선 길우영은 대경실색했다.

"어이! 문무혁. 혁!"

무혁은 처음부터 자신을 훔쳐보고 있는 사람이 있다는 사실을 알고 있었다. 수련으로 얻은 그의 감각은 자신도 믿지 못할 만큼 대단했다. 훔쳐보고 있는 사람을 쓰러져 있는 깡패들과 같은 패거리라고 생각한 무혁은 그가 눈치채지 못하게 라이트닝 마법을 사용하기로 결정했다.

매직 미사일은 사람을 물리적으로 타격을 한다. 혹시라도 잘못되어 사람이 다치게 되는 것은 한 번의 경험으로 족했던 무혁이 선택한 마법이 라이트닝이다. 라이트닝은 매직 미사일과는 달리 맞은 사람에게 강력한 전기 충격을 주어 기절시키는 전격마법이다.

"마나의 힘으로 명하노니 뢰(雷)의 힘으로 적을 내려쳐라.

라이트닝!"

무혁으로서는 거의 마지막 남은 마나를 쥐어짜다시피 해서 겨우 펼친 마법이다. 1서클 마법사의 슬픈 현실이다.

길우영이 낙뢰를 피한 것은 100퍼센트 우연이었다.

길우영은 앞으로 나서는 순간 무혁이 손으로 자신을 가리키면서 무언가 알지 못할 소리를 하는 것을 목격했다. 그 모습을 본 길우영의 뇌리에 경고등이 켜졌다.

길우영은 우둔하게 보이는 비만한 체구의 소유자였지만 강력사건을 다루는 형사답게 유도 4단의 실력자이기도 했다. 그는 보고서도 도저히 믿기지 않는 잽싼 몸놀림으로 달리는 탄력을 이용해서 옆으로 자리를 피했다.

아무리 길우영이 빠르더라도 뇌전을 피할 수 있는 사람은 없는 법이다. 하지만 무혁은 손을 내민 순간 커다란 덩치의 길우영이 빠른 속도로 달려드는 것을 보고 평정심을 잃었다. 낙뢰는 빗나갔다.

"헛!"

길우영은 자신이 조금 전까지 서 있던 위치에 벼락이 떨어지는 것을 보고 기겁을 했다. 낙뢰가 땅을 치면 흐르는 전기를 눈으로 볼 수 있다는 상식은 알고 있었지만 그렇다고 자신이 볼 수 있으리라고는 생각지 못했던 우영이다.

거의 본능적으로 길우영은 멍한 표정을 하고 있는 무혁의 가슴팍으로 파고들었다. 그리고 아직도 내밀고 있는 무혁의 오른손을 부여잡은 다음 그대로 몸을 회전시켰다.

멋진 업어치기다.

낙법을 배운 적이 없는 무혁에게 길우영의 업어치기는 치명타였다. 게다가 그가 떨어진 곳은 매트가 아니라 맨 땅바닥이다.

"컥!"

가슴이 답답해졌다. 무혁은 그대로 의식을 잃었다.

"흐읍!"

길우영은 그래도 잊지 않고 무혁의 머리를 한 손으로 받치고 있었다. 안 그랬다면 무혁은 의식을 잃은 정도가 아니라 아마도 뇌진탕을 입고 크게 다쳤을 것이다.

경찰관이 유도를 배우는 이유는 단순하다. 매트가 아닌 맨 땅이나 시멘트 바닥에서의 유도는 범죄자를 어떤 다른 무술보다도 쉽게 제압할 수 있는 무술이다.

"이 자식 뭐야? 진짜로 마법을 쓰는 거야?"

길우영은 무혁의 몸을 살피기 시작했다. 혹시라도 일종의 전기 충격기라도 가지고 있지 않나 하는 의문이 들어서였다.

하지만 무혁의 몸에는 이상한 디자인의 팔찌가 양손에 채워져 있는 것을 빼고는 별다른 물건이 없었다.

일단 다친 놈부터 처리해야 했다. 자신이 발견한 것은 어디까지나 폭력현장이다. 문무혁에 대한 궁금증은 커져만 가고 있었지만 피가 흘러내리는 사람을 두고 볼 수는 없었다. 길우영은 어디까지나 시민의 안전을 최우선으로 하는 경찰이었다.

*   *   *

무혁이 정신을 차린 것은 길우영이 핸드폰을 꺼낼 때였다.

그는 살며시 눈을 뜨고 길우영이 하는 양을 지켜보았다. 어디론가 전화를 하려는 길우영이다. 무혁은 길우영을 깡패들의 패거리로 생각하고 있었다.

'다른 놈들을 더 부르려는 속셈이야.'

이대로 저 뚱땡이가 전화를 하면 문제가 심각해진다. 무혁은 한 방울의 마나까지 끌어올리기 시작했다.

그리고 길우영에게 들리지 않게 조용하게 주문을 외웠다. 이 마법이 실패하면 끝장이다. 저 뚱땡이는 자신의 모든 것을 듣고 보았다. 다른 일당이 오면 무혁은 더 이상 어떻게 할 도리가 없었다.

"그대에게 평안한 휴식을……. 슬립."

길우영은 전화기를 떨어뜨리고 그대로 잠이 들었다.

"성공이다."

겨우겨우 몸을 일으킨 무혁은 위기의 순간을 모면했다는 기쁨보다 앞으로의 일이 더 걱정됐다.

그리고 그 걱정은 이 모든 일의 원흉인 싸가지에게 향했다.

"잡히기만 해봐라. 아주 먼지가 나도록 패줄 테니."

하지만 복수는 나중 일이다. 이놈들은 자신이 마법을 펼치는 모습을 봤다. 이제 겨우 마법에 입문한 단계일 뿐인 무혁에게 자신의 정체가 알려지는 것은 결코 환영할 만한 일이 아니다.

"시간이 필요해."

무혁은 그들을 공장으로 옮기기로 결정했다.

지금 그에게 가장 필요한 것은 무엇보다도 시간이다.

*   *   *

무혁은 기절해 있는 사람들을 공장 한편에 늘어놓고 마나 집적 마법진으로 들어갔다.

기분 좋은 마나의 흐름이 비어 있는 심장의 고리를 휘감고 돌아서 마나로드를 채워주는 것이 느껴졌다.

마나를 채우면서도 무혁은 한시도 깡패들에게 주의를 돌리지 않았다.

'더…… 더 많이 강해져야 해. 이 정도로 뭘 할 수 있겠어.'

마나를 채운 무혁은 다음 행동에 착수했다.

무혁은 여러 가지 물건들이 놓여 있는 탁자를 한쪽으로 밀어서 치우고는 탁자가 놓여 있던 바닥을 덮고 있던 합판을 걷어냈다.

합판을 걷어내자 땅속에 시멘트로 고정되어 있는 거대한 철제 금고가 모습을 드러냈다.

무혁은 자신의 재산인 마법주머니를 보관하는데 골머리를 앓고 있었다.

처음에는 은행에 있다는 안전금고를 이용할까 하는 생각도 했었다. 하지만 너무 불편했다. 나중에 자신이 충분히 강해진 다음이라면 모를까, 지금은 수시로 마법주머니를 열어야 했다.

그래서 생각한 것이 마법주머니를 넣은 금고를 통째로 땅속에 파묻고 시멘트로 고정시키는 방법이었다.

금고를 연 무혁은 그 안에서 마법 가죽주머니를 꺼내 무언가를 찾기 시작했다.

잠시 후 무혁이 마법주머니에서 꺼낸 것은 빨간색 액체가 들어 있는 유리병이었다.

'아깝지만 할 수 없지.'

무혁이 꺼낸 유리병은 판타지 세상의 로망인 힐링포션이다.

아스란의 마법주머니에는 몇 개의 힐링포션과 마나포션이 들어 있었다. 무혁은 언젠가 그 물건들의 성분을 현대의 과학으로 분석해 모조품(?)을 만들어낼 장대한 계획을 가지고 있었다.

'이런 귀한 물건을 한낱 깡패 새끼한테 써야 하다니.'

아깝지만 그렇다고 해서 병원에 데리고 갈 수도 없는 문제다. 약을 사와서 발라주는 것도 귀찮았다.

힐링포션의 위력은 대단했다. 마치 과산화수소수를 상처에 바른 것처럼 상처 부위가 거품을 내면서 부글거리더니 잠시 후 상처가 씻은 듯이 사라졌다.

'넌 복 받은 거야. 지구인 중에 누가 힐링포션으로 치료를 받아봤겠어.'

깡패의 상처를 치료한 무혁은 다음 행동에 착수했다.

'일단 저놈들은 가둬놓고 생각하자.'

묶어놓을까도 생각했지만 자신은 마법사였다. 모든 사고를 마법사에 맞추어야 한다는 것은 조금 전 깡패들에게 죽도록 얻어맞고 깨우친 사실이다.

무혁은 어지럽게 널려 있는 탁자 위에서 요즘 한창 유행하는 태블릿 피씨를 집어 들었다. 아스란의 동네에는 종이가 없는지 마법서는 양피지로 만들어져 있었다. 그래서 마법서들은 기본적으로 두껍고 컸다. 항상 들고 보기에는 너무나 불편했다.

무혁은 현대의 인간답게 간편한 방법을 생각해 냈다.

그것은 바로 마법서를 스캔해서 그림 파일로 만든 다음 태블릿 피씨로 보는 방법이었다. 하지만 일반 스캐너로는 마법서를 스캔하는 것이 불가능했다. 큰 마법서는 세로가 1m도 넘는 물건들도 있었다. 그렇다고 A0사이즈까지 스캔이 되는 시트스루 방식의 스캐너를 사기에는 자금의 압박이 너무 심했다. 스캐너의 기본 가격이 1,000만 원이었으니 말이다.

결국 무혁은 적당한 가격의 DSLR 카메라를 구입해야 했다.

무혁은 태블릿 피씨의 이미지 뷰어로 그가 목록을 만들어 두었던 마법서 한 권을 찾아냈다. 그가 선택한 것은 수백 종류의 마법진이 그려져 있는 마법진 교과서였다. 무혁은 그 책의 파일에서 자신이 원하는 한 가지 마법진을 발견했고 깡패들 주위에 서툰 솜씨로 마법진을 그리기 시작했다.

무혁이 그리려는 마법진은 전격마법진이 가미된 감금 마법진이다. 이 마법진은 마법진 안에 갇힌 사람이 마법진을 벗어나려 하면 자동으로 전격마법이 발현되어 전기 충격을 주게 되어 있었다.

무혁은 집중해서 감금 마법진을 그리기 시작했다.

마법진은 그리기는 쉬워도 각 룬문자의 위치와 크기가 일

정해야 하는 제약이 있다.

무혁은 수련하는 틈틈이 자수정 가루를 넣은 풀로 만든 스프레이를 만들어두었었다. 그래서 처음 마나 집적 마법진을 그릴 때보다 월등히 빠른 속도로 마법진을 완성할 수 있었다.

현자의 돌도 필요없었다. 마법진의 시동이야 무혁이 이미 지구 최초의 마법사이니 문제가 아니었다.

감금 마법진을 활성화하는 무혁의 입가에 이제야 미소가 서렸다.

이제 겨우 자신이 마법사라는 자각을 하는 무혁이었다.

의외로 마법진에 갇혀 있는 사람들 중에 가장 먼저 정신을 차린 사람은 가장 늦게 슬립마법을 당한 길우영이었다.

아마도 그의 커다란 등치가 슬립마법의 지속 시간에 영향이 있는 것 같았다.

잠에서 깨어난 길우영은 자신에게 자문했다.

"어떻게 된 거야?"

대답이 있을 리 없는 질문이다. 그는 분명 무혁을 제압했다. 그리고 기억이 없었다. 몸을 일으키던 길우영은 자신의 주변에 쓰러져 있는 사람들을 발견했다.

조금 전 무혁에게 당한 깡패들이었다.

깡!

깡!

길우영은 공장의 중앙에서 기둥을 몽둥이로 치고 있는 청년을 발견할 수 있었다.

깡!

"문무혁!"

길우영은 몸을 일으켜 그에게 다가갔다. 하지만 그것은 그의 실수였다.

"크아아악!"

길우영은 이상한 글자와 도형들이 그려져 있는 원의 가장자리에서 전격마법을 얻어맞고 대자로 뻗어버렸다.

"자~ 식~! 그곳은 절대 못 도망친다고……. 저런 놈들은 일단 하루 정도 배를 굶기면 반성하게 되어 있어. 배고픈 데는 장사가 없는 법이거든. 성인군자도 3일을 굶으면 월담을 한다는 말이 있잖아?"

비명 소리와 함께 연기를 모락모락 내며 쓰러져 있는 길우영을 힐끔 본 무혁은 일단 그들의 기를 빼놓기로 결정했다. 경험상 배를 굶기면 저놈들은 무혁이 따로 힘을 쓰지 않아도 꼬리를 내릴 것이 분명했다.

무혁은 최대한 뒷일이 없게 이들을 처리할 방법이 있었다. 하지만 바로 그 방법을 사용하기에는 저들에게 당한 일이 머릿속을 떠나지 않았다.

의외로 무혁은 쪼잔한 면이 있었다.

"쓸데없이 힘을 뺄 필요가 없어. 몇 번 전기 충격을 받으면 자연스럽게 저곳에서 나올 수 없다는 사실을 깨달을 테고 말이지."

졸지에 깡패 4인방과 길우영은 무혁에 의해서 파블로프의 개 신세가 되고 말았다.

*　　　*　　　*

무혁의 생각대로 다섯 명의 죄수(?)들은 몇 시간 지나지 않아 그들이 벽도 간수도 없는 감옥에 갇혔다는 사실을 깨달았다.

'파블로프 박사가 대단하긴 대단해. 어떻게 저렇게 설명해주지 않아도 전기 충격에 반응을 하지?'

책에서 읽은 일을 눈으로 보는 것은 새로운 경험이었다.

'역시 사람은 배워야 해. 배워두면 피가 되고 살이 되는 법이거든.'

무혁은 죄수(?)들이 갇혀 있는 감금 마법진을 감상하며 생각했다.

뚱땡이가 팔을 흔들며 뭐라고 외치고 있는 모습이 보였다.

'역시 탁월한 선택이었어.'

무혁은 희희낙락하며 수련에 열중했다.

천하태평인 무혁과는 다르게 답답한 사람은 길우영이었다. 그는 자신이 처한 상황을 도무지 이해하기 힘들었다.

'내가 왜 조폭들하고 갇혀 있어야 하는데?'

길우영은 최대한 지금의 상황을 파악하기 위해 안간힘을 썼다.

하염없이 시간이 흘러갔다.

공장 안은 한증막같이 더웠다. 모든 사람들이 복날 개처럼 혀를 내밀고 헥헥거리고 있었지만 그중에서도 가장 힘든 사람은 역시 체구 값을 하는 길우영이다.

"난 서울 지방 경찰청 광역수사대 길우영 경사다. 경찰관을 이렇게 가두면 얼마나 큰 죄 줄 알아?"

길우영은 손을 흔들며 고래고래 소리를 질렀다.

그에게는 불행하게도 무혁은 길우영의 목소리를 전혀 듣지 못하고 있었다. 무혁은 단체로 저주의 소리를 퍼붓는 깡패들의 악다구니에 질려서 감금 마법진에 덧붙여 사이렌스 마법진을 펼쳐 놓은 상태였다.

자신을 경찰이라고 말하는 길우영 덕분에 당황한 이들은 채인호를 비롯한 그의 일행이다.

그들은 무언가 안 좋은 일이 벌어지고 있다는 사실을 깨달은 듯 한쪽 구석에서 서로 웅성대기 시작했다. 이상한 기술을 사용하는 놈 때문에 자신들이 잡혀 있었고 거기다 조폭하고는 상극 중의 상극인 형사도 함께였다.

"그러니까 네 상처가 사라졌다고?"

"그렇습니다, 형님. 마지막에 저놈이 쏜 화살 같은 것에 맞아서 죽을 것 같이 아팠거든요. 그런데 정신을 차리고 보니 상처가 사라졌습니다."

"너 꿈꾼 것 아냐? 상처가 어떻게 사라져."

"아닙니다, 형님! 여기 보십시오. 옷에 구멍이 나 있지 않습니까."

채인호의 핀잔에 그는 다리를 내밀었다. 그의 말마따나 옷에는 예리한 구멍이 나 있었다.

"그놈 말 맞아. 내가 보증하지."

심심했는지 길우영이 그들의 말에 끼어들었다. 그도 상처가 사라진 것이 궁금하던 참이었다. 분명 그도 무혁이 무슨 암기 같은 것을 날려 깡패가 쓰러지고 그가 피를 흘린 장면을 목격했다.

"형사님은 무슨 일이십니까?"

"나도 몰라. 도대체 네놈들은 왜 저런 괴물 같은 놈하고 엮인 거냐? 완전 사이코 아니냐."

길우영은 투덜댔다. 하지만 그는 무혁의 정체에 대한 의문점이 점점 많아지고 있었다. 당장 자신을 가둔 원만 해도 도저히 설명할 수 없는 성질의 것이었다. 깡패의 상처도 마찬가지였다. 있을 수 없는 일이 연달아 벌어지고 있었다.

"저희도 모르겠습니다. 부탁받고 그저 살짝 충고 좀 해서 방 좀 빼라고 하려 했는데 저런 괴물인 줄 알았겠습니까?"

"잘들 한다. 딱 보니까 너희들도 어중이떠중이는 아닌 것 같은데 몰려다니면서 세입자나 쫓아내고 말이야. 창피한 줄 알아라."

길우영의 말이 맞다. 사장 아들의 부탁이 아니었다면 애들을 시키지 채인호가 이곳에 올 일은 결코 없었다. 그는 길우영의 말에 얼굴이 벌게졌다.

깡패 체면이 말이 아니었다.

*　　　　*　　　　*

자신이 설치한 마법진이 안전하게 침입자들을 감금하고 있다는 것을 길우영 덕분에 확인한 무혁은 자신이 처한 상황을 되짚어보기 시작했다.

다섯 명의 존재는 그 존재만으로도 무혁을 위협하기 충분한 것이다.

충분히 강해질 때까지 무혁의 존재가 외부로 밝혀지면 안 된다는 것은 명확한 사실이다.

무혁은 이 세상에 존재하지 않는 힘인 마법을 배우고 있었다.

아마도 마법을 처음 대한 사람들은 무혁이 펼치는 마법을 기적이나 눈속임 정도로 치부할 것이 분명했다. 그리고 그 비율은 눈속임 쪽이 월등히 많을 것이었다.

그가 가진 힘은 이성적으로 이해하고 과학적으로 설명할 수 있는 성질의 것이 아니었고 무혁도 친절하게 설명해 주고 싶은 생각은 전혀 없었다. 그렇다면 세상 사람들은 무혁을 어떻게 받아들일 것인가.

사람들은 자신이 모르는 사실. 자신이 보고 배운 것과 다른 현상은 배척하고 보는 본능적인 습성이 있다. 기독교를 처음 받아들인 로마제국의 경우도 그러했고, 파란 눈의 선교사를 처음 본 조선의 민초들도 그러했다.

마법뿐만 아니라 그가 가지고 있는 물건들은 문제가 더욱 심각했다.

아무리 심한 상처라도 씻은 듯 낫게 하는 힐링포션.

아마도 과학의 힘으로는 증명하기 힘들 것이 분명한 공간이 넓어지고 무게가 가벼워지는 마법주머니의 존재가 세상에 알려진다면 어떻게 될까?

생각만 해도 끔찍하다.

무혁은 최소한 스스로 자신을 보호할 힘을 가지기 전에, 아니, 그가 충분한 힘을 가지고 있다손 치더라도 마법이라는 이계의 힘을 다른 사람에게 알리고 싶은 생각은 추호도 없었다.

'답답하네. 죽일 수도 살릴 수도 없어.'

무혁은 아스란이 준 힘을 나쁜 쪽으로 사용하고 싶은 생각은 없었다.

그저 자신이 겪은, 아버지가 겪은 그런 불합리한 일들에 복수를 하고 세상 사람들에게 도움이 되고자 하는 소박한 소망을 가지고 있을 뿐이다. 그리고 자신이 내 주변 사람이 조금 더 잘살았으면 하는 생각이다.

무혁은 자신들의 목숨이 왔다 갔다 하는 것도 모르고 마법진 안에서 아웅거리는 일당을 바라보았다.

'과연 대의를 위해 소를 희생하는 것이 옳은 것일까?'

그들의 처리 방법을 고심하는 무혁의 미간에 깊은 주름이 생기기 시작했다.

*   *   *

다섯 명의 남자는 꼬박 하루를 그렇게 잡혀 있어야 했다. 말복으로 접어드는 무더위의 공장 안은 말 그대로 찜통이었다.

그들의 진이 전부 빠질 무렵 드디어 무혁이 다가왔다.

"다들 덥지?"

"……."

"……"

"……"

더운 여름을 식히기 위해서 오랜만에 차를 몰고 나가 삼계탕 한 그릇을 먹고 돌아온 무혁은 그들의 처리에 대해서 답을 내린 상태였다. 그리고 그가 내린 해결책은 결코 하고 싶지 않은 선택이었다.

하지만 어쩔 수 없었다.

'나중에……. 나중에 풀어주면 돼.'

다시 한 번 결심을 굳힌 무혁은 축 늘어져 있는 그들을 바라보며 차갑게 얼려놓은 생수통을 빙글빙글 돌렸다.

빙글빙글 도는 생수통을 따라서 열 개의 눈동자가 따라서 돌았다.

생수 뚜껑을 따서 시원하게 몇 모금 들이켠 무혁은 죄수(?)들을 바라보았다.

"대답이 없군. 아직 참을 만한가 보네."

무혁은 자신의 질문에 대답이 없는 그들을 보고 생수통을 거꾸로 해서 바닥에 버리려 했다. 그걸 본 감옥에 갇힌 사람들의 고개가 맹렬한 기세로 저어졌다.

"아참. 사이렌스 마법진 덕분에 너희의 말이 안 들리는구나."

멋쩍어진 무혁은 머리를 긁으며 사이렌스 마법진의 중추를 이루고 있는 자수정을 집어 들었다.

"물 좀~!"

"물~!"

"물 내놔."

"……."

"난 경찰이다."

무혁이 자수정을 집어 들자마자 동시에 물을 원하는 죄수들의 목소리가 공장 안을 가득 채웠다.

'아직 힘들이 남아 있구먼. 그런데 저 뚱땡이는 뭐야, 헛~! 경찰이라고?'

무혁은 예상 밖의 상황에 당황했다. 무혁이 알기로는 저 다섯 명은 깡패였다. 그래서 그는 자신이 세운 계획에 별다른 거부감을 갖지 않을 수 있었다. 하지만 경찰은 달랐다. 경찰을 깡패들과 같은 취급을 할 수는 없었다.

"난 서울 지방경찰청 광역수사대의 길우영 경사다. 문무혁! 경찰을 이렇게 폭행 감금한 죄가 얼마나 큰 건지 모르는 거냐."

길우영은 경찰 공무원증을 꺼내 흔들며 소리를 질렀다. 그는 다른 사람보다 살집이 나가는 몸 덕분에 공장 안의 찌는 열기에 두 배는 더 영향을 받고 있는 상태였다.

'조금만 더 있으면 돌아버릴지도 몰라. 그건 그렇고 문무혁 저놈은 도대체 뭐냐고.'

그래도 설득해야 했다. 길우영은 자신이 할 수 있는 최선을 다했다.

"난 이놈들하고 관계가 없는 몸이야. 그저 너랑 함께 사고를 당했던 노인에 대해서 물어보러 온 것뿐이라고. 지금이라도 날 풀어주면 눈감아줄게."

진심이다. 풀려 나가는 것이 중요했다. 이미 자신이 잡혀 있다는 것은 안중에도 없었다. 무혁은 정확하게 무엇이라고 꼬집어 말할 수는 없지만 숨기고 있는 비밀이 있다. 형사 특유의 육감이 그렇게 말하고 있다.

'노인? 아스란? 아냐~ 좆 됐다. 뚱땡이, 경찰이 확실해.'

무혁은 뒷감당을 어떻게 해야 할지 당혹스러웠다.

무혁은 방금 뺐던 자수정을 다시 원위치시켰다.

길우영이 손을 휘저으며 입을 뻐끔거리는 것이 보였다.

무혁은 다시 한 번 장고에 들어갔다. 이미 깡패의 처리는 결정됐다. 비인간적이라고도 할 수 있는 조치지만 무혁은 사용하기 나름이라고 스스로를 납득시켰다.

하지만 느닷없이 튀어나온 경찰관은 달랐다. 그는 아스란과 연관된 무엇인가를 조사하기 위해서 자신을 찾아왔다. 그를 깡패들과 같은 방법으로 처리한다고 해도 그의 뒤를 따라서 다른 경찰이 올 것이다.

"큰일이야."

무혁은 창고 밖으로 걸음을 옮겼다. 그리고 자신이 가진 모든 정보를 종합하기 시작했다. 그리고 곧 가진 정보의 양이 턱없이 부족하다는 것을 인정해야 했다.

'대화를 해보는 수밖에 없어.'

경찰의 뒤에 누가 있는지, 왜 자신을 찾아왔는지 알아내야 했다. 그러면서도 자신의 비밀을 지킬 수 있어야 했다.

생각을 정리한 무혁은 다시 공장 안으로 들어갔다.

그리고는 사이렌스 마법진의 자수정을 치웠다. 무작정 감금 마법진을 해제할 수는 없었다. 이미 증명되었다시피 무혁은 준비되지 않은 상태라면 깡패 한 명과의 승부도 장담할 수 없었다. 경찰관보다 먼저 무혁은 일단 깡패들을 처리해야 했다.

"길 경사님. 이걸로 저놈들을 묶으십시오. 그러면 풀어드리겠습니다."

무혁은 포장용 테이프를 감금마법진 안으로 던져 넣었다.

포장 테이프를 받고 기뻐하는 길우영과는 달리 채인호 일행의 표정이 심각해졌다.

하지만 그들이 아무리 막장이라도 형사에게 반항할 만큼은 아니었다.

결국 그들은 길우영이 자신들을 꽁꽁 묶는 것을 멀뚱멀뚱 바라볼 수밖에 없었다.

무혁은 깡패들이 단단하게 묶인 것을 확인한 후 감금 마법진을 정지시켰다. 그리고 길우영을 밖으로 나오도록 한 다음 다시 감금 마법진을 가동시켰다.

"죄송합니다. 저놈들과 한패인 줄 알고……."

무혁은 길우영에게 고개를 숙이고 정중하게 사과했다. 그러면서도 길우영의 행동에서 잠시도 눈을 떼지 않았다.

하지만 길우영은 무혁의 걱정을 비웃기라도 하는 듯 뜻밖의 반응을 보여왔다.

"너의 정체가 뭐냐?"

길우영은 쉽게 반말을 하는 성격이 아니다. 오히려 아주 가까워지기 전까지는 상대방에게 존댓말을 하는 편에 속했다. 그리고 그것은 나이가 어린 상대라도 마찬가지였다.

하지만 길우영은 무혁에게 의도적으로 압박하며 반말을 했다. 형사들이 사용하는 일종의 심문 기법이다.

무혁은 자신이 경찰이라는 사실을 알고는 바로 풀어줬다. 그가 지금까지 조사한 대로라면 무혁이란 남자는 보기 드물게 착한 품성을 가진 남자였다. 이런 사람에게는 강하게 나가면서 기를 죽인 다음 친절을 베푸는 방법이 잘 통한다는 사실을 형사인 길우영은 잘 알고 있다. 길우영은 무혁에게 물어보고 싶은 일이 산더미처럼 많았다.

"정체라뇨?"

무혁은 뜨끔했다. 말 그대로 단도직입적인 질문이다. 무혁은 마치 길우영이 자신에게 너 마법사지 하고 물어오는 것 같은 압박감을 느꼈다.

길우영은 의식적으로 공장 안의 물건들을 하나하나 살펴보며 모든 것을 다 알고 있다는 표정을 지었다.

"어제 너랑 저놈들이랑 싸우는 것을 봤다. 뭐 그걸 가지고 뭐라고 하고 싶은 마음은 없어. 하지만 그 과정이 문제지. 넌 한 대도 안 맞고 저놈들을 쓰러뜨리는 것은 그럴 수도 있다고 싶어. 너도 나름대로 운동을 하는 것 같으니 말이지. 하지만 저놈에게 날린 하얀색 화살과 나에게 날린 벼락. 무엇보다도 저놈의 상처가 완벽하게 사라진 점은 설명이 안 돼."

"……"

"미안하지만 난 널 조사했다. 착한 놈이더구나. 전혀 모르는 노숙자 노인에게 그렇게까지 하기가 쉬운 것이 절대 아니지. 솔직히 감탄했어. 내가 능력이 되면 착한 시민 표창이라도 상신하고 싶을 정도로 말이지."

"전 그저 약간의 친절을 베푼 것뿐입니다."

"당연히 그렇겠지. 너의 어머님도 널 자랑스러워하시더구나."

"집에까지 연락하신 겁니까?"

반문하는 무혁의 목소리가 떨렸다. 예상이 빗나가고 있었다. 길우영은 모든 것을 다 알고 있는 형사의 역할을 충실히 수행하고 있는 중이었고 무혁은 거기에 넘어가고 있었다.

노인의 정체를 파악하고 자신을 쫓아온 경찰이란 생각이 들자 덜컥 겁이 나기 시작한 것이다.

길우영은 무혁의 반응에서 무언가 이상한 낌새를 챘다. 그는 의도적으로 선배인 성진우에게 들었던 노인의 유전자 이야기를 하지 않았다.

'너의 비밀이 뭐냐? 말을 해봐. 말을······.'

길우영은 무혁이란 청년에게 가장 치명타가 될 만한 이야기를 날리기로 결정했다.

"그래, 연락했지. 너무 좋으신 분이더군. 너의 아버지도 경찰 출신이시라면서? 그런데 어머니가 경찰인 날 기절시키고 가둔 것을 아시면 어떻게 생각하실까? 말해봐라. 어떻게 한 거냐? 대답 여하에 따라서 모른 척해줄 수도 있다."

마지막 쐐기였다.

무혁은 고민했다.

그 모습을 본 길우영은 말을 멈추었다. 범인을 심문하는 것은 어디까지나 기술이다. 그리고 길우영이 가진 심문기술은 일류였다. 그는 언제나 그랬듯이 이번 심문도 자신의 승리로 끝날 것을 확신하고 있었다.

무혁처럼 아무것도 모르는 일반인이 형사의 심문기법에

대항하는 방법은 전무했다.

"저기 어떤 일이 있어도 다른 사람에게는 비밀로 해주신다고 약속을 하세요."

무혁은 결국 길우영에게 굴복했다.

그리고 얼른 그의 반응을 살폈다. 만일 길우영이 조금이라도 나쁜 낌새를 보인다면 깡패들에게 사용하기로 한 방법을 그에게도 쓸 결심이었다.

"알았다. 내 명예를 걸고 약속한다."

"어머니를 거세요."

"알았다. 알았어. 어머니의 이름을 걸마."

무혁은 너무나 순조로운 길우영의 대답에서 일종의 위화감을 느꼈다.

그리고 두 사람의 대화를 거슬러 생각해 보았다.

'그래! 형사는 혼자 다니지 않아. 하지만 왜?'

길우영은 아주 근본적인 이야기, 바로 아스란에 대한 이야기를 하지 않았다. 만일 정부나 기관에서 아스란에 대한 비밀을 알고 있다면 길우영 혼자 오지는 않았을 것이다. 의문은 확신으로 변했다.

무혁은 질문을 던졌다.

"먼저 길 형사님이 왜 저를 찾아오셨는지 말씀해 주세요."

길우영은 무혁이 던진 질문의 의도를 파악하지 못했다. 길우영은 노인과 무혁이 전혀 상관없는 사이라고 알고 있었다.

그가 무혁을 찾아온 이유는 어디까지나 버스나 병원에서 있었을지 모를 노인과 무혁의 대화에서 노인의 신상에 대한 이야기를 듣지 않았을까 하는 생각에서였다.

길우영은 별 의심을 가지지 않고 자신이 무혁을 찾아온 이유를 설명해 주었다.

'미안해요, 아스란!'

무혁은 아스란의 불행에 대해서 깊은 슬픔을 느꼈다.

불행한 사람이다. 망국의 황제였고, 이계로 넘어와 20년을 기억상실로 지내다가 결국 해부실습용 카데바 신세가 된 아스란.

'하지만 한편으로는 다행이야. 이들은 아스란이 어떤 사람인지 모르고 있어. 단순하게 학문적 호기심에서 시작된 일이야.'

최소한 길우영의 뒤에 다시금 자신을 귀찮게 할 사람들이 없는 것이다. 무혁은 부담을 덜고 길우영에게만 집중하기로 결정했다.

무혁은 최대한 나지막하게 주문을 읊조렸다.

"그대에게 평안한 휴식을……. 슬립."

길우영이 잠에 빠져 주저앉듯이 쓰러지자 무혁은 행동을 개시했다.

무혁은 마법주머니에서 얇디얇은 반투명한 은빛 고리 몇 개와 투명한 액체가 들어 있는 유리병을 꺼냈다.

'당신이 나에게 의문점을 가진 이상 모든 것을 잊고 돌아가든지 아니면 나의 편이 되는 수밖에 없어요. 미안해요.'

은빛 고리는 아스란의 세상에서 사용하는 노예의 징표였다. 사람에게 노예의 징표를 채운 다음 마법으로 그 고리에 각인을 하면 각인당한 노예는 주인의 명령에 복종하게 된다. 마법이 보편화된 세상에서 개발된 완벽한 배신에 대한 보장책이었다.

무혁은 깡패들이 자신을 계속 해코지하면 그들을 전부 노예로 만들 생각이었다. 하지만 길우영의 경우는 달랐다. 자신을 흠씬 두들겨 팬 깡패들은 심리적인 저항이 적었지만 길우영은 경찰이었다.

그는 선택을 길우영에게 미루고 있었다. 길우영이 나쁜 마음을 먹지 않는다면 그대로 놔둘 것이지만 그렇지 않다면 그도 노예 신세가 되어야 했다.

고리를 길우영의 통통한 손목에 채운 무혁은 투명한 액체를 은빛 고리에 부었다. 그러자 안 그래도 반투명하던 은빛 고리는 자세히 보지 않으면 모를 정도로 투명해졌다.

무혁이 고리에 부은 액체는 사물을 잠시 동안 투명하게 만들어주는 시약이었다. 비록 오랜 시간 동안 효과가 지속되지는 않지만 그래도 이런 상황에서는 유용했다.

모든 준비를 마치자 무혁은 차가운 물수건을 준비한 다음 길우영을 흔들어 깨웠다.

"경사님, 길 경사님. 일어나세요."

"으~ 으응?"

"움직이지 마세요. 하루 종일 갇혀 있으셔서 그런지 기절하셨어요. 빨리 움직이시면 안 돼요."

무혁은 물수건을 길우영의 머리에 얹어주고 생수병을 그의 입에 가져다 댔다.

덕분에 정신을 차린 길우영은 무혁의 설명대로 자신이 기절한 이유를 꼬박 24시간을 물 한 모금 먹지 못하고 갇혀 있어서라고 믿을 수밖에 없었다.

길우영이 어느 정도 정신을 차리자 무혁은 이야기를 시작했다.

무혁의 이야기가 진행됨에 따라 길우영의 표정이 황당함에서 당혹으로 급기야는 부러움에서 시기심으로 시시각각으로 변했다.

"그 노인이 이계에서 온 마법사고 그에게 마법을 배웠다?"

"네. 사실이에요. 그래서 한 달 동안 병원에서 그에게 배운 것을 수련하고 있는 겁니다."

"……"

무혁은 구태여 모든 진실을 까발릴 필요는 없다고 믿었다. 그래서 90퍼센트의 진실에 10퍼센트의 거짓을 섞은 그의 선택은 확실히 옳은 것이었다.

"이것을 보고도 안 믿으시면 어쩔 수 없어요."

무혁이 증거라고 보여준 허공에 만들어낸 빛 덩어리를 보며 길우영은 감탄했다.

'부럽다.'

솔직한 감정이다.

무혁이 얻은 기연은 판타지 소설 주인공들의 특권이다.

우영은 자신이 주인공이 아니란 사실이 너무 슬펐다.

'빼앗을 수 있을까?'

현재 무혁은 이제 막 마법을 배우고 있는 상태였다. 지금이라면 얼마든지 우영은 무혁의 행운을 가로챌 수도 있을 것이다.

'하지만 어떻게? 무엇을?'

근본적인 질문이다. 길우영은 자신이 무혁이 배우는 마법을 빼앗을 수 있는 아무런 방법이 없다는 사실을 깨달았다.

길우영은 마음을 고쳐먹었다. 대신 길우영은 무혁이 이야기해 준 사실에 많은 의문점을 찾아냈다.

무혁은 단 한 달 동안 마법사와의 대화만으로 스스로 마법을 배웠다고 설명했다.

자신이 마법이란 것을 모르긴 하지만 세상의 어떤 기술도 한 달의 이야기로 익힐 수 있는 종류는 없다는 것이 우영의 판단이다.

'이놈의 곁에서 지켜봐야 해.'

익기도 전에 수확을 하는 것은 하수 중의 하수가 하는 행동이다.

우영은 자신이 할 일을 깨달았다.

'그리고 날 믿게 해야 해.'

결정은 빨랐고 행동은 그보다 더 빨랐다.

"그럼 저놈들은 어떻게 할 거냐? 저놈들도 나처럼 모든 비밀을 알고 있는데…….'"

길우영은 멍하니 자신들을 바라보고 있는 깡패들을 가리켰다. 깡패들도 두 사람의 대화를 모두 들었다. 그는 무혁이 저들을 어떻게 처리할 것인지가 궁금했다.

그리고 깡패들을 처리하는데 길우영은 기꺼이 도움을 줄 준비가 되어 있었다.

"일단 노예로 만들 거예요."

무혁의 입에서는 놀라운 말이 흘러나왔다. 이제 겨우 무혁이 마법사라는 사실을 믿게는 됐지만 노예라는 말은 우영의 가슴을 뒤흔들었다.

"노예라…….'"

"그렇다고 정말로 제 노예로 부리겠다는 것은 아니에요. 여기에서 있었던 일을 발설하지 말라고 하는 정도로 충분해요."

"그렇겠구나."

놀라움의 연속이지만 길우영은 자신의 생각이 옳았다는 것을 확신했다. 어떤 방식인지는 모르지만 버스 사고 후부터 계산해 보면 이제 겨우 한 달여가 흘렀을 뿐이다. 겨우 한 달 정도 수련한 마법 실력으로 인간을 노예로 만든다는 것은 쉽게 납득이 가지 않았다.

'지금은 신뢰를 얻을 때야. 저놈 착하기만 하지 그다지 머리가 좋은 것 같지는 않아.'

자신 같았다면 자신을 포함한 모두를 노예로 만들었을 것이다.

무혁과 같은 멍청한 짓은 결코 하지 않을 자신이 있는 우영이다.

'이상해. 경찰이라면 내가 저들을 노예로 만든다고 하면 막아야 정상이야. 하지만 저 경찰은 날 제지하지 않고 있어.'

속마음을 숨긴 무혁은 마법주머니를 꺼내 들었다. 그리고 노예의 징표 네 개를 꺼냈다.

'이렇게밖에 할 수 없어. 정말 선택을 잘하세요. 길 경사님.'

무혁의 바지주머니에는 미리 꺼내놓은 노예의 징표들이 있었다. 하지만 구태여 마법주머니를 꺼내 든 것은 길우영을 떠보기 위해서였다. 무혁은 그가 어떤 반응을 보일지 진심으로 궁금했다.

길우영은 무혁이 꺼낸 가죽주머니를 보면서 물었다.

"그건 뭐지?"

"마법사님이 준 마법주머니예요. 이 안에 마법을 배울 수 있는 물건들이 들어 있죠."

마법사! 마법주머니! 이 얼마나 짜릿한 단어의 연속인가.

단어들을 듣는 순간 길우영의 이성이 마비됐다.

'내 거야. 내 거라구.'

조금 전까지 조심스럽게 무혁의 신뢰를 얻자는 생각은 어디론가 사라지고 없었다.

하지만 마법주머니를 향해서 무의식중에 손을 뻗으려던 길우영은 뜨거운 한줄기 식은땀이 등 뒤로 흐르는 것을 느꼈다.

'아냐. 너무 쉬워.'

자신을 애써 외면하고 있는 무혁의 행동이 마음에 걸렸다.

길우영은 마법주머니로 뻗던 손의 방향을 얼른 고리로 향했다. 그리고 고리를 살짝 만지면서 말했다.

"이것이 사람을 노예로 만드는 물건이니?"

"네. 그리고 저 이외에는 아무도 쓸 수 없는 물건이기도 하죠."

"그렇구나. 하여튼 대단하다."

"고마워요, 길 경사님."

"뭐가?"

"저 솔직히 경사님을 안 믿었거든요. 그래서 이 주머니를 내놓으면 경사님이 이것을 빼앗을 거라고 생각했어요. 아무리 깡패라지만 사람을 노예로 만든다고 하는데도 경찰이신 경사님이 절 말리지 않는 것도 조금 이상했고요."

길우영은 자신의 예감이 맞았음을 알았다. 역시 시험이었다. 그는 속마음을 감추고 말했다.

"서운하구나, 날 어떻게 보고. 사실 나도 노예란 단어가 썩 좋지만은 않았다. 하지만 조사 과정에서 자네가 착한 사람이라고 알고 있었고, 단순히 이곳에 대한 기억만을 지운다고 하니 가만히 있었던 거야."

"그랬군요. 어쨌든 감사합니다."

"아… 아니다, 뭘 그 정도로……. 나라도 그랬을 거다. 지금이라도 날 믿어준다니 고맙다."

"전 마법을 다 익힐 때까지 제가 바깥세상에 알려지는 것이 싫어요. 그리고 다 익히더라도 그건 마찬가지일 거예요."

"그럼 자네는 그 힘으로 무엇을 할 건지 생각은 해봤나?"

"솔직히 말해서 잘 모르겠어요. 하지만 좋은 일을 해야겠죠. 사람들에게 도움이 되는 일을 생각해 봐야죠."

"오늘 처음 보는 사이에 이런 말을 해서 어떨는지는 모르지만 나도 자네의 생각에 힘을 보태고 싶구나. 사실 내가 경찰이라고는 하지만 속이 터지는 일을 많이 보거든……. 세상에는 법으로 해결되지 않는 일들이 많다는 것은 자네도 알 거라고 생각해. 자네가 도와만 준다면 아니, 자네와 내가 힘을 합한다면 자네가 생각하는 일을 하는데 이득일 것이라 생각되는데……."

길우영은 두근거리는 가슴을 억지로 달래며 무혁에게 말했다.

무혁이 자신을 동료로 인정하면 무혁의 것을 뺏고자 하는 길우영은 그 목적에 한 발자국 다가서는 것이다.

'겉보기와는 달라! 보통내기가 아니야. 조심해야겠어.'

길우영은 그저 착한 남자라는 무혁에 대한 판단을 많이 수정한 상태였다.

마냥 어리바리하게만 보였던 무혁은 아무렇지도 않게 함정을 팠다. 자신이 무혁의 함정에 빠졌다면 그는 깡패들처럼 노예 신세가 되었을지도 몰랐다.

'조심해야 해. 최대한 저놈의 신뢰를 얻어서 그의 비밀을 알아내야 해. 어쨌든 최소한 지금으로선 내가 그의 비밀을 아

는 유일한 사람이니 말이지.'

시간은 많았다. 길우영은 무혁에게 최대한 협력하기로 결정했다.

하지만 언제든지 완벽한 기회가 온다면 무혁의 것을 빼앗는데 결코 주저하지 않을 것이었다. 그리고 그것을 위해서라면 살인도 불사할 각오도 되어 있었다.

길우영은 무혁의 대답이 떨어지길 기다렸다.

"경사님이 저의 비밀을 아는 유일한 분입니다. 제 부모님도 아직 모르고 계세요. 그러니 이미 경사님과 저는 이미 한 배를 탄 것과 다름없습니다. 잘 부탁드립니다."

기다리던 대답이었다. 길우영의 얼굴에 웃음꽃이 활짝 피었다.

*　　　　*　　　　*

무혁은 이제 주의를 깡패들에게 기울였다.

아무리 자신이 아이를 쫓아냈다고 해도 동네 형도 아니고 조폭이 네 명이나 달려온 것은 이상한 일이다. 그들을 노예로 만들기로 결정은 했지만 궁금한 것은 풀고 넘어가야 했다.

"이제 이야기해 봐. 진짜로 너희가 어떻게 여기 온 건지."

"……."

"사실 난 너희들이 말을 안 해줘도 별 상관은 없어. 그냥 그렇게 갇혀 있고 싶으면 알아서들 하고……."

미련없이 뒤돌아서는 무혁이다.

채인호는 잠시 망설였다. 채인호도 경찰관과 무혁의 대화를 들었다. 이해하긴 힘들었지만 저놈은 이상한 힘을 가지고 있었다. 그리고 경찰관도 자신들을 도와줄 생각이 없었다.

"도련님이 너한테 당했다고 널 쫓아내 달라고 부탁하셨다."

"그건 알고 있어. 엊그제 나에게 물벼락을 맞고 쫓겨난 놈. 내가 궁금한 것은 그런 싸가지하고 너하고 무슨 관계냐 하는 거지."

"우리 사장님의 외아들이시다."

"헐. 요즘 세상이 어떤 세상인데 도련님이냐, 도련님이! 오호라. 알겠다. 아마도 엊그제 본드 마시던 놈이 너희 도련님이겠구나? 인마! 도련님이면 도련님답게 보살펴야지 조그만 놈이 본드질하고 계집질하는 것을 보고만 있었냐? 도련님이라고 부르는 놈치고는 너무했다는 생각 안 들어?"

말인즉 옳은 말이다. 채인호의 얼굴이 굳어졌다.

"……."

무혁은 채인호에게 질문했다.

"그래서 앞으로 어떻게 할 건데?"

깡패 한 명이 옆에서 팔짱을 끼고 자신을 바라보고 있는 길우영의 눈치를 보며 말한다.

"넌 이미 죽은 목숨이다. 어떤 일이 있어도 널 죽이고 만다."

"잘한다. 경찰 앞에서 죽인다는 소리씩이나 하고……."

보다 못한 길우영이 한마디 했지만 깡패들은 조금도 기가 꺾이지 않았다.

무혁은 답답했다. 예상이 틀어지고 있었다. 이쯤이면 저들은 풀어달라고 애원해야 했다. 하지만 이놈들은 자신을 해치겠다는 의지를 조금도 숨기지 않고 표출하고 있었다.

'미치겠네. 결국 그 수밖에 없는 건가?'

무혁은 혹시나 하던 마음을 접어야 했다. 정말로 하기 싫은 일이지만 저들을 그대로 두기에는 앞으로 귀찮은 일이 많을 것이 분명했다.

"무혁아, 경찰로서 이런 말을 한다는 자체가 우습지만 네가 저들을 나쁜 일에 쓰지 않고 너의 비밀을 지키는 목적이라면 망설일 필요가 없다고 생각해."

길우영의 말이 무혁의 결심을 굳게 만드는 계기가 됐다.

'길 경사님의 말이 맞아. 달리 방법이 없어. 그건 그렇고 길 경사님 생각보다 판단력과 결단력이 뛰어나네? 완전히 경계를 늦출 수는 없지만 조금은 믿어봐도 되겠어. 뭐 언제라도

노예로 만들 수 있으니까.'

무혁은 테이프로 꽁꽁 묶어 있는 포로(?)들에게 한 명씩 고리를 채웠다.

노예의 징표를 활성화하는 마법은 워낙에 많이 쓰이는 주문이라 겨우 1서클에 불과했다.

"마나의 의지로 명하노니 이제 눈을 떠서 처음으로 보는 사람이 너의 주인이다. 주인의 의지는 곧 너의 의지이고 주인의 죽음은 곧 너의 죽음이다."

간단한 주문이지만 그 결과는 대단했다.

네 명이 무혁에게 머리를 조아린 것이다.

무혁은 그들이 확실히 노예가 됐는지 알고 싶었다.

"저 쇠기둥에 머리를 박아요."

확인 겸 복수다.

어제 두들겨 맞았던 원한을 잊지 못하는 무혁의 좀생이 기질이 발휘되었다. 무혁은 조금의 망설임도 없이 쇠기둥에 머리를 박는 깡패들을 보며 그들이 노예가 되었음을 확신할 수 있었다.

"됐어요, 길 경사님."

"눈으로 보고도 못 믿겠네. 정말 대단하다."

"전 경사님을 이렇게 안 만들어서 더 다행이라고 생각해요."

무혁은 길우영의 손목을 힐끔 보면서 말했다. 길우영은 무혁의 생각에 동의했다. 몸과 마음을 바쳐 완벽하게 복종하는 노예라니 상상만으로도 끔찍했다.

"경사님 오른쪽 팔목을 보세요."

"응? 왜?"

길우영은 무혁의 말에 자신의 팔목을 쳐다보았다.

'언제?'

손목에 채워져 있는 반투명한 고리를 본 순간 가장 먼저 든 생각이다.

곧이어 공포란 감정이 스멀스멀 밀려왔다.

'마법주머니로 함정을 판 것도 그렇지만 아무렇지도 않게 미리 노예의 고리를 채워놓았다니…… 저놈 보통 놈이 아냐.'

굳어진 길우영의 표정을 살핀 무혁은 솔직히 그에게 미안한 감정이 들었다. 하지만 마지막 시험을 통과해야 했다.

"죄송해요. 하지만 저도 보험이 필요했어요. 불편하시다면 고리를 빼셔도 됩니다."

말을 건넨 무혁이 길우영의 대답을 기다렸다.

길우영은 무심코 무혁의 말에 동의할 뻔했다. 언제라도 자신을 노예로 만들 수 있는 고리를 차고 생활한다는 것은 아무리 생각해도 기분 좋은 일은 아니다.

하지만 그의 입에서 흘러나온 말은 본심과는 다른 말이었다.

"아니야. 첫눈에 반한 남녀관계도 아니고 자네와 난 오늘 처음 만난 사이인데 날 믿어달라는 것은 어불성설이지. 계속 차고 있겠네. 그리고 자네가 날 진심으로 믿는다면 이 고리를 빼주게."

"……."

무혁은 잠자코 고개를 끄덕였다. 자신이 생각해 낸 두 가지 시험을 모두 통과한 길우영이다. 이제는 두고 살펴볼 수밖에 없었다.

무혁은 길우영에게 선배란 사람에게 노인의 연고자는 찾지 못했다고 말해주길 부탁했다. 물론 길우영도 흔쾌히 승낙했다. 그도 무혁의 정체가 더 이상 알려지는 것은 사양이었다.

길우영은 무혁이 가진 힘은 자신의 것이 될 것이라고 믿고 있었다. 그리고 힘을 다른 사람과 나눌 생각은 전혀 없었다.

주인님 전화 왔어요! 주인님 전화 왔어요!

두 사람이 대화를 마칠 무렵 탁자 위에 놓아두었던 깡패들의 핸드폰들 중 한 개가 울렸다.

깡패의 핸드폰 벨소리라고는 생각되지 않는 경박한 소리였다. 게다가 방금 깡패들에게 주인님이라 불린 무혁을 놀라게 하는 벨소리이기도 했다.

어제부터 오늘까지 수십 번 전화가 울렸지만 의도적으로
무시하던 무혁이었다. 하지만 이제 모든 준비를 끝마쳤다.

"여보세요."

무혁은 전화를 받았다.

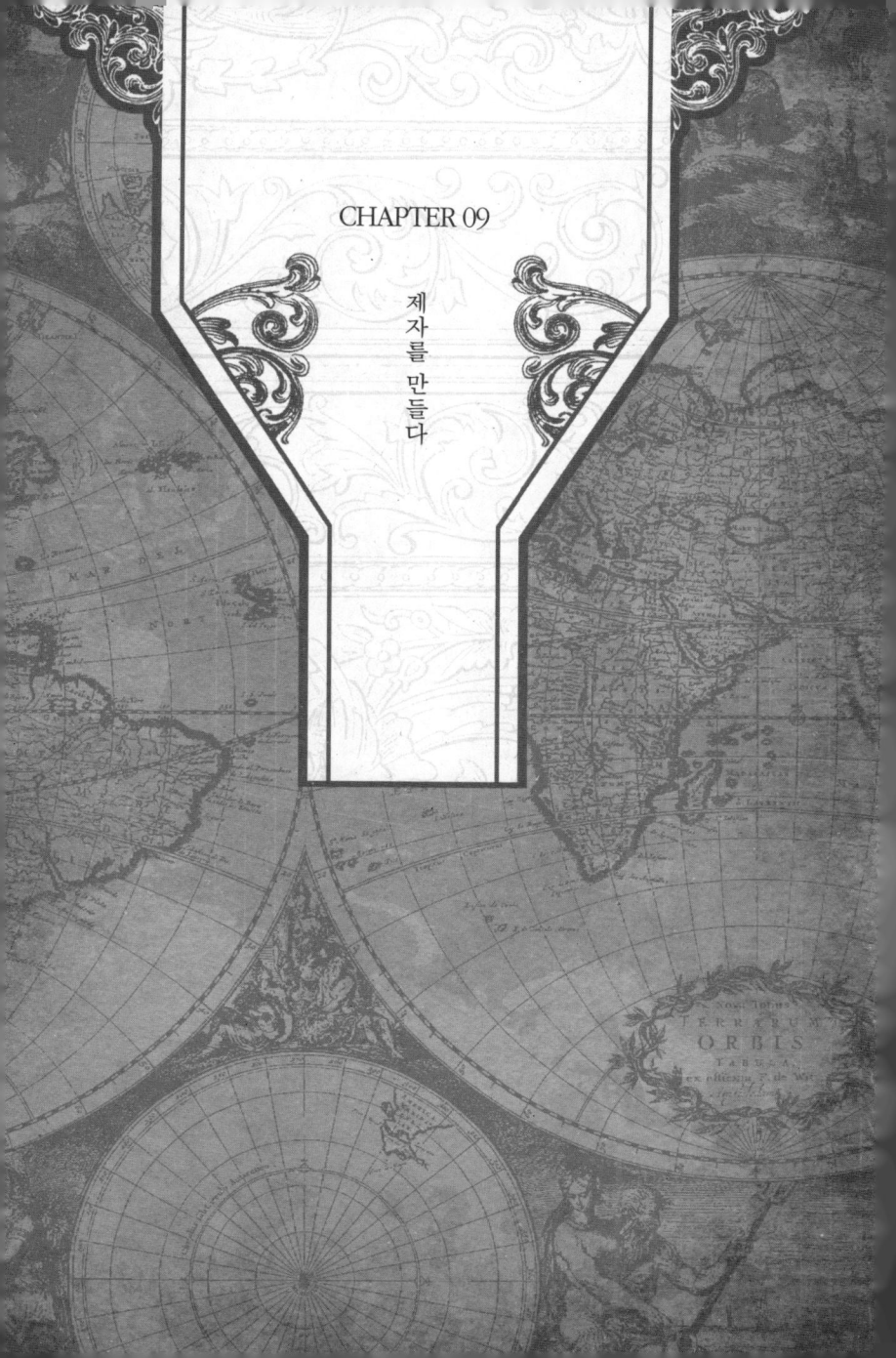

CHAPTER 09

제자를 만들다

손명식은 경기도 광주에 있는 기륭고등학교 3학년에 재학 중인 고등학생이다. 명식은 중학교 2학년까지만 해도 학교 석차가 1~2등을 다투는 총명한 아이였다.

그런 명식이 엇나가기 시작한 것은 중학교 3학년 때였다. 그는 어릴 적부터 정신병원에 입원해 있던 어머니에게서 출생의 비밀을 들을 수 있었다. 그 이야기를 듣고 난 명식 앞에 펼쳐진 세상은 암흑이었다.

"빌어먹을……. 왜 연락이 없는 거야?"

학교 건물 뒤, 이제는 사용하지 않는 폐창고가 손명식의 아지트였다.

자욱한 담배 연기 사이로 손명식의 모습이 보였다.

"그 형들이 얼마나 무서운데……. 그 자식 패주고 어디서 술 한잔 걸친 다음 자고 있는지도 모르지."

"그래 윤석이 말이 맞을 거야."

임윤석의 말에 강진민이 맞장구쳤다.

손명식과 임윤석, 강진민은 초등학교부터 친구다. 아니, 친구라기보다는 임윤석과 강진민이 손명식의 부하라는 말이 맞을 것이다.

"가보자."

"지금?"

"그래, 지금."

"아직 수업이……."

"우리가 언제부터 수업 따졌냐?"

명식이 인상을 썼다.

"알았어. 그렇게 해."

"그… 그렇지?"

손명식은 두 사람에게는 친구이자 대장이면서 은인이나 다름없는 아이다. 그런 명식이 고등학교에 들어오면서 급작스럽게 인생을 포기한 것 같은 행동을 서슴지 않고 있었다.

하지만 어린 시절부터 명식을 보아온 두 사람은 그가 근본적으로 착한 아이라는 사실을 누구보다 잘 알고 있었다.

다만 명식의 아버지는 달랐다. 명식의 아버지 손인중은 곤지암 리조트가 있는 광주 도척면 일대에 상당한 양의 임야와 건물을 가지고 있는 손꼽히는 부자다.

손인중은 대외적으로는 각종 자선 사업이나 기부 활동에 활발하게 참여하는 인망있는 지역유지였다. 사람들은 그런 손인중을 존경심을 담아 손 사장님이라고 불렀다. 하지만 손인중의 정확한 정체는 유영이파라는 폭력조직을 이끌고 있는 두목이었다.

폭력조직의 이름으로는 조금 우스꽝스러운 유영이파란 이름은 처음 조직을 만든 손인중의 아버지 손유영에서 따온 이름이다. 손유영의 아들 손인중은 탁월한 포악함과 집요함으로 작은 군소조직이었던 유영이파를 광주시에서 가장 세력이 강한 조직으로 키워낸 인물이었다.

당연히 명식이 무혁을 혼내주기 위해서 보낸 깡패들도 유영이파의 조직원이었다.

아이들은 학교를 빠져나와 택시를 잡아타고 그들의 아지트가 있었던 공장으로 향했다.

"삼촌과 형들이 잘 처리했으면 지금쯤은 비어 있을 거야."

연락이 되지 않고 있지만 명식은 그가 보낸 사람들을 믿고 있었다.

물론 손명식 정도라면 공장 따위는 접어두고 다른 아지트를 만드는 것은 일도 아니었다. 하지만 명식이 이상하리만큼이나 무너져 가는 공장에 애착을 가지고 있는 이유는 따로 있었다.

'그 공장은 원래 외할아버지 것이었어.'

택시를 잡아타고 공장에 도착한 아이들은 상황을 살피기 시작했다.

"무슨 소리 들려?"

"아니, 아무 소리도 안 들려."

"기다려 다시 전화해 볼게."

명식은 핸드폰을 꺼내 채인호에게 전화를 걸기 시작했다.

채인호는 그를 무척이나 귀여워해 주고 자신의 부탁이라면 무엇이든지 들어주는 아버지의 부하였다.

한참을 전화벨이 울리더니 이윽고 누군가 전화를 받았다.

"여보세요?"

"인호 삼촌, 나 명식이. 어떻게 된 거야?"

명식은 채인호를 삼촌이라고 부르고 있었다. 아버지는 중학시절을 마지막으로 의절하다시피 했지만 채인호만큼은 달랐다. 명식이 어렸을 때부터 채인호는 항상 곁에서 아버지를 대신해 주었었고, 그가 변하고 난 후에도 그 역할에는 변함이 없었다.

"너 누구냐?"

"아씨. 나 명식이라고……. 가만 당신 누구야!"

전화 속의 목소리는 걸쭉하고 허스키한 채인호의 목소리가 아니었다.

명식의 질문에 상대방은 웃기지도 않는 개그를 선보였다.

"인호 없~ 다. 인호를 만나려면 공장으로 와라."

뚝~!

전화 속의 남자는 할 말만 하더니 전화를 끊어버렸다.

"아이씨. 도대체 무슨 일이야. 야! 윤석아, 너 공장에 들어가 봐."

"응?"

"인호 삼촌 전화를 딴 놈이 받는다고. 아무래도 무슨 일이 벌어진 것이 틀림없어. 네가 가서 상황을 한 번 보고 와."

"알았어."

임윤석은 집안 사정만 잘 풀렸으면 체고를 갔을지도 모를 정도로 달리기가 빨랐다. 그래서 이런 상황에는 제격인 아이였다.

남은 두 명은 임윤석이 공장 안으로 사라지는 모습을 떨리는 마음으로 지켜보았다.

그리고 10분이 지났다. 공장 안으로 들어간 임윤석은 함흥

차사였다.

사태의 심각성을 느낀 명식은 긴장하기 시작했는지 짜증을 부리기 시작했다.

"병신 새끼! 살짝 보고 오는 것도 못하고 잡혔나 보다. 이번에는 네가 가봐."

"난 재빠르지 못하잖아. 나도 잡히면 어쩌려고."

강진민은 같은 또래의 아이들보다 두 배는 되어 보이는 건장한 체구의 소유자다.

"안 갈래?"

"아니. 갈게, 간다구."

그 체구를 유지할 만큼 먹을 것을 사주는 사람이 명식이었다. 중학교 때 아버지가 죽고 조선족이던 어머니는 도망쳤다. 덕분에 진민은 연로하신 할머니를 모시고 살아야 했다. 중풍으로 쓰러지신 할머니를 입원시켜 준 사람도 명식이었고, 그에게 생활비를 주는 사람도 명식이었다. 강진민은 명식에게 목숨을 바치겠다고 결심한 아이였다.

하지만 진민은 천성적으로 겁이 많았다.

어기적거리며 공장으로 향하는 진민의 어깨가 무거워 보였다.

윤석처럼 진민도 공장으로 들어가더니 감감무소식이다.

'어떻게 하지?'

이런 상황을 슬기롭게 대처하기에는 손명식의 나이는 너무 어렸다.

징~! 징~!

'응?'

진동으로 해놓은 핸드폰이 울렸다.

핸드폰에는 채인호의 전화번호가 찍혀 있었다. 명식은 황급히 전화를 받았다.

"여보세요! 여보세요!"

"네가 대장이구나?"

"……."

"너 손명식이잖아. 네가 이놈들의 대장 아냐?"

아까 받았던 전화의 목소리였다. 목소리의 주인이 명식을 비웃고 있었다.

자신은 두 아이에게는 대장일지 몰라도 채인호를 비롯한 형들에게는 그저 사장님의 아들일 뿐이다. 그들의 대장은 아버지였다.

속마음과는 달리 자존심이 그의 이성을 마비시켰다.

"맞다. 그래서?"

"오호라~ 목소리에 박력이 있네. 그럼 얼른 너도 들어와야지. 대장이 부하들이 붙잡혔는데 설마 꼬리를 말고 도망치는 똥개 흉내는 내지 않겠지?"

"웃기지 마라."

"그래그래, 대장은 그래야 하는 법이야. 얼른 와라. 네 부하들이 대장을 기다리면서 울고 있다."

"기다려."

전화 끊은 명식은 주위를 둘러봤다. 무기가 필요했다. 그는 적당한 크기의 각목을 들고 이제는 악마의 소굴처럼 보이기까지 하는 음침한 공장 안으로 들어갔다.

*　　　*　　　*

공장에 들어간 손명식이 가장 먼저 발견한 것은 죽은 듯 쓰러져 있는 임윤석과 강진민이었다. 그리고 그들의 옆에는 묵묵히 서 있는 채인호와 다른 형들, 그리고 유난히 뚱뚱한 한 남자의 모습도 보였다.

"네가 손명식이구나? 그래도 제법 사내답네."

웃통을 벗은, 보기만 해도 무식하게 생긴 쇠몽둥이를 든 사내가 명식에게 말을 걸어왔다.

손명식은 사내를 무시했다. 그는 채인호에게 물었다.

"삼촌, 무슨 일이에요?"

"……."

"아, 무슨 말 좀 해봐요. 석호 형, 기만 형."

아무리 짜증을 내도 채인호는 물론 다른 깡패들도 그의 질문에 대답하지 않았다. 명식은 채인호를 바라보았다. 채인호의 얼굴에는 안타까운 감정이 서려 있었다. 괜스레 마음이 불안해졌다.

명식은 사내에게 물었다.

"도대체 넌 뭐냐?"

"나?"

"그렇다, 너!"

"인마. 내가 너보다 나이가 몇 살이나 많은데 반말지거리야? 그리고 내가 누군지 알고 싶으면 일단 자신을 소개하는 것이 순서야. 요즘 애들이란……. 넌 집에서 뭘 배웠냐? 헉!"

비아냥거리는 청년의 말이 끝나기도 전에 명식은 각목을 휘두르며 무혁에게 달려들었다.

'가정교육? 그딴것 필요없다고. 죽어버려.'

무혁이 무의식중에 한 말은 명식이 가장 듣기 싫어하는 말이다. 그는 장난으로라도 자신의 가정사를 들먹이는 사람을 결코 그냥 두지 않았다.

"죽여 버릴 거야. 죽여 버릴 거야. 죽여 버릴 거야."

'이 자식 봐라. 미친놈 마냥 왜 이래?'

뜻하지 않는 명식의 행동에 무혁은 깜짝 놀랐다.

간이 배 밖으로 튀어나오지 않고서야 자신의 편이 꼼짝 못하고 있는 광경을 보면 보통 사람들은 기가 죽게 마련이다. 하지만 이놈은 오히려 기가 살아서 길길이 날뛰었다.

무혁은 명식이 막무가내로 휘두르는 각목을 피하면서 똥 밟은 것이 분명하다고 생각했다. 그저 우리 집을 침입한 비행청소년을 쫓아내려 시작한 일이 조폭을 불러들이고 미쳐 날뛰는 꼬맹이까지 불러들였다.

꼬맹이를 제압하는 것은 문제가 아니다. 하지만 죽일 수도 없고 그렇다고 순순히 보내줄 수도 없다. 진퇴양난이었다.

'세상에 쉬운 일은 없구나.'

결국 무혁은 한 가지 결정을 내려야 했다. 어차피 저런 독종이라면 순순히 보내주더라도 앞으로 자신을 귀찮게 할 것이 분명했다.

"이놈 잡아."

무혁은 명식을 피하면서 외쳤다.

가만히 명식과 무혁을 바라보고 있던 깡패들이 움직이기 시작했다. 아무리 명식이 미쳐 날뛴다 해도 성인남자 네 명의 완력을 이겨낼 방법은 없었다.

잠시 후 명식은 붙잡히는 몸이 되고 말았다.

* * *

"인마, 이유를 이야기해야 할 것 아냐."

무혁은 손명식을 설득시키고 있었다.

깡패들은 몰라도 이제 겨우 고등학생인 명식을 노예로 만드는 일은 아무리 생각해도 내키지 않았다. 나머지 두 아이는 돌아가는 상황을 파악했는지 잠잠했지만 손명식은 아예 눈알까지 돌아가서 흰자위를 드러내고 미쳐 날뛰고 있었다.

아이의 치기로 보기에는 아무리 생각해도 정도가 지나쳤다. 저 아이는 이 공장을 지키기 위해서는 살인도 불사할 것 같았다.

"너! 이 자식 왜 이래? 이야기 좀 해봐."

결국 무혁은 손명식을 마법으로 잠재운 후 채인호에게 물었다.

노예의 징표는 인성을 마비시키는 마법이 아니다. 주인으로 각인된 사람에게 해를 끼칠 수 없고 명령을 거부할 수 없을 뿐이다. 아까의 명식을 보면서 채인호가 안타까운 표정을 지은 이유다.

채인호는 자신이 주인님이라 부르는 남자의 정체가 궁금했다. 저 남자는 인간이 아니었다. 그는 상상할 수도 없는 방법으로 자신과 부하들을 사로잡았고, 어느덧 자신들의 주인으로 인식되고 있었다.

분명 죽이고 싶도록 미웠다. 하지만 그런 생각은 떠오름과

동시에 사라졌고 무혁의 명령은 자신의 마음을 사로잡아 거부할 수 없었다.

"……."

얼마나 고통스러운 기억일까? 주인의 명령에도 채인호는 망설였다.

하지만 그는 결국 입을 열었고, 그의 입에서 흘러나오는 이야기는 무혁을 경악하게 했다.

손명식의 아버지 손인중은 얼핏 보면 난쟁이로 보일 만큼 왜소한 몸매를 가지고 있다. 그래서인지 자신의 외모에 대해서 큰 콤플렉스를 가지고 있었고 자신의 외모를 비하하는 사람은 수단과 방법을 가리지 않고 복수하는 남자였다.

게다가 아버지인 손유영의 비호도 있었다. 손유영은 신체적 콤플렉스를 가진 손명식을 무작정 감싸고돌았다.

손인중이 고등학교 2학년 때였다. 손인중은 당시 옆 여자고등학교 1학년이던 손명식의 어머니 선우자영을 우연히 만나게 됐다. 손인중은 미인에다가 천재로 광주시 전역에 소문이 자자하던 선우자영에게 한눈에 반해 버렸다.

처음으로 느끼는 감정이었다. 그의 주변에 여자가 없는 것은 아니었다. 오히려 여자는 차고 넘칠 만큼 많았다.

그 나이 또래의 아이가 도저히 가질 수 없는 돈과 폭력을 보고 몰려든 여자들은 중학생부터 대학생, 회사원들에 이르기까지 연령대도 다양했다.

그런 손인중이 사랑을 시작했다. 말도 못 붙여본 처지지만 짝사랑도 사랑이다. 사랑에 빠지자 손인중은 변하기 시작했다. 미인에 공부 잘하기로 소문난 선우자영에게 다가가기 위해 그 많던 여자들을 정리하고 학업에 매진했다.

그에 따라 성적도 올라갔고 대인관계도 좋아졌다.

노력에 대한 성과가 있자 손인중은 선우자영에게 고백을 하기로 결심했다.

고등학교 3학년 화이트 데이가 돌아왔다. 손인중은 꽃다발과 사탕을 사들고 선우자영의 집 앞에서 고백을 하기 위해 그녀를 기다렸다.

보충수업이 끝나고 돌아오는 선우자영이 보이자 손인중은 그녀의 앞으로 나가서 꽃다발을 내밀며 떨리는 목소리로 수줍게 말했다.

"널 좋아해."

"꺄아아악~ 괴물이야!"

어둠 속에서 갑자기 나타난 손인중을 보고 선우자영은 다짜고짜 비명을 지르기 시작했다.

"나… 난."

손인중은 당황했다. 괴물이라니…….

'난 괴물이 아니야.'

꽝! 꽝! 꽝!

단독주택에 살던 선우자영은 하얗게 질린 얼굴로 미친 듯이 대문을 두드렸다.

"엄마! 엄마! 살려줘!"

"저… 저기, 난……."

문이 열리고 딸의 비명에 놀란 선우자영의 부모님이 뛰어나왔다.

자지러지는 선우자영을 황급히 몸 뒤로 숨긴 그녀의 아버지는 손인중에게 손찌검을 하기 시작했다.

"이 나쁜 놈 자식. 어디서 못된 짓을 하려고."

"……."

왜 그랬을까. 손인중은 선우자영의 아버지가 휘두르는 주먹을 묵묵히 맞았다.

한마디 변명도 없었다.

'난 괴물일까? 그래, 난 괴물이었어.'

얼마를 맞았을까?

피투성이가 된 손인중은 어두운 골목길을 걸어가면서 한 가지 결심을 했다.

'그래 난 괴물이야. 괴물은 괴물답게 복수하겠어.'

좋아한다는 말 한마디 못해보고 두들겨 맞은 손인중이다.

그의 가슴속에 어둠의 씨앗이 자라나기 시작했다.

그 사건이 있고 일 년 후부터 선우자영의 주위에 불행이 닥쳐오기 시작했다.

그녀가 한참 대학 입시로 공부에 열중이던 어느 날 사랑하는 아버지가 뺑소니 교통사고로 돌아가셨다.

불행은 그것으로 끝이 아니었다. 오히려 시작일 뿐이었다.

아버지의 상이 끝난 후 겨우 마음을 추스르고 열심히 공부를 한 선우자영은 서울의 명문여대에 입학할 수 있었다.

그리고 그녀가 신입생 환영 MT를 떠난 바로 그날 가스폭발 사고로 집이 불타고 어머니마저 아버지의 뒤를 따르고 말았다.

손이 귀한 집안의 외동딸이던 선우자영은 어머니의 여동생, 즉 이모 집에서 학업을 계속했다. 그리고 선우자영이 학비를 벌기 위해서 심야 편의점 아르바이트를 하던 겨울의 어느 날 이모 댁에 불이 나서 일가족 모두가 집을 빠져나오지 못하고 죽는 참사가 벌어졌다.

어쩔 수 없이 학교를 그만두고 생활전선에 뛰어든 선우자영은 경리로 조그만 사무실에 취직했다. 이제 생활이 안정되나 싶었지만 얼마 지나지 않아 회사가 부도가 났다.

회사에 다니면서 사귀었던 남자친구도 바다낚시를 갔다가 실족해서 죽었다.

그 후 다시 사귄 남자도 교통사고로 죽었다.

친구들도 하나둘씩 이상한 핑계를 대며 그녀의 곁을 떠나갔다.

선우자영은 모든 것을 포기했다.

'난 불행을 달고 다니는 여자야. 난 행복해질 자격이 없어.'

선우자영이 마지막으로 선택한 일은 미모가 있고 불행한 여자들의 종착역인 야간 업소였다.

하지만 월등한 미모에도 불구하고 그녀에게는 손님이 없었다.

아니, 지명이 없다기보다는 처음부터 업소의 사장은 무슨 핑계를 대서라도 그녀를 룸으로 보내려 하지 않았다. 상황은 점점 악화됐다. 업소에 들어오면서 방을 얻기 위해 받았던 선불금은 이자에 이자를 물고 거금이 되어갔다.

'이제는 지쳤어.'

선우자영은 자살을 선택했다. 그리고 그 순간 손인중이 나타났다.

당연하게도 선우자영은 손인중을 전혀 기억하지 못하고 있었다. 밤길에 느닷없이 나타난 그를 본 것이 그녀가 손인중을 본 처음이자 마지막이었다. 게다가 그녀는 그를 괴물이라 부르며 기겁을 해서 도망쳤었다.

손인중의 정체를 모르는 선우자영은 볼품없고 왜소하지만 자신을 따뜻하게 보듬어주는 손인중에게 빠져들었다. 아버지가 죽으면서 시작된 불행이 이 남자로 인해서 끝맺음을 할 수 있을까?

선우자영은 손인중에게 자신의 박복함을 이야기했다. 손인중은 그런 그녀를 더욱 위해주었다.

'내 주변에는 아무도 없어, 나 같이 박복한 여자에게는 그 같은 남자가 어울려.'

선우자영은 손인중을 위해서라면 뭐든지 하는, 할 수 있는 여자가 되었다.

두 사람은 결혼했다. 그리고 손명식이 태어났다.

선우자영이 갓난아기를 데리고 병원에서 집으로 돌아온 날 밤이었다.

손인중은 아이를 재운 그녀를 응접실로 이끌어 비디오 한 편을 보여주었다.

어떤 남자가 실실 웃으며 길을 걷던 남자를 자동차로 친다. 사고를 당한 사람은 선우자영도 얼굴을 아는 사람이다. 바로 그녀의 아버지였다.

영상은 계속되었다. 한 남자가 선우자영이 살던 집으로 침입한다. 그리고 어머니를 기절시킨 후 가스를 틀고 불을 붙인다.

남자는 이모의 집에도 나타났다.

남자는 그녀의 친구들도 만났다. 두툼한 돈 봉투가 그의 손에 들려 있었고 친구들은 웃으면서 돈 봉투를 받아 들었다.

남자는 그녀가 다니던 회사의 사장을 만나고 있었다. 남자는 사장에게 묵직해 보이는 돈 가방을 건넸다.

남자가 갯바위에 나타났다. 그리고 낚시를 하고 있던 남자를 바다로 밀어버렸다.

그 남자는 그녀가 있던 술집에도 나타나 업소 주인과 악수를 나누었다.

시간이 흘러 비디오는 마지막 장면을 보여주었다.

남자와 손인중이 만나고 있었다. 손인중이 남자의 어깨를 두들겨 주었다.

"아아아악~!"

선우자영의 눈에 초점이 사라졌다. 그녀는 그대로 미쳐 버렸다.

자신이 사랑한 남자는, 옆방에서 자고 있는 갓난아이의 아버지는 그녀의 부모와 남자친구를 죽이도록 사주한 남자였다. 그녀의 모든 것을 앗아가고 그것도 부족해서 그녀의 모든 것을 차지한 남자가 남편이라니…….

손인중은 미쳐 버린 선우자영을 정신병원에 집어넣었다.

어찌 보면 완벽한 복수였다. 그 비정함과 악랄함을 어떤 표현으로 말할 수 있을까.

"중학교 3학년 때 도련님이 어머니가 있는 정신병원을 알아냈죠. 그리고 어머니를 만났습니다. 요즘 의학이 대단하더군요. 선우자영, 도련님의 어머님은 정신이 돌아와 있었습니다. 그리고 그 사실을 전부 아들에게 이야기했죠. 물론 사모님은 아직도 병원에 계십니다. 대한민국의 정신병원은 돈만 주면 얼마든지 치료해 주거든요. 환자든지 아니든지 별 상관 없지요. 게다가 사모님이 하는 이야기. 솔직히 믿기 힘들지 않습니까? 하하하하."

웃는 채인호의 얼굴이 슬퍼 보였다.

"……."

"도련님은 어머니를 닮아 똑똑했습니다. 그 애는 아버지에게 그런 사실을 감쪽같이 내색하지 않았죠. 그리고는 자신이 들은 이야기를 조사하더군요. 아무리 똑똑한 아이라도 더 이상을 참지 못했는지 예전의 모범생에서 완전히 변해 버렸습니다. 어쩔 수 없는 일이죠."

채인호는 슬픈 눈으로 무혁의 마법으로 잠이 든 명식을 바라보았다.

"그리고 그 남자가 바로 접니다."

"……."

"어쩔 수 없다는 말로는 죄를 갚을 수 없다는 건 잘 압니다. 변명 같지만 저에게 손인중이란 남자는 어머니의 생명을 구해준 은인이거든요. 수술비가 없어서 하늘만 바라보며 돌아가시길 기다리던 노모를 살려준 사람이 손인중입니다. 전 그의 부탁, 아니, 명령을 거부할 수 없었습니다."

채인호는 회한이 가득한 고백을 끝냈다. 단 한 번도 다른 사람에게 한 적이 없는 이야기를 한 그는 한편으로는 큰 짐을 내려놓은 듯 후련하게 보였고, 한편으로는 10년은 더 늙어 보였다.

"그래서 명식이를 보살폈군요."

"제가 할 수 있는 일이 또 뭐가 있겠습니까. 손 사장님을 죽이고 나도 죽을까 하는 생각을 안 해본 것은 아니지만 아직 살아 계신 어머니에게 손 사장님은 신과 같은 존재입니다. 아직도 저만 보시면 언제나 하는 말씀이 손 사장님을 잘 보필하란 말씀이시니까요."

"이제 어떻게 했으면 좋겠습니까?"

"주인님께서 정하실 일입니다. 어째서 제가 무혁님을 주인님으로 생각하고 있는지는 모릅니다만 주인님은 충분히 그런 능력이 있다고 생각합니다."

"……."

노예의 징표의 한계다. 답이 없는 질문에 도달하면 징표를 받은 노예들은 답을 주인에게서 구한다.

'나에게 그럴 능력이 있을 리 없잖아.'

무혁은 몰랐으면 좋았다고 생각했다.

명식이란 아이를 안 만났어야 했다. 명식의 삶은 무혁이 겪은 삶보다 더욱 비참했고, 거짓으로 점철된 삶이었다.

'나라면 어떻게 했을까?'

답이 없는 질문이었다. 아니, 한 가지 답은 있었다.

'나라면 명식이처럼 그 와중에도 다른 아이들을 보살피지는 못했을 거야.'

이미 임윤석과 강진민에게도 명식에 대한 이야기를 들은 무혁이었다. 자신도 추스르기 힘든 상황에 임윤석과 강진민의 생계를 책임진 명식의 이야기를 하는 두 아이의 눈에는 명식에 대한 일종의 존경심이 담겨 있었다.

역시나 핏줄은 속일 수 없는 것일까. 손인중이 채인호에게 썼던 방법과 비슷했다. 다른 점은 명식이 두 아이에게 결코 나쁜 짓을 시키지 않았다는 점이었다.

명식이 외롭지 않게 하려고 하기 싫은 본드까지 흡입한 아이들이었다. 우스꽝스러울 정도로 그들의 우정은 아름다웠다.

"내가 어떻게 했으면 좋겠니?"

무혁은 쓰러져 있는 명식을 바라보았다. 임윤석과 강진민이 떠온 물로 그의 얼굴을 씻어주고 있는 모습이 보였다.

제일 쉬운 방법은 모두에게 노예의 징표를 채운 후에 자신을 잊으라고 명령하고 돌려보내는 것이다. 하지만 그런 방법은 무혁의 맘에 들지 않았다.

힘을 가진 인간으로서, 그리고 영웅이 되고자 하는 인간으로 문제를 해결하고 싶다는 욕망을 감출 수 없었다.

"휴~"

무혁의 고민은 깊어져만 갔다.

솔직히 말해서 명식의 고민은 자신이 해결해 줄 성질의 것이 아니었다. 그리고 자신이 어떻게든 도와주고 싶어도 그럴 능력이 있는지도 의문이다. 그렇지만 남의 일처럼 모른 척하기에는 마음이 너무 아팠다.

'미우나 고우나 아버지야. 막말로 죽여 버릴 수도 없는 문제잖아. 죽인다고 해서 명식이의 마음이 풀어질까? 어떻게 해야 되지?'

무혁에게 채인호가 다가왔다.

"주인님, 명식이를 보살펴 주십시오."

채인호는 착하고 똑똑한 명식이 이렇게 젊음을 낭비하기를 바라지 않았다. 최소한 자신의 죄책감을 지우기 위해서라도 명식은 행복해야 했다. 지금까지는 그렇지 못했지만 자신의 주인이라면 명식을 그렇게 만들어줄 수 있을 것이라 믿었다.

"……."

채인호의 말은 쉽사리 결정할 성격의 것은 아니었다. 무혁에게는 감추고 싶은 비밀이 있었고 그 비밀을 아는 사람은 길우영 한 명으로도 이미 충분히 많았다.

하지만 무혁은 일단 명식을 곁에 두고 보기로 결정을 내렸다.

'나와 너무 같아. 그래서 그냥 보내는 것은 마음에 안 들어.'

무혁은 자신이 부모님을 만나지 못했으면 되었을지도 모르는 인간의 모습을 명식에게서 발견했다.

'아버지, 어머니가 나에게 해준 역할을 내가 저 아이에게 할 수 있을까?'

명식에게 새로운 것, 미래에 대한 희망을 가르치고 싶었다. 무혁이 보는 세상은 아직은 불합리한 점이 많았지만 그래도 살 만한 곳이었다. 최소한 자신의 아버지와 어머니 같은 분들이 계신 세상이지 않던가.

무혁은 깨어난 명식에게 단도직입적으로 말했다.

"너! 일단 나랑 살자."

"헛소리하지 마."

무혁의 제안을 단숨에 거절하는 명식이다.

무혁이 명식과 함께 살겠다고 말하자 지금까지 무혁이 하는 모습을 잠자코 보고 있던 길우영이 나섰다.

그는 이제 완벽한 기회가 올 때까지 무혁의 편에 서기로 결정한 상태다. 기회를 잡으려면 자신이 최고 측근이 되어야 한다. 당연히 그가 측근이 되려면 무혁의 정체를 아는 사람이 적을수록 좋았다.

길우영은 무혁의 귀에 대고 속삭였다.

"이렇게 많은 사람들이 알아서 되겠어? 네가 말한 대로 영웅이 되고 싶으면 네가 마법을 한다는 사실을 아는 사람은 적을수록 좋아."

"어차피 여기까지입니다. 그리고 아까 말씀하신 대로 경사님이 절 보호해 주실 테니 괜찮아요."

무혁은 길우영의 충고가 고마웠다.

사실 무혁이 혼자서 모든 것을 판단하기에는 너무 힘이 들었다. 하지만 이제 길우영이란 조력자가 생겼고 그는 다행히 경찰관이었다.

그가 힘을 얻으면 가장 먼저 하려던 일이 바로 아버지를 슬프게 한 부패경찰의 퇴치였다. 길우영은 자신의 계획에 많은 도움이 될 남자였다.

길우영은 내심 못마땅했지만 무혁의 말에 동의했다. 더 이상 나서기에는 두 사람의 유대가 너무 약했다.

'완벽하게 날 믿을 때까지, 그리고 기회가 올 때까지 난 널

보호할 거야. 네가 무턱대고 설쳐서 노출되는 것은 나에게 결코 좋은 일은 아니거든······.'

본의 아니게 무혁의 보호자 역할을 떠맡은 길우영이다.

길우영은 자신의 손목을 만졌다. 그의 손에는 노예의 징표가 채워져 있었다. 가볍기는 하지만 그 고리가 주는 무게는 천 근처럼 느껴지고 있었다. 아직 깡패들처럼 노예의 징표를 활성화시킨 것은 아니지만 그 무게가 주는 부담감만은 활성화 상태에 못지않았다.

'조심해야 해. 보통 놈이 아니야, 이놈은······. 속에 능구렁이가 몇 마리가 들어 있을지 모를 놈이야.'

네 명의 깡패를 노예로 만든 다음 공장 한가운데 박혀 있는 쇠기둥에 헤딩을 시킨 무혁이다. 왜냐고 물어보니 어제 얻어맞은 복수를 한다고 했다.

그때 알아차려야 했었다.

속에 능구렁이만 있는 것이 아니라 소갈딱지가 쪼잔하기까지 한 놈이다.

어쨌든 강제가 아니었지만 스스로 노예의 징표를 차지 않을 수 없게 된 길우영이다.

'두고 보자고······.'

길우영의 속도 모르고 무혁은 길우영에게 감사를 표한 후에 명식에게 말을 계속했다.

"난 능력이 있어. 솔직히 말하지. 너 따위는 어떻게 되든지 나하고 상관없는 일이야. 하지만 너의 모습에서 나의 옛날 모습이 보여. 그래서 마음이 아프다고."

"나하고 너하고 무슨 상관인데? 그냥 이러다 죽게 내버려 둬."

"안 돼. 넌 두 가지 중 한 가지 선택을 해야 해. 네가 부른 사람들처럼 나를 주인으로 섬기든지 아니면 나의 말을 따르든지."

명식은 자신이 가장 좋아하는 채인호가 무혁을 깍듯하게 주인으로 모시는 모습을 직접 목격했다.

그런 처지가 되기는 싫었다.

"삼촌에게 무슨 짓을 한 거냐."

"네가 나에게 적대적인데 내가 구태여 설명해 줄 필요가 있을까? 하지만 한 가지는 약속할게. 네가 나와 살면 최소한 스스로 무언가를 해낼 수 있는 힘을 주지. 뭐 네가 반대하더라도 사실 나와는 상관없어. 너는 날 주인으로 모실 테니까."

명식이 무혁과 함께 살기로 결정한 마지막 결정타는 채인호의 설득이었다. 누가 뭐래도 채인호는 명식이 가장 믿고 따르는 사람인 것이다.

"난 네가 주인님에게 주인님의 능력을 배웠으면 좋겠어."

"저놈을 왜 주인님이라고 부르는 거죠?"

"저분은 그럴 능력이 충분하신 분이야."

명식은 채인호가 왜 이렇게 변했는지 도무지 알 수가 없었다.

채인호는 아버지의 오른팔이다. 하지만 이제는 그런 것은 전혀 상관없다는 듯이 무혁을 주인님이라고 부르면서 극도의 존경심을 보내고 있다.

그리고 다른 형들도 그것은 마찬가지다.

광주시를 주름잡는 유영이파의 좌장격인 채인호와 조직원들이 본 적도 없는 어린 남자에게 주인님이라고 부르는 모습은 어쩌면 기괴하기까지 했다.

문득 호기심이 생겨났다.

'왜? 어떻게?'

명식은 본디 무척이나 착한 성격을 가지고 있었고 두뇌 또한 천재라 불릴 정도로 명석했다. 무혁이 가진 힘이 정확히 무엇인지는 알 수 없지만 자신에게 해가 될 것 같지는 않았다.

"나도 당신 같은 그런 힘을 가질 수 있는 건가요?"

'아직은 어려.'

어차피 어린애다. 그런 어린애에게 무혁의 능력은 호기심으로, 그리고 그 호기심은 명식을 사로잡고 있는 외적 요인을 잊어버리는 역할을 하게 할 수 있었다.

"내 말을 잘 듣는다면……. 약속하지. 일단 이걸 차라."

무혁은 명식에게 노예의 징표를 채웠다. 언제라도 명식을 노예로 만들 수 있는 보험을 든 셈이다.

무혁은 명식에게 기사의 수련을 시키기로 결정했다.

마법은 처음부터 고려의 대상이 아니었다. 마법은 오로지 무혁만의 것이어야 했고 명식이 기사의 수련을 한다면 명식을 통해서 자신이 배우지 못한 기사에 대한 궁금증도 풀 수 있을 것이다.

무엇보다도 잡념을 없애는데 육체적인 피로만큼 좋은 것이 없다. 명식을 최대한 피곤하게 해서 머릿속의 잡념을 없애야 했다.

물론 당장 기사 수련을 시키려는 것은 아니었다. 그전에 명식과 친해져야 했다. 그리고 그 시기는 무혁의 예상보다 빠르게 다가왔다.

*　　*　　*

"일단 네 몸속의 독기를 빼내야 되겠다. 어린 자식이 체력이 그게 뭐냐? 담배에 술에 본드질까지 했으니……. 쯧쯧!"

"……."

"뛰어."

"네?"

"뛰라고! 일단 기초 체력을 다지기 전까지는 아무것도 못해. 그러니 열심히 뛰어."

그렇게 시작된 명식의 수련은 온종일 달리기로 시작해서 달리기로 끝이 났다.

"기사 수련이라면서요?"

"응. 기사, 멋지잖아. 너 그거 남자의 로망이다. 영화도 안 봤냐?"

"훈련만 봐서는 육상선순데요?"

"오해야, 오해. 하하하하."

어깨를 팡팡 치고는 뒤로 돌아서는 무혁이다.

천성은 착한 명식이었다. 출생의 기억을 이기지 못해 방황하고 좌절했지만 자기 못지않은 유년시절을 겪은 무혁의 말만큼은 솔직히 믿고 의지하고 싶었다.

남자답게 두 사람은 한 번의 진한 술자리를 가졌다. 그 자리에서 무혁은 왜 자신이 명식을 그냥 두고 보지 못하는지 이야기해 주었다.

무혁에게 들은 그의 과거는 자신의 그것에 못지않았다. 최소한 자신은 성인이 되면 병원에서 모시고 나오기로 한 어머니가 살아 계셨지만 무혁은 어머니가 아버지를 죽이고 자살했다.

담담히 그런 이야기를 명식에게 하던 무혁의 표정은 아무런 변화가 없었다.

하지만 괴로운 표정을 짓는 것보다 담담한 무혁의 표정이 더욱 명식의 마음을 움직였다.

그날 이후로 명식은 조금씩 조금씩 마음을 열어갔다.

"애들이랑 인호 삼촌이 부러워."

운명의 그날!

친구들은 단단히 주의를 들은 다음 집으로 돌아갔다. 친구들은 명식을 걱정했지만 이미 결심을 굳힌 명식은 그들을 돌려보냈다. 채인호를 비롯한 일행도 복귀를 했다. 그들이 이곳에서 할 일은 아무것도 없었다. 무혁은 그들에게 이곳에서의 일을 발설하지 말고 명식의 아버지가 명식을 찾지 않도록 적당한 핑계를 대도록 명령했다.

길우영도 돌아갔다. 휴가도 끝나가고 무혁이 부탁한 정보도 수집해야 했다.

무혁은 떠나는 길우영에게 두 가지 선물을 주었다.

"이 팔찌는 하루에 한 번 실드 마법을 펼칠 수 있는 아티팩트예요. 게다가 착용하면 투명해져서 팔찌가 남의 눈에 뜨이지 않죠. 그리고 이것은……."

무혁은 팔찌를 길우영의 팔목에 채워주었다. 무혁의 말처럼 길우영의 팔목에 채워진 팔찌는 거짓말처럼 투명하게 사라졌다.

"그리고 이 팔찌는 오거 파워드 마법이 걸려 있어요. 착용자의 힘을 오거처럼 강하게 해주는 마법이지요. 길 경사님은······."

무혁은 비대한 길우영의 몸을 훑어보고는 말을 이어나갔다.

"이놈이 필요하실 겁니다. 물론 이놈도 조금 전의 팔찌처럼 착용하면 투명해지는 놈이에요. 그리고 살도 좀 빼시고요. 하하."

"정말 고맙다."

길우영은 몇 번이나 고마움을 표하면서 돌아갔다. 대신 시간 날 때마다 와서 무혁에게 절실히 필요한 격투기를 가르쳐 주기로 했다.

*　　　*　　　*

그렇게 한 달이 지나갔다. 명식에게 이번 한 달은 일 년보다도 길게만 느껴지는 시간이었다.

아침에 일어나서 무혁이 준 쇠고리들을 차고 학교에 뛰어간다. 학교가 끝나면 다시 무혁이 있는 공장까지 달려야 한다.

조금씩 체력이 붙기 시작했다. 그리고 드디어 언제나 무혁이 들고 설치는 쇠몽둥이를 잡는 대망의 날이 왔다.

"넌 쇠기둥을 칠 필요가 없어. 그냥 휘둘러라."

"……"

달리고 또 달리고 쇠몽둥이를 휘두르는 날이 계속됐다.

명식은 재빠르게 쇠몽둥이를 든 손을 놀렸다. 하지만 언제나 그랬듯이 무혁의 비아냥거림이 쏟아졌다.

"동작 봐라. 어쭈~ 그래가지고 라면 먹을 수 있겠어?"

"웃기지 마요. 날마다 노는 누구와는 달리 전 정신노동과 육체노동을 동시에 하고 있다고요. 막 자라는 새싹에게 라면 가지고 협박해야 되겠어요?"

"새싹 좋아하시네. 흥. 말은 잘해."

"아이씨. 진짜로……."

"스승님한테 아이씨? 휘두르기 100번 추가."

무혁의 비아냥거림에 명식은 부모 같은 소리 하지 말라고 하고 싶었다.

'흥! 언제부터 스승이야? 그리고 내가 부모가 어디 있어.'

무혁은 굳어지는 명식의 얼굴을 보고 그의 마음을 알아차리고 머리를 쓰다듬었다.

"인마. 넌 그래도 어머니가 계시잖아. 네가 성인이 돼서 힘이 강해지면 어머니를 모시고 나와서 살면 되지. 이미 말했지만 넌 나보단 나아. 최소한 어머니가 계시잖아. 난 어머니가 아버지를 죽이고 자살하셨다고."

"……."

그랬다. 무혁은 명식을 설득하기 위해서 자신의 들추고 싶지 않은 과거까지 들먹여야 했다. 그만큼 무혁은 명식이 자신과 닮았다고 생각하고 있었다.

'나보다 키가 조금 크고, 나보다 조금 잘생겼고, 나보다 조금 똑똑하지. 닝기리.'

무혁은 툴툴대며 수련에 열중했다.

'남들이 보면 저놈이 주인공인 줄 알 거야.'

명식이 어느 정도 준비가 갖추어지자 무혁은 자신의 수련 시간 틈틈이 명식의 수련을 준비해야 했다.

그래서 가장 먼저 시작한 일이 동영상 강의를 녹화한 비디오를 보여주는 것이었다.

무혁은 일전 구입했던 DSLR 카메라의 동영상 기능으로 기사의 강의를 녹화했다. 문제가 발생했다. 명식이 영상에 나와 열심히 설명을 하는 기사의 설명을 알아먹을 리가 없었다. 결국 무혁은 명식에게 강의를 번역해 주는 수고를 더해야 했다.

하지만 그런 과정에서 무혁은 나름의 깨달음을 얻을 수 있었다. 검술도 마법과 마찬가지의 수련방법을 거치지만 마법과 근본적으로 다른 점은 마나로드를 마나를 배열하는 일종의 회로로 사용하는 마법과 달리 통로로 사용하는 것이다.

아스란의 세상에서의 검술은 지구의 그것에 비하면 형과 식이라는 측면에서 형편없는 수준이었다.

'마나가 깡패라니까.'

마나가 만들어주는 오러는 인간이 만들어낼 수 있는 모든 형과 식에 우선했다.

물론 같은 수준의 기사간의 전투라면 기술이 승패를 좌우할 수도 있지만 최소한 지구라는 환경에서는 무혁의 생각이 옳았다. 명식이 오러를 다룰 수 있다면 그는 지구에서 유일한 기사일 것이 분명했기 때문이다.

'빨리 강해져야 해.'

지난번 사태를 처리하면서 무혁은 많은 것을 깨달았다.

'너무 부주의했어.'

그리고 일처리도 너무 복잡하게 처리했다. 자신이 빨리 강해져야만 그런 복잡함을 줄일 수 있었다.

등을 돌리고 공장으로 걸어 들어가는 무혁을 보는 명식의 눈길이 따스했다.

명식은 자신의 선택이 잘한 것인지 확신은 없었다. 스스로를 스승이라고 주장하는 사람이 시키는 이상한 수련이었다. 하지만 고민할 틈이 없었다. 수련을 제때 끝마치지 못하면 저녁식사인 라면이 날아간다.

쇠몽둥이를 휘두르는 명식의 손길이 바빠졌다.

무덥던 여름이 지나가고 단풍이 아름다운 가을로, 가을이 하얀 눈이 내리는 겨울로, 겨울이 다시 봄으로, 그리고 다시 여름으로 그렇게 계절이 바뀌어갔다.

무혁이 아스란을 만나고부터 1년의 시간이 그렇게 흘러갔다.

CHAPTER 10

세상에 나서다

길우영이 박용준의 뒤를 캐기 시작한 것은 무혁의 요청 때
문이다. 어느 정도 자신이 가진 힘에 자신이 생기자 무혁이
가장 먼저 착수한 일은 역시 아버지의 복수였다.

"정말 대단한 놈이야."

"그래요?"

"응. 내가 많은 공직비리 사건을 경험해 봤지만 저놈처럼
무대포로 해먹는 놈은 난생처음이다. 같은 경찰이라는 것이
부끄러울 정도로 말이지."

"……."

"더 웃긴 것은 용산 경찰서장도 그놈에게 함부로 못한다는 거야. 얼마나 큰 약점을 잡혔는지 모르지만 몇 번 내부 투서가 들어왔어도 모두 묵살됐고, 투서를 쓴 사람들은 좌천되거나 옷을 벗었더라고."

말을 하면서도 기가 찼는지 혀를 차는 길우영이었다. 자신도 솔직히 접대라든지, 선물을 안 받는 청렴한 경찰관은 아니었지만 박용준이란 놈은 정도가 지나쳤다.

그런 경찰관이 어떻게 자리를 보전하고 오히려 승승장구하는지 의아할 정도였다.

"그놈은 처음부터 그랬어요. 그래서 제가 그놈은 파멸시키고 싶어하는 거죠."

"그럼 너의 힘을 사용해서 납치라도 해다가 박살을 내면 되잖아."

"경찰이 그런 말을 해도 돼요?"

"그런가? 쩝. 하지만 너무 성질이 나서 그런다. 저런 놈들 덕분에 대다수의 성실한 경찰관들이 욕을 얻어먹는 거거든. 그놈 용산에서는 거의 왕으로 군림하던데……."

"좋은 방법 없겠어요?"

솔직히 편한 방법도 많았다. 지금의 무혁의 능력이라면 박용준을 박살 내는 것은 쉬운 일이었다. 하지만 무혁은 박용준뿐만 아니라 그의 장부에 적혀 있을 모든 사람들을 한꺼번에 처리하고 싶었다. 그리고 혹시라도 그들을 비호하려는 세력이 있다면 그들까지 쓰레기통에 처박을 계획이었다.

무혁의 질문에 잠시 고민하던 길우영이 한 가지 방법을 제시했다.

"이렇게 하면 어떻겠냐?"

"어떤……?

길우영이 말한 방법은 간단하고 효율적인 방법이었다. 무혁의 입가에 미소가 드리워졌다.

"넌 너무 네가 마법사라는 자각이 없어. 그래서 네가 가진 마법이란 힘을 잊어버리지. 그 힘은 너만이 사용할 수 있고 또 그러라고 주어진 거야. 잊지 말았으면 해."

길우영은 무혁이 자신의 의견에 동의를 표하자 말했다.

무혁은 고개를 끄덕였다.

맞는 말이었다. 무혁은 아직까지도 문제를 풀어나가는데 있어서 현대인의 사고방식을 사용하고 있었다. 길우영의 말마따나 마법을 사용하면 문제는 매우 쉬웠다.

"그건 그렇고 명식이는 연락이라도 하냐?"

"네."

"그놈 잘 지내나 모르겠다."

"괜찮을 거예요. 대학도 포기하고 그 좋은 머리로 수련은 역시 산이라며 지리산에 처박혔으니까요. 안 그래도 많은 발전이 있다고 전화 왔어요."

명식은 신체적으로 단련이 되자 마나수련에 들어갔다. 그리고 벽에 부딪쳤다. 잡힐 듯 잡히지 않는 실마리에 매달리던 명식은 조바심이 났다. 그리고 그가 선택한 길이 깊은 산속에서의 수련이었다.

"누가 뭐래도 수련하면 산, 산하면 수련이잖아요."

명식의 고집에 무혁은 별수없이 허락을 해야 했다. 이제는 방법을 알았으니 혼자 수련을 할 수도 있었고, 무엇보다 무혁도 자신만의 시간이 필요했다.

명식의 효과적인 수련을 위해서 무혁은 마나 집적 마법진을 지리산까지 가서 그려주고 오는 수고를 감내해야 했다. 숙식은 무혁의 부모님 집에서 해결하고 수련은 인적이 드문 산속에서 하는 생활이 벌써 6개월째였다.

무혁이 아는 동생이라는 설명에 부모님도 별다른 반대는 없으셨다.

"밥값은?"

아버지의 유일한 질문이었다. 다행히 적적하게 두 분만이 생활하시던 부모님들도 똑똑하고 눈치 빠른 명식을 무척이나 귀여워해 주고 계셨다.

무술이라 함은 선을 그은 듯 단계가 있는 것은 아니다. 물론 검에서 오러가 뿜어져 나오는 단계가 되면 소드 유저니,

소드 익스퍼드 단계로 나눌 수 있기는 했다. 하지만 그 길이 멀고도 험난할 것은 분명했다.

명식이 또래의 아이들보다 신체적으로 강해지긴 했지만 소설 속에 나오는 기사처럼 언제 오러를 내뿜을지는 기약이 없었다.

*   *   *

지배인이 열어주는 문을 열고 화려한 룸에 들어선 박용준 경감은 자신이 마치 폭력조직의 두목이라도 된 것 같은 기분이 들었다.

그는 거만한 눈으로 룸 안을 둘러보았다.

그를 기다리던 관할지역의 내로라하는 유흥업소 사장들이 양쪽으로 도열해서 자신을 맞이하고 있는 모습이 보였다. 그들의 공통점이라면 불법과 합법 사이를 교묘하게 줄타기하는 업소들의 사장이라는 점이었다.

박용준이 룸 안으로 들어서자 용산에서 대형 안마시술소를 운영하는 피기광이 앞장서서 박수를 유도했다. 연회가 벌어지는 이 룸살롱도 피기광의 것이었다.

"자. 자. 박 경감님이 오셨습니다. 박수! 박수!"

짝짝짝!

결코 좁지 않은 룸이 떠내려가라 박수 소리가 울려 퍼졌다.

"경감님, 영전을 축하드립니다. 하하하하."

"내 이번에 경감님이 영전하실 줄 알았다니까."

"당연하지. 얼마나 유능하신 분인데⋯⋯. 안 그런가들?"

"암. 암. 그렇지, 그렇고말고."

"박 경감님 말고 또 누가 그 자리에 오르실 수 있겠는가."

이 자리는 용산 경찰서 생활안전과 생활질서계 계장으로 영전한 박용준을 위해서 업주들이 마련한 자리였다.

생활안전과에서도 생활질서계는 풍속업무의 지도 단속 사행행위업 허가 및 지도단속 기초 및 행락질서, 즉결심판 업무의 지도 단속 등을 담당하는 부서였다.

말 그대로 유흥업소를 경영하는 자신들의 생명줄을 잡고 있는 것이나 다름없는 부서였다. 그리고 새로 그 부서의 장이 된 사람은 이 바닥 사람들에게는 널리 그 악명이 알려진 박용준이었다. 말 그대로 알아서 기는 것이다.

'이래서 사람은 출세를 해야 하는 법이야.'

경감으로 승진하기 전에도 그는 용산경찰서의 핵이나 다름없는 위치에 있었다. 그가 가지고 있는 장부에 적힌 내용은 그를 말단 순경에서 경감까지 승승장구를 하는데 결정적인 역할을 한 것이었다.

박용준이 가장 상석에 자리를 잡자 유흥업소 업주들이 모두 자리에 앉았다. 그리고 최고급 양주가 따라졌다.

"박 경감님의 영전을 축하드리면서 제가 먼저 건배를 선창하겠습니다."

이번에도 피기광이 건배를 제의했다.

"박 경감님의 앞날에 무궁한 영광이 있기를~! 위하여!"

"위하여!"

"위하여!"

"위하여!"

한차례 술잔이 돌자 피기광이 다시 나섰다.

"이제 박 경감님의 소감을 들어보지 않을 수 없죠. 안 그렇습니까들? 경감님 저희에게 한 말씀 부탁드립니다. 자, 자, 박수~!"

짝짝짝! 짝짝!

힘찬 박수와 함께 몇 번의 의례적인 사양이 있고 나서 박용준이 입을 열었다.

"제가 뭐라고 이렇게 축하를 해주시니 몸 둘 바를 모르겠습니다. 아시는 분은 아시다시피 저는 이런 자리를 불편해합니다. 누가 뭐래도 사회의 눈에는 경찰과 여러분 같은 업주분들이 함께 있는 것은 논쟁의 소지가 있지요. 하여튼 만들어주신 자리이니 오늘은 기쁘게 즐기겠지만 다음부터는 마음만 받겠습니다. 그리고 전 지금까지 그래 왔던 것처럼 신뢰와 성실로 여러분의 고초를 해결하는 데 앞장서겠습니다. 감사합니다."

판에 박은 듯 듣기 좋은 이야기지만 내포하는 의미는 전혀 다르다는 사실을 이 자리에 있는 사람 중에 모르는 사람은 없었다.

이렇게 모이면 남의 눈이 있으니 불편하다. 대신 내가 너희들의 애로사항을 해결해 줄 테니 너희들도 알아 모셔라. 대충 이런 의미의 연설이 끝나자 우렁찬 박수 소리가 이어졌다.

"이제 들어오라고 해."

피기광이 먼저 들어와 있던 전무와 마담에게 눈치를 주자 룸의 문이 열리고 대기하던 아가씨들이 들어오기 시작했다. 모두 한국인이었지만 그중 한 명은 눈에 띄게 아름다운 외모를 가진 금발의 외국인이었다.

그 외국인은 유난히도 여자를 밝히는 박용준을 위해서 피기광이 특별하게 준비한 키르키즈스탄 출신의 여자였다.

"전 나타샤라고 해요. 잘 부탁드려요."

서투른 한국말로 자신을 나타샤라고 소개한 여인을 보는 박용준의 눈이 몽롱해졌다.

'이 맛이야.'

권력이 가져다주는 부수적인 효과다. 눈치만 주면, 아니, 굳이 눈치를 주지 않아도 알아서 자신의 취향을 맞춰준다.

박용준은 경찰이 되길 정말 잘했다고 생각했다. 군대를 가기 전의 박용준은 볼품없는 인생을 살았다. 특별하게 힘도 없었고, 잘살지도 않았다. 하지만 힘든 육군을 가기 싫어서 지원해 간 의경 복무시절 기회가 찾아왔다.

당시만 하더라도 경찰이 되려는 대학생은 없다시피 했고, 그래서인지 의경에서 순경으로 특채되는 경우가 많아 그 허들이 형편없이 낮았다. 그렇게 시작된 경찰 생활은 박용준의 적성에 완벽하게 부합하는 것이었다.

몇 순배 술이 돌고 어느 정도 거나해지자 업주들이 하나둘씩 박용준의 곁으로 다가오기 시작했다. 그들의 손에는 예외 없이 봉투가 하나씩 들려 있었다.

그리고 그 봉투들은 모두 박용준의 주머니로 들어갔다.

주머니가 다른 때보다 월등히 두둑해지자 박용준은 비로소 옆에 다소곳이 앉아 있는 아가씨에게 눈길을 돌렸다. 그가 여자를 좋아하기는 하지만 돈보다 좋은 것은 아니다. 돈이 있다면 권력과 여자는 자연스럽게 뒤따라오는 것이라는 것이 그의 지론이었다.

그의 손길이 뱀처럼 여인의 온몸을 끈적끈적하게 쓰다듬었다.

그렇게 시간이 흘러갔고 술자리가 파했다. 이제 2차의 시간이다.

이번에도 알아서 대령한다. 박용준은 즐겁게 즐기기만 하면 된다. 이것이 권력이다.

"황제보다 귀한 분이니 잘 모셔라."

피기광의 떠밀림에 못 이기는 척 나타샤를 데리고 미리 준비되어 있던 호텔로 향하는 박용준의 발걸음이 가벼웠다.

더도 말고 덜도 말고 오늘만 같아라.

이 얼마나 좋은 말인가. 주머니는 두둑하고 아름다운 여인이 시중을 든다.

박용준은 자신의 성공에 축배를 들었다.

호텔방에 들어선 박용준은 옷을 벗어 던졌다.

"이리 와라."

"……."

박용준은 샤워를 마치고 나온 나타샤의 새하얗고 풍만한 엉덩이를 움켜쥐었다.

*   *   *

무혁은 열심히 허리를 놀리고 있는 박용준을 인비지빌리티(Invisibility)마법으로 형체를 감추고 바라보았다.

그는 박용준을 미행한 다음 잠긴 문을 열어주는 2서클의 노크마법으로 호텔 룸의 문을 열고 들어온 참이다.

'대단해.'

다른 사람의 섹스를 가까이서 지켜본 경험이 있는 사람이 얼마나 될까.

무혁은 자신이 호텔에 잠입한 이유도 잊고 라이브 쇼를 감상했다.

'내가 가장 배우고 싶어하던 마법의 개시를 이렇게 하다니. 슬프구나.'

남자의 로망이라고나 할까?

투명인간이 되는 인비지빌리티 마법은 무혁이 가장 배우고 싶어했던 마법이었다. 그가 2서클이 되어 드디어 이 마법을 배우게 되었을 때 얼마나 기뻐했던가.

여자 목욕탕, 탈의실 등등 수많은 장소가 떠올랐었다. 결국 실행에 옮기지는 못했지만 뜻하지 않게 박용준과 백인 여인의 섹스를 본의 아니게 엿보게 된 무혁의 심정은 오묘한 것이었다.

'일을 하자, 일을 해. 한참 크라이막슨데 조금 미안하기는 하네. 그건 그렇고 어떻게 한다.'

그가 나타가기에는 여자가 걸렸다. 잠시 망설이던 무혁은 곧바로 결정을 내렸다.

'인비지빌리티 마법을 계속하기에는 마나가 달려. 그리고 저 여자는 외국인이잖아. 상관없어.'

여인 위에 올라탄 박용준의 허리놀림이 점차 빨라지자 거기에 맞추어 여자의 신음도 절정으로 치닫고 있었다. 하지만 이상하게도 여인의 눈은 마치 초점이 없는 것처럼 풀려 있었다.

사실 무혁은 처음에는 박용준에게 적대감이 크지 않았다. 어쩌면 당연한 일이었다. 무혁은 박용준에 대한 안 좋은 이야기를 들었지만 자신이 직접 경험하거나 목격한 일은 전무했다.

하지만 며칠 동안 박용준을 파멸시키기 위해 그의 뒤를 미행하면서 철저히 이중적인 그의 행동에 환멸을 느끼고 있었다.

박용준은 철저한 이중생활을 하고 있었다. 그는 용산의 한 서민 아파트에서 홀아비로 생활하고 있었다. 그가 벌어들이는 돈에 비하면 박용준의 생활은 검소함 그 자체였다.

무혁도 처음에는 그에 대한 소문이 잘못된 것이 아닌가 하는 고민을 했다.

하지만 진실은 추잡했다. 그가 그 사실을 알게 된 것은 박용준이 숨겨놓았을 비밀장부를 찾기 위해 그의 집에 잠입했을 때였다.

박용준의 부인과 딸 두 명은 캐나다에 살고 있었다. 그리고 이미 영주권까지 취득한 상태였다. 박용준은 그가 벌어들이는 돈 대부분을 캐나다로 송금하고 있었다.

무혁은 박용준과 그의 여동생 간의 통화를 듣고 기겁할 뻔했다. 부인과 딸과 함께 캐나다에 유학을 간 그의 여동생은 부인의 감시역이었다.

박용준은 혹시라도 부인이 딴생각을 할까 봐 두려웠던 것이다. 그가 보내는 돈의 대부분은 혈육인 여동생에게 입금되었고, 부인에게는 생활비조로 약간의 금액만이 송금되고 있었다. 게다가 더 웃긴 것은 부인과 딸이 사는 집도 여동생의 명의로 되어 있다는 사실이다.

무혁이 엿듣기로는 박용준의 부인은 남편에 대해 직업 빼고는 아무것도 모르고 있었다. 박용준은 부인에게는 성실히 돈을 벌어 아끼고 아껴서 아이의 유학을 돕는 멋진 남편으로 인식되고 있었다.

아이러니한 점은 부인과 두 자녀를 캐나다로 보낸 주제에 박용준은 의처증을 가지고 있었다.

의처증을 가진 사람은 결코 부인과 이혼할 생각을 못하는 법이다.

한국에서 혹시나 있을 사태에 대비해 캐나다로 돈을 빼돌리고, 수많은 여자들과 질펀하게 놀아나면서도 부인이 자신을 떠날까 항상 두려워하는 이중적인 사고방식의 소유자가 바로 박용준이란 남자였다.

날마다 적어야 하는 장부라 그의 곁에 있을 것이라는 무혁의 예상은 틀어졌다. 집에는 비밀장부가 없었다. 무혁은 계속 박용준의 뒤를 미행하는 수밖에 없었다.

하지만 이제는 더 이상 참기 힘들었다. 분통이 터졌다. 무혁은 박용준이 하루라도, 아니, 단 1초라도 행복한 것을 두고 볼 수 없었다. 무혁의 눈에 비친 박용준은 그만큼 개자식이었다.

마음을 다잡은 무혁은 인비지빌리티 마법을 해제했다. 인비지빌리티 마법을 사용하고 있는 동안에는 다른 마법을 사용할 수 없다.

무표정한 얼굴로 자신의 위에 올라타 있는 박용준을 무시하면서 문 쪽을 바라보고 있는 백인 여자의 표정이 변했다.

허공에서 느닷없이 남자가 나타난 것이다. 얼마나 놀랐는지 여인은 비명조차 지르지 못하고 그 큰 눈을 동그랗게 뜨고 무혁을 바라보고 있었다.

여인이 자신을 보고 있는 줄 모르는 무혁은 박용준에게 자신이 나타났음을 알리는 수고를 해야 했다.

그가 모습을 드러냈는데도 박용준은 전혀 눈치를 못 채고 있었다.

무혁은 일단 헛기침을 하기로 했다.

"흐흠."

효과가 없다. 박용준이 얼마나 섹스에 집중하고 있는지 모르지만 황당하다.

무혁은 슬슬 열이 나기 시작했다.

"야! 이 자식아, 그만해!"

결국 무혁은 못 참고 고함을 질렀다.

그의 고함 소리가 방아쇠라도 됐는지 여인이 비명을 질렀다.

"꺄악~!"

"넌 누구냐?"

박용준도 이제야 무혁을 발견했다.

그는 그래도 여자처럼 고함을 지르지 않았지만 놀라기는 마찬가지로 보였다.

"나? 알아서 뭐하게?"

"……."

무혁은 시트를 뒤집어쓰는 여인을 살짝 쳐다보면서 박용준의 질문에 퉁명스럽게 대답했다.

여인은 백옥같이 하얀 피부와 비단처럼 나풀거리는 금발을 가진 여자다. 무혁은 여인과 눈이 마주치자 죄라도 진 것처럼 얼른 눈을 피했다.

박용준은 뜻밖의 대답에 어안이 벙벙했다. 누구라도 그러할 것이다. 느닷없이 호텔 방에 나타나서 이 자식, 저 자식 하더니 누구냐고 묻자 알아서 뭐하냔다. 당황스럽지만 그래도 박용준은 곧 죽어도 경찰이었다. 화가 났다. 박용준은 무혁에게 삿대질을 하면서 큰소리를 치기 시작했다.

"너 내가 감히 누군 줄도 모르고 어디서 도둑질이냐?"

박용준은 무혁이 도둑이라고 생각하고 있었다.

"웃기고 있네. 하지만 너의 말이 맞을지도 몰라. 난 지금부터 도둑질을 할 거거든."

박용준의 모든 것을 앗아가려고 계획하고 있으니 그의 말이 틀린 것은 아니다. 무혁은 쿨하게 박용준의 말에 동의했다.

힘이라는 것은 좋은 것이다. 1년의 수련을 거친 무혁은 행동과 언행에 여유가 넘쳐흐르고 있었다.

무혁의 말을 들은 박용준이 벌떡 일어났다. 무혁은 박용준을 외면했다. 그의 중심에서 덜렁거리고 있는 물건을 차마 볼 수 없어서였다. 그의 물건은 아직도 힘을 잃지 않고 꼿꼿하게 서 있었다.

'비아그라라도 처먹었나. 사람이 나타나면 자동으로 쪼그라들어야 정상 아냐?'

무혁의 예상처럼 박용준은 비아그라의 예찬자였다. 빼놓지 않고 하는 운동으로 40대 중반의 나이에 걸맞지 않은 단단한 근육을 자랑하고 있었지만 정력만은 그가 마셔대는 술과 기름기 많은 안주 덕분에 상황이 조금 달랐다.

그래서 박용준은 불법으로 비아그라를 거래하는 조직으로부터 정기적으로 베트남이나 중국산이 아닌 미국산 정품 비아그라를 공급받고 있는 중이었다.

박용준은 무혁의 손에 아무것도 들려 있지 않다는 사실에 주목했다. 무기도 없는 도둑쯤은 그가 충분히 처리할 수 있었다.

그는 무혁을 잡으려고 몸을 움직였다. 감히 자신의 즐거운 시간을 방해한 놈이었다. 그런 놈은 충분히 혼을 내주는 것이 마땅했다.

정식으로 도둑을 잡아 절도 현행범으로 경찰에 넘길 수는 없다. 아무리 자신의 뒤를 봐주는 사람이 많다고 해도 엄연히 유부남인 그가 호텔에서 백인 여성과 성매매를 했다는 추문이 돌게 할 수는 없는 일이다.

그래도 저놈을 혼내줄 방법은 많았다. 그가 호형호제하는 조직은 한두 개가 아니었다. 그 조직들은 저런 조무래기 좀도둑 정도는 쥐도 새도 모르게 처리할 수 있는 능력이 있었다.

무혁은 자신을 덮쳐 오는 길우영에게 메모라이즈 해놓은 마법을 사용했다.

메모라이즈는 사용하고자 하는 마법을 일출이 일어나는 시간에 맞추어 미리 자신의 마나로드에 기억시켜 놓는 행위를 뜻한다. 그렇게 되면 한 서클 아래의 마법까지는 긴 주문을 외워야 하는 제약에서 벗어나 시동어만으로 마법을 사용할 수 있다. 하지만 자신의 서클은 주문을 모두 외워야 하는데는 변화가 없다.

"그리스."

얼마 전에야 겨우 겨우 4서클에 도달한 무혁은 마찰을 0으로 만드는 3서클의 마법 '그리스'를 메모라이즈의 힘을 빌려 시동어로만 발동시킬 수 있었다.

스으으윽~!

꽝~!

"커억!"

침대에서 뛰어내려 통로 쪽에 서 있던 무혁에게 달려오던 박용준이 보기 좋게 다리부터 허공으로 들려지며 뒤로 벌렁 나가떨어졌다.

그래도 튼튼한 몸인지라 다시 몸을 일으키던 박용준은 아직 효과가 남아 있는 그리스 마법 덕분에 다시금 고꾸라졌다.

"이… 이런 개 같은……."

뒤통수를 어루만지며 일어서던 박용준은 넘어진 이유를 자신의 부주의에서 찾았다.

무혁은 빙긋 웃으며 빙판에 처음 올라간 초보 스케이터처럼 휘적대고 있는 박용준에게 다음 마법을 사용했다.

"홀드 퍼슨!"

벌거벗은 채로 기괴하게 일어나고 넘어지는 꼴을 반복하던 박용준이 그대로 굳었다.

홀드 퍼슨은 3서클의 마법으로 개인을 꼼짝 못하게 굳게 하는 마법이다.

그리고 그동안 꾸준한 연습으로 급격하게 움직이는 사람이나 흥분한 사람에게 슬립마법이 잘 먹혀들지 않는다는 것을 알게 된 무혁이 대인용으로 가장 중점적으로 연습한 마법이기도 했다.

길우영이 박용준을 응징하려는 무혁에게 충고한 방법은 노예의 징표였다.

하지만 너무 아까웠다. 그리고 무혁은 박용준을 노예로 만드는 것이 싫었다. 박용준이 노예가 된다면 그는 절망도, 좌절도 느끼지 못한 채 모든 것을 무혁에게 기꺼이 바칠 것이다.

하지만 길우영의 설명이 이어지자 무혁도 고민했다.

"복수를 하려면 박용준이 마냥 너의 노예로 있으면 안 되겠지. 그놈을 조종해서 돈을 빼앗고 비리를 폭로하게 만든 다음 그가 파멸하고 나면 노예의 징표를 없애주면 되지. 안 그래? 노예를 만드는 방법이 있으면 분명 풀어주는 방법도 있을 것 아냐."

분명 맞는 말이다. 하지만 길우영이 모르는 사실이 한 가지
있었다. 무혁도 구태여 그 사실을 말해주지 않았다.

그것은 바로 징표의 숫자였다. 아스란의 주머니 속에 들어
있던 노예의 징표는 단 여덟 개! 징표는 한번 사용하면 재활
용이 불가능했고 거기다 제조에 필요한 금속이 지구에서 나
는 금속인지 아닌지도 몰랐다.

벌써 채인호를 비롯한 4인조를 노예로 만드는 데 네 개의
징표를 사용했고, 만일에 대한 대비로 길우영과 명식에게 각
각 한 개씩의 징표를 끼웠다. 그리고 남은 것은 단 두 개에 불
과했다.

"편하긴 하지만 그래도 아껴야겠어. 지금 당장은 더 만들
수도 없는데……."

무혁은 자신의 방법대로 하기로 결정했다.

아무리 생각해도 노예의 장표는 박용준 같은 하찮은 인간
에게 채우기는 너무 귀중한 물건이다.

"뭐, 숫자만 많다면 세계를 정복하는 것도 일도 아닐 텐
데……."

무혁의 말마따나 노예의 징표를 풀어낼 수 있는 마법사가
없는 지구다. 무혁이 중요한 위치에 있는 사람들을 차례로 노

예로 만든다면 그가 지구를 정복하는 것도 문제가 아닐 것이다.

"나중에 생각할 문제고……."

무혁은 여전히 딱딱히 굳어서 공포에 질린 눈으로 엎드려 있는 박용준을 바라보았다.

사람이란 참으로 이상한 존재다. 박용준은 다른 사람의 고혈을 먹고사는 기생충과 같은 존재다. 그런 박용준이 꼼짝도 못하고 있다. 그의 목숨은 무혁에 달렸고, 무혁은 언제라도 그의 목숨을 거둘 수 있다. 하지만 그런 것은 복수가 아니다.

박용준을 바라보는 무혁의 눈이 싸늘했다.

무혁은 4서클에 오르고 나서 많은 정신적 변화를 겪고 있었다.

그 변화는 각성이라고도, 힘에 대한 자각이라고도 말할 수 있는 성질의 것이었다.

무혁은 힘에 대한 자각을 바탕으로 사물과 현상을 여유를 가지고 객관적으로 볼 수 있는 능력을 키우고 있는 중이었다.

무혁은 흥분해서 처음 세웠던 계획을 망쳤지만 재빠르게 해결 방법을 찾아나갔다.

그리고 잠시 후 방법을 찾아냈다.

박용준은 아버지를 눈물 나게 한 나쁜 놈이다. 게다가 강간범의 협박에서 보호를 요청했던 여자를 되레 강간하고 협박까지 했던 피도 눈물도 없는 파렴치한이다.

그런 나쁜 놈에게 인간적인 대우는 사치다.

그리고 그런 놈에게 몸을 파는 외국인 여자도 무혁이 생각하기에는 결코 정상적으로 보이지 않았다. 무혁이 생각해 낸 방법은 매우 비열했지만 효과적일 것이다.

무혁이 생각해 낸 방법은 성행위 사진으로 그를 협박하는 것이었다.

외국인 여자에게 약간의 양심의 가책도 생겼지만 무혁은 의도적으로 그 사실을 무시했다.

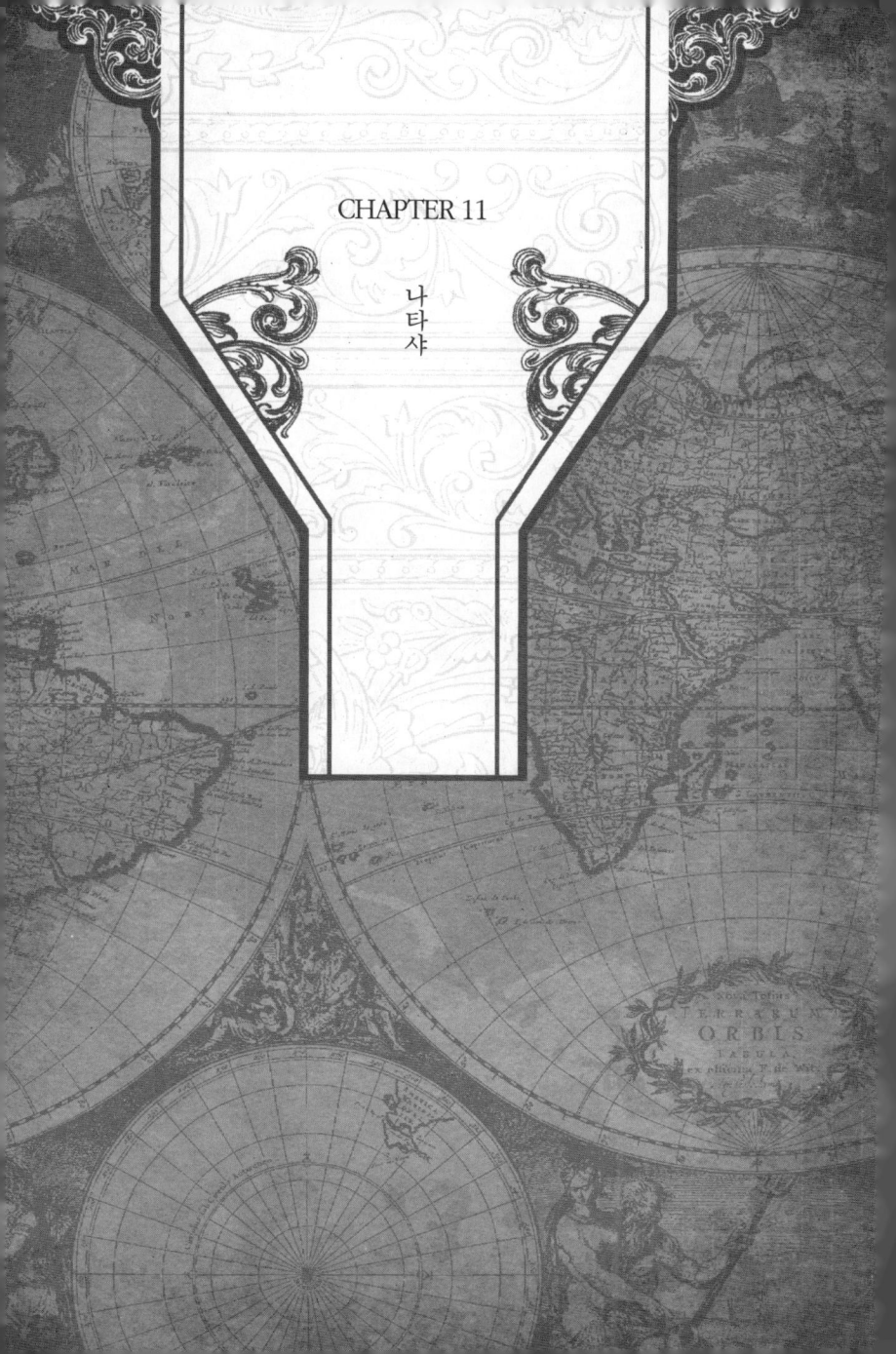

CHAPTER 11

나
타
샤

"잠깐만요."

나타샤는 망설임 끝에 더듬거리는 한국말로 무혁을 불렀다.

나타샤의 눈에는 무혁이 마치 이슬람교의 예언자 마호메트의 환생이나 마호메트에게 알라신의 가르침을 내려준 가브리엘 천사처럼 보이고 있었다.

그가 거짓말처럼 허공에서 툭 튀어나오는 모습을 나타샤는 똑똑하게 두 눈으로 목격했다. 그것만으로도 놀랄 일인데 피기광이 왕처럼 모시라고 했던 박용준을 어린아이처럼 다루더니 돌처럼 굳게 만들었다.

'신비한 사람! 저분은 예언자의 사도나 천사님이 틀림없어.'

나타샤는 자신이 처한 지옥같은 현실에서 벗어나고 싶어했고, 그런 열망이 무혁이 등장할 때의 충격적인 모습과 어우러져 그가 자신을 구원해 주리라 철석같이 믿어버렸다.

그녀는 무혁을 자신을 지옥에서 꺼내주려고 나타난 천사라 여기고 있었다.

"천사님, 절 도와주세요. 제발 절 구원해 주세요."

나타샤가 한국에 온 지 겨우 1년. 그녀의 나이는 한국 나이로 겨우 20세다. 정상적인 교육을 받지 못했으니 그녀가 할 수 있는 말이라고는 룸살롱의 동료들에게 배운 띄엄띄엄한 한국말이 전부였다.

나타샤는 다급한 마음에 고향인 키르기스스탄의 공용어인 키르기스어로 애원했다. 하지만 한국 남자가 키르기스어를 알 턱이 없다. 자신을 멍하니 보고 있는 남자의 표정에서 그 사실을 깨달은 나타샤는 다시 러시아 어로, 그다음에는 그녀가 아는 한국어를 총동원해서 울면서 무혁에게 매달렸다.

나타샤의 생각대로 무혁이 천사라면 그녀가 어떤 말로 해도 알아들어야 한다. 하지만 다급한 나타샤에게 그런 사실 따위가 떠오를 리 없다.

"……."

황당한 것은 무혁이었다.

무혁은 나타샤의 생각과는 달리 그녀가 말하는 모든 말을 알아들을 수 있었다. 물론 손에 차고 있는 통역마법 팔찌 덕분이다. 하지만 언어를 알아듣는 것과 그 말에 공감하는 것은 전혀 다른 문제였다.

무혁은 알몸으로 자신에게 매달리는 나타샤의 행동을 이해할 수 없었다. 무혁도 수많은 러시아, 중앙아시아 여자들이 한국에 공연비자나 관광비자로 와서 매춘을 한다는 사실을 알고 있었다.

당장 길을 걷다가도 러시아 백마 00명 상시대기라는 입간판을 손쉽게 볼 수 있는 곳이 서울이다. 회사에 다닐 당시 동료들과 나이트클럽에 갈 기회가 있었다. 나이트클럽에서 춤을 추는 무희들은 전부 이 여자와 같은 러시아 여자들이었다. 그리고 그 무희들이 적당한 금액만 지불하면 몸을 판다는 사실은 비밀 아닌 비밀이었다.

무혁은 기본적으로 평범한 대한민국의 남자다. 그런 그에게 몸을 파는 여성에 대한 평가가 호의적일 리 만무했다. 그래서 조금 전 박용준을 파멸시키기 위한 계획에 그녀를 포함시킨 것이다.

그가 생각해 낸 방법은 나타샤와 배용준이 성행위를 하는 장면을 사진으로 찍고 그것으로 협박을 하는 방법이었다. 그가 생각하기에 상당히 가능성이 높은 방법이었다. 그가 부인에게 사진들을 보낸다면 박용준은 이혼당할 것이다. 부인이 딴마음을 먹을 것이 두려워서 여동생을 감시자로 딸려 보낼 정도의 남자다. 박용준은 기겁할 것이 분명했다.

'어떻게 한다.'

그냥 외면하기에는 나타샤의 표정이 너무 안쓰러웠다.

무혁은 알몸으로 자신의 발을 부여잡고 있는 나타샤를 바라보았다. 기본적으로 화장이 진하다. 게다가 립스틱이며 마스카라 같은 색조 화장품이 조금 전 섹스를 하면서 흘린 박용준의 땀에 번져 엉망이었다.

몸을 파는 여자들은 진한 화장으로 자신의 얼굴을 감추고 싶어 한다. 그래서인지 안 그래도 진한 이목구비를 가진 나타샤의 화장 번진 얼굴이 슬퍼 보였다.

저 여자는 무슨 사연이 있을까. 생판 처음 보는 나에게 무엇을 부탁하고 싶은 걸까.

무혁은 여인의 이야기를 들어보기로 결정했다.

"차근차근 이야기를 해봐요. 내가 도와줄 수 있는 일이라면 도와줄게요."

나타샤는 무혁이 키르키즈어로 물어오자 갑자기 눈물이 쏟아졌다.

그녀가 그렇게도 벗어나고 싶어하던 조국 키르키즈스탄이
다. 하지만 한국에서 고국의 언어를 듣는 순간 자신도 모르게
눈물이 나왔다. 이유는 설명할 수 없었지만 나타샤는 흘러나
오는 눈물을 멈추기 힘들었다.

무혁은 잠자코 욕실로 가서 비치되어 있던 수건에 물에 적
서 나타샤에게 건네주었다.

"닦아요."

나타샤는 무혁이 건네준 물수건으로 얼굴을 닦았다.

'헛! 무지 예쁘잖아. 그건 그렇고 나이가 무척 어려 보이는
데……'

백인 여성은 일찍 성숙하고 일찍 노화한다는 것이 정설이
다. 하지만 나타샤는 예외였다. 그녀는 술에 찌들어 피부의
상태가 안 좋기는 하지만 20세의 꽃다운 외모를 그대로 간직
하고 있었다.

어느 정도 정신을 가다듬은 후 털어놓는 나타샤의 이야기
는 어쩌면 슬프고 어쩌면 어이없는 그런 종류의 이야기였다.

그녀는 키르키즈스탄 출신이다. 키르키즈스탄의 정식명칭
은 키르키즈스탄 공화국(Republic of Kyrgyzstan)이며, 키르키
즈스탄은 '키르키즈인(人)의 나라' 라는 뜻이다.

키르키즈스탄은 북쪽으로 카자흐스탄, 서남쪽으로 타지키
스탄, 서쪽으로 우즈베키스탄, 동남쪽으로는 중국과 국경을

맞대고 있는 중앙아시아 북부의 내륙 국가다.

산과 하천에 의한 지형의 변화가 많은 산악국으로 '중앙아시아의 스위스'라는 별칭을 가지고 있을 정도로 아름다운 나라이기도 했다.

나타샤는 키르키즈스탄에서도 가장 아름답기로 소문난 이식—쿨 호수 북부의 호반도시 프로그래스 인근 시골마을에서 태어났다.

그녀가 태어난 마을은 북쪽으로는 천산산맥의 만년설이 보이고 남쪽으로는 한없이 넓고 평화로운 제주도 넓이의 광활한 면적을 자랑하는 이식—쿨 호수가 내려다보이는 아름다운 마을이었다.

나타샤가 대한민국에서의 삶을 꿈꾼 것은 단 한 편의 드라마, '겨울연가' 덕분이었다.

한류의 바람을 타고 키르키즈스탄에서도 겨울연가니 주몽이니 하는 드라마가 선풍적인 인기를 끌었고 그녀는 대한민국이란 나라의 아름다움과 풍요로움에 빠져들었다.

이슬람교를 믿는 인구가 80퍼센트에 달하는 나라답게 나타샤의 종교도 이슬람이었다. 그녀는 마을에서 결혼한 여자들의 삶이 끔찍이도 싫었다.

마을의 여자들은 결혼을 하면 평균 새벽 4시에 일어나 집안일을 해야 한다. 이슬람교의 영향과 키르키즈인의 원류인

유목민 특유의 가부장적 풍습 덕분이다.

나타샤가 한국 드라마에서 비쳐지는 한국의 생활 모습에 빠져든 것은 어쩌면 당연한 일일지도 몰랐다.

어쨌든 궁핍했지만 행복한 나날이었다. 그리고 그녀가 16세가 되는 생일에 그녀의 행복이 끝났다.

나타샤의 마을에서 여자는 16세가 되면 결혼을 한다. 그녀의 부모는 옆 마을의 청년과 나타샤의 결혼을 결정했다. 그리고 그 소식을 들은 다음날 새벽 나타샤는 가출을 감행했다.

키르키즈스탄은 중앙아시아에서도 가장 낙후된 나라에 속한다. 인구도 겨우 500만 명 정도에 지나지 않는다. 그녀가 도착한 수도 비슈케트도 대한민국으로 따지자면 서울의 한 개 구 정도의 넓이밖에 안 되었고 규모는 지방 소도시 정도일 뿐이었다. 그런 곳에서 시골 출신의 그녀가 할 수 있는 일은 매우 한정적이었다. 그래도 나타샤는 희망을 잃지 않았다. 그리고 다행스럽게도 그녀 나이 또래의 여자들이 쉽게 빠져드는 매춘을 하지도 않았다.

가까스로 서빙과 옷가게 종업원으로 취직해 생활을 해나가던 나타샤에게 행운이 찾아왔다.

대한민국으로 가기 위한 방법으로 등록했던 국제결혼사무소에서 그녀를 보고 싶다는 연락이 온 것이다. 사실 자신이 선택될 거라는 생각은 없었다. 그녀가 대한민국의 기준으로 보면 매우 아름다운 외모를 가지고 있다는 것은 사실이지만 그녀의 나라에서는 그다지 뛰어난 외모도 아니었고 키도 작았다.

게다가 국제결혼을 하려는 여자들은 기본이 대학졸업에 직업도 의사부터 변호사, 선생 등 키르기스스탄에서도 최고의 위치에 있는 여자들이 대부분이었다.

"그리고 그 남자를 만났어요. 지금의 남편이었죠."

우락부락한 외모에 짧게 깎은 머리가 조금은 거슬리기도 했지만 그녀는 자신을 선택해 준 한국 남자와 결혼을 하기로 결정했다.

그리고 남자와 만난 지 단 3일 만에 결혼식을 했다. 그녀가 가출한 후 한 번도 보지 못한 부모들은 현재의 남편이 건네준 지참금 1,000달러를 감사히 받는 것으로 부모의 도리를 끝마쳤다.

결혼한 남편이 한국으로 돌아가고 그가 정식으로 서류를 갖추어 초청을 하는 것으로 그녀가 꿈꾸던 대망의 대한민국 행이 실현됐다.

남편이 한국으로 돌아가고 초청장을 보낼 때까지의 몇 달을 얼마나 초조하게 기다렸던가. 한국까지 직항편이 없는 관계로 카자흐스탄을 경유해 인천공항에 도착했고, 그녀를 기다리던 남편의 모습을 발견했을 때의 감격은 무엇과도 바꿀 수 없는 것이었다.

그리고 그날부터 그녀에게 지옥이 시작됐다.

남편이 가져온 노트북으로 보여준 아름다운 아파트의 영상은 그의 친구 집을 찍어온 것이었고, 그는 몇 평 안 되는 원룸에서 월세로 생활하고 있었다.

남편은 온라인게임을 광적으로 좋아했고, 그중에서도 온라인게임의 꽃이라고 할 수 있는 엘프란 캐릭터를 좋아하는 남자였다. 그는 자신의 판타지를 돈을 주고 살 수 있는 창녀가 아닌 현실에서 이루길 원했고 실행에 옮겼다.

그런 그에게 나타샤는 처음부터 부인이라는 인격체가 아닌 성적노예나 다름없었다.

솔직히 말해서 처음에는 남편의 성벽쯤이라면 견딜 수 있다고 생각했다. 자신이 꿈에도 그리던 대한민국에서 살 수 있는 대가쯤으로 치부하기로 마음먹은 것이다.

그녀의 눈에 비친 대한민국은 풍요로운 사회였다.

구소련이 몰락한 후 독립한 키르키즈스탄은 완벽하게 중세로 돌아간 것 같은 정체된 나라였다. 그런 나라에서 살다온 나타샤의 눈에는 대한민국 서울의 휘황찬란한 네온과 화려한 옷들, 그리고 원룸을 채우고 있는 눈이 번쩍 뜨이는 가전제품들만으로도 자신이 겪는 생활에 대한 충분한 보상이 되었다. 그래서 나타샤는 남편이 자신의 몸을 온갖 변태적인 방법으로 탐닉하는 것은 충분히 참을 수 있었다.

하지만 남편은 어느 정도 자신의 판타지가 채워지자 그녀와 결혼하기 위해 쓴 돈에 대한 본전이라도 생각났는지 그녀를 자신이 아는 업소로 내보내기 시작했다.

비로소 알게 된 사실이지만 남편의 직업은 코리안 마피아, 즉 조폭이었다.

나타샤는 한국에 온 이후 처음으로 남편에게 반항했다. 이슬람교를 믿는 그녀에게 남편에게 대한 반항이란 있을 수 없는 행동이었다. 하지만 그런 규율을 잊을 만큼 그녀는 절박했다. 이슬람에서 매춘은 지옥으로 가는 급행열차표를 손에 넣은 행위나 다름없었다.

그것만이 아니다. 나타샤는 엄연한 유부녀였다. 처녀의 매춘보다 더욱 나쁜 행위가 유부녀의 간통이었다. 그녀의 나라에서는 재수없으면 돌에 맞아 죽을 일인 것이다.

하지만 남편은 그녀에게 말을 듣지 않으면 이혼하겠다고 협박했다. 그녀에게 이혼하고 다시 키르키즈스탄으로 돌려보내겠다는 말은 죽으라는 말과 같았다.

국제결혼을 하고 2년이 지나면 대한민국의 국적을 신청할 수 있다. 하지만 어디까지나 남편의 도움이 필요했다. 그녀는 어쩔 수 없이 남편의 말을 따를 수밖에 없었다.

"개새끼!"

무혁은 욕설을 내뱉었다.

"내가 해결해 드리겠습니다."

대한민국 남자로서 책임감이 들었다.

"걱정 마세요."

진심을 이야기하자면 무혁의 장담에는 나타샤가 예쁘다는, 그것도 무척이나 예쁘다는 사실이 한몫했다.

하지만 무혁이 나타샤에게 한 말만은 진심이었다. 무혁은 남편이란 작자에게 무척이나 화가 나 있었다.

'이놈이고, 저놈이고.'

말은 쉬웠으나 어떻게라는 측면으로 돌아보면 해답이 막막했다.

'어쩔 수 없잖아. 남편이란 놈과 강제로 이혼시키면 되겠지. 아니지 그렇게 되면 나타샤는 키르키즈스탄으로 돌아가야 되잖아.'

나타샤는 결코 자신의 나라로 돌아가고 싶은 생각이 없다고 했다. 그녀가 한국에 남아서 하고 싶은 것이 무엇인지는 모르지만 무혁은 그녀의 소망을 들어주고 싶었다.

사실 무혁은 키르키즈스탄이란 나라에 대해서 조금 전 나타샤에게 들은 내용을 빼면 아는 것이 전무했다. 그래서 그는 막연하게 구소련에 속해 있다 독립한 나라. 그래서 독재와 부패가 만연한 낙후된 국가 정도로 치부하고 있었다.

사실 낙후되었다는 그의 생각도 틀린 것은 아니다.

1991년 구소련으로부터 독립한 후 집권한 아카예프 전 대통령의 권위주의적 통치 및 2005년 2, 3월간 두 차례에 걸쳐 실시된 총선 부정선거가 일어났다. 그에 대한 반발로 남부 일원을 중심으로 2005년 3월 대규모 대중 소요인 튤립 혁명이 발발했다. 그래서 일시적 정정 불안 상태가 유지되기도 한 것은 사실이다.

하지만 튤립 혁명의 주도세력이던 바키예프 권한 대행이 2005년 7월 10일 실시된 대통령 선거에서 89% 득표로 대통령에 당선되자 정국은 안정되었다. 게다가 그가 연임에 성공하면서 키르키즈스탄은 중앙아시아 국가로서는 드물게도 안정된 정치상황을 가지고 있는 나라였다.

"옷을 입어요."

무혁은 나타샤가 옷을 입도록 등을 돌려주었다.

'흐흐. 그런 방법이 있었어.'

무혁은 길우영을 떠올리고 있었다. 일 년 동안 시간이 날 때마다 대화를 하고 호신술로 무혁이 우영에게 호신술을 배우면서 부쩍 가까워졌다.

'형도 외로운 처지고, 이 정도 여자면 감지덕지지 뭐. 일단 예쁘고 어리잖아. 흠. 직업이 문제가 될라나? 뭐 어때. 예쁘면 모든 것이 용서되는 것이 이 세상 이치야.'

길우영은 모태솔로다. 그러니 깡패와 나타샤를 이혼시키고 나타샤를 다시 길우영과 결혼시키면 된다. 무혁은 자신의 생각이 무척 마음에 들었다. 물론 그 생각에는 길우영의 입장 따위는 조금도 안중에 없었다.

'역시 난 똑똑해.'

무혁이 똑똑하다고 생각하는 것과는 별도로 다시 문제가 발생했다. 그가 생각했던 성행위 사진으로의 협박이 불가능해진 것이다.

'강행 돌파!'

이젠 단 한 가지 방법뿐이다. 무혁은 나타샤에게 말했다.

"내가 데리러 올 때까지 여기서 기다려요."

나타샤의 눈에 불안감이 서렸다. 하지만 달리 방법이 없었다. 그녀는 무혁에게 매달리는 형편이었다. 고개가 힘들게 끄덕여졌다.

무혁은 나타샤에게 욕실로 들어가 있으라고 말했다. 조금 전은 어쩔 수 없었지만 나타샤에게 자신이 마법을 사용하는 광경을 보여서 좋을 것은 없었다. 그녀가 의아한 표정으로 욕실로 들어가자 박용준을 침대 시트에 둘둘 말아 인비지빌리티 마법을 시전했다.

"걱정 말고 기다려요, 꼭 올 테니까."

나타샤는 무혁이 그냥 떠날까 봐 두려워하고 있었다. 무혁은 그녀를 안심시켰다.

무혁이 박용준을 데리고 다시 나타난 곳은 호텔 뒤편의 인적이 드문 산중이었다. 그리고 박용준의 지옥이 시작됐다.

박용준은 자신이 처한 상황이 믿겨지지 않았다.

자신을 납치한 남자는 자신을 던져놓고서 허공에다 손을 들더니 이상한 말을 읊조렸다.

"디그!"

눈에 보이지 않는 포클레인이 땅을 파내는 것처럼 큼지막한 구덩이가 생겨났다.

박용준은 딱딱하게 굳은 몸으로 그 장면을 보았다. 그는 믿을 수 없는 현상의 연속에 질려 있는 상태였다.

"실드!"

다음으로 무혁이 선택한 마법은 실드였다.

실드가 박용준의 몸에 씌워지자 무혁은 가차없이 그를 발로 차 구덩이에 밀어 넣었다.

"딥인!"

다시 투명한 포클레인이 작동하는 것처럼 파내진 구덩이가 메워졌다.

박용준은 산 채로 생매장된 것이다.

무혁은 투시마법으로 박용준의 상태를 살피기 시작했다. 박용준을 죽일 의도는 없었다. 그저 박용준이 자신의 말에

고분고분해질 때까지 공포를 안길 셈이다. 실드를 친 이유도
그래서였다. 실드는 공기가 통한다. 무혁은 땅속에 파묻힌
박용준이 실드 안의 공기만으로 충분하게 공포를 느끼길 원
했다.

박용준이 그 상황에서 기절하지 못한 것은 어쩌면 불행이
다.

그는 자신의 몸을 흙이 뒤덮는 것을 두 눈으로 목격했다.
남자가 만든 걸로 보이는 뿌연 막이 자신을 덮고 있는 덕분에
흙은 자신의 몸에 닿지 않았다. 안도하던 박용준은 이내 사태
가 심각하다는 사실을 깨달았다.

뿌연 막 안에 있는 산소가 사라지면 자신은 생매장당한다
는 사실을 알아차린 것이다.

잠시의 공황상태가 지나고 숨이 가빠오기 시작했다.

"컥~! 커억!"

손발이 저리고 입술이 떨려왔다.

그리고 하늘이 보였다.

"견딜 만해?"

무혁이 박용준에게 걸린 모든 마법을 취소한 후 물었다.

"……."

"난 상관없어, 시간도 많고."

다시 한 번 생매장된 박용준은 공기가 얼마나 고마운 존재

인지 태어나서 처음으로 인식했다. 그 인식은 행동으로 나타났다.

"살려주십시오."

알몸의 중년 남자가 무릎을 꿇고 비는 모습은 추했다.

무혁은 다시 한 번 박용준을 생매장했다.

박용준은 무혁이 원하는 답이 있다는 사실을 깨달았다. 그는 필사적으로 무혁이 원하는 답을 생각했다.

'한두 가지여야지.'

이번은 좀 더 견디기 힘든 한계까지 땅속에 있었다. 더는 참을 수 없다. 이미 하복부는 그가 공포에 못 이겨 배설한 오물로 엉망인 상태다.

"뭐든지 하겠습니다."

이번은 맞는 답인 것 같았다.

"잘 봐!"

"……."

무혁은 윈드 커터 마법으로 소나무 세 그루를 단숨에 잘라냈다. 공포에 이은 무력시위였다. 무혁은 박용준의 기를 완전히 죽일 요량이다.

쿵~!

쿠궁!

쿵!

'닝기리!'

무혁이 처음 노린 것은 소나무 한 그루다. 하지만 효과는 한 그루보다 세 그루가 좋을 것이라고 무혁은 스스로를 납득시켰다.

'하지만 연습을 더해야 해'

엉뚱한 생각을 하고 있는 무혁과는 달리 박용준은 나무가 쓰러질 때마다 자신의 목이 떨어지는 기분을 느끼고 있는 중이다.

벌어지는 상황을 이해하고 할 상황이 아니다. 그저 두려웠다. 그리고 공포가 지나치면 포기가 되는 법이다. 오늘밤 박용준은 말도 안 되는 상황에 너무 많이 노출되고 있었다.

"내 말을 듣고 안 듣고는 너의 판단에 달렸어."

이번에는 플라이 마법이다.

무혁은 허공으로 둥둥 떠올랐다.

'약장수도 아니고……'

무혁은 자신이 오버하는 것 아닌가 하는 생각이 들었다. 하지만 이 정도가 좋았다.

박용준이 혼이 빠져나간 표정으로 허공에서 지시사항을 말하는 자신을 바라보고 있는 모습을 보니 그런 생각이 더욱 굳어졌다.

        *   *   *

무혁은 나타샤를 데리고 호텔을 나왔다.

박용준은 자신의 지시를 충실히 실행에 옮길 것이다.

며칠 후면 두둑해질 자신의 금고와 불난 호떡집처럼 난리가 날 인터넷 신문의 댓글들을 생각하니 마냥 즐거워지는 무혁이었다.

연락을 받고 공장으로 찾아온 길우영은 나타샤를 데리고 온 무혁의 부주의를 질책했다.

그의 반응은 당연한 일이다. 지금으로서는 무혁의 주위에 사람이 적을수록 좋다는 것이 길우영과 무혁의 합의였다.

하지만 그런 생각도 잠시였다.

길우영은 나타샤의 미모에 놀랐고 그녀의 처지에 분노했다. 무혁의 예상은 신기할 만큼 맞아들어 갔다.

무혁의 설명을 들은 길우영은 콧김을 씩씩거리며 당장에라도 깡패 자식을 혼내주러 간다고 길길이 날뛰었다.

그러면서도 시선은 단 한순간도 나타샤에게 떨어지지 않고 있었다.

"통역해 줘."

"알았어요."

"당신의 일은 제가 책임지고 해결해 드리겠습니다. 저만 믿으시고 안심하세요."

길우영은 호언장담을 했다.

그리고 무혁의 통역을 통해 들은 나타샤의 대답은 그를 기쁘게 했다.

"감사합니다. 경찰이라고 하셨죠? 절 구원해 주시면 죽을 때까지 그 은혜는 잊지 않겠습니다. 제 모든 것을 다 바쳐서라도 꼭 보답하겠습니다."

죽을 때까지?

모든 것을 다 바쳐서 보답을?

피 끓는 노총각에게 아름다운 나타샤의 대답은 온갖 망상을 하게 만들기 충분했다.

무혁의 예상처럼 길우영에게 나타샤의 과거는 전혀 상관이 없었다.

그는 직업의 특성상 온갖 추한 남녀 간의 상열지사를 경험하고 목격한 사람이다. 그런 그에게 여자의 과거는 문제될 것이 없었다.

결국 당장에라도 뛰어나가려는 길우영을 무혁이 붙잡는 사태까지 벌어지고 일련의 소동이 마무리됐다.

길우영이 나타샤가 알려준 남편 이태석에 대한 인적사항을 들고 떠나자 공장에는 무혁과 나타샤 두 명만이 남왔다.

무혁이 살고 있는 사무실은 여자가 잠을 자기에는 불편한 곳이다. 공장 바깥의 수도꼭지 이외에는 샤워 시설도 없었고 달리 잠자리도 마련되지 않아서다.

어디 모텔이라도 잡아서 나타샤를 편하게 쉬게 하고 싶었지만 나타샤는 극구 사양했다.

"무서워요. 제발 절 따로 버려두지 마세요."

무혁은 별수없이 그녀와 하룻밤을 보내야 했다.

수도에서 몸을 씻은 무혁은 나타샤에게도 씻을 것을 권했다.

여름이 막바지지만 아직은 더운 날씨다. 나타샤는 무혁의 권유에 응했다.

차가운 지하수를 몸에 끼얹자 나타샤는 정신이 번쩍 들었다. 급작스럽게 일어난 일에 정신이 없었다. 흥분을 가라앉히자 겨우 자신의 처지를 돌이켜 볼 시간이 주어졌다.

나타샤는 여성 특유의 직감으로 무혁이 경찰이자 나이도 많은 길우영보다 우위에 있는 사람이라는 것을 알아차렸다.

'어떻게 허공에서 나타난 거지?'

무혁이 천사가 아니고 인간이라는 것은 이미 알아차렸다. 무엇보다도 무혁은 코란의 '코' 자도 모르는 사람이다.

'잘못 본 걸 거야. 아마 미리 숨어 있었겠지. 그래도 우리 나라말을 할 줄 알잖아.'

자신을 악마에게서 구해줄 사람이다. 이런 경우 어떤 보답이 있어야 하는지는 명확했다. 그리고 그 보답은 길우영이 아니라 문무혁에게 돌아가야 했다.

'길우영이란 경찰은 너무 뚱뚱해서 싫어.'

그녀가 지불할 수 있는 대가는 오직 육체뿐이었다. 그렇다면 좀 더 젊고 힘이 있는, 그리고 실질적으로 자신을 구해준 무혁에게 의지하고 싶었다.

다만 무혁은 자신에게 별 관심이 없는 눈치다. 오히려 길우영과 자신을 연결시켜 주려는 기색이 역력했다.

잠시 망설이던 나타샤는 무혁이 건네준 수건을 하반신에 두르고 가슴을 손으로 가린 다음 사무실로 향했다.

무혁은 벽에 기대어 앉아 태블릿 피씨를 보고 있었다. 무혁은 요즘 마법진 공부에 빠져 있었다.

'마법사는 나 한 명. 하지만 마법진은 사용 여하에 따라 수십, 수백 명의 마법사가 필요한 일을 할 수 있어.'

사무실 문이 열리고 인기척이 들리자 무혁은 무심코 고개를 들었다.

'헉!'

그의 눈앞으로 새하얀 나신이 보였다.

무혁이 태어나서 여자의 나신을 실제로 본 것은 이번이 두 번째다. 그리고 그 두 번 모두가 나타샤의 것이다.

반사적으로 무혁은 눈을 감았다. 하지만 남자의 본능을 이기지는 못했다. 그는 곧 실눈을 떴다.

'왜?

호기심과 함께 의문이 들었다.

당황한 무혁에게 나타샤가 다가왔다.

그녀는 무혁 앞에 앉았다. 하반신을 가리고 있던 수건은 어디론가 사라지고 없었다.

잠시 침묵의 시간이 지나갔다. 잠시 망설이던 나타샤는 얼굴을 무혁에게 가져갔다.

무혁은 숨도 쉬기 어려울 만큼 긴장했다. 급기야 나타샤의 머리카락이 그의 뺨에 스쳤다.

"안 돼요."

무혁은 고개를 돌리며 소리쳤다.

"제발~!"

나타샤가 안타까운 목소리로 무혁에게 말했다.

무혁은 나타샤의 의도를 이해했다. 하지만 그녀를 안을 수는 없었다.

무혁이 나타샤가 박용준과 섹스를 하는 장면을 목격한 지 겨우 네다섯 시간이 지났을 뿐이다. 나타샤의 설명으로 그녀에 대한 편견을 버렸다고 해도 그 기억마저 지울 수는 없는 법이다.

"무혁님~! 제발."

나타샤가 다시 무혁을 불렀다. 무혁은 그녀의 애원에 답할 수 없었다. 무엇이라고 대답할 것인가? 네가 더럽다고? 네가 싫다고? 결국 무혁은 아무 말도 하지 못했다.

"……."

그리고 그녀에게서 시선을 돌린 채로 황급히 사무실을 벗어났다.

나타샤는 무혁의 등을 초점이 풀린 눈으로 바라보았다.

난생처음 자신의 의지로 선택한 남자에게 버림받았다. 그녀의 남편도, 그리고 남편의 강요로 몸을 팔았던 남자들도 그녀가 원한 것은 아니었다.

하지만 무혁은 달랐다. 오롯이 그녀의 의지였고, 바람이었다.

무혁이 나간 사무실을 멍한 눈초리로 보던 나타샤의 표정이 변하기 시작했다.

'이럴 수는 없어. 나에게 이럴 수는 없다고.'

나타샤는 결코 로맨스 소설의 여주인공이 아니었다. 나타샤는 최소한 대한민국에서는 자신이 아름답다는 사실을 알고 있었다. 그래서 차가운 무혁의 반응은 너무도 의외였다.

자신의 존재 자체가 부정되는 느낌이다.

'모두가 남편 때문이야. 그놈이 날 더럽혔어. 하지만 내 의지가 아니었어. 난 그저 조금 편하고 안락한 삶을 원했을 뿐이야. 그놈 때문에 무혁님이 날 거부한 거야. 난 잘못없어.'

나타샤는 핑곗거리를 찾아냈다. 그녀는 모든 문제의 원인을 남편에게 돌렸다. 그리고 결심했다.

'우영님은 날 거부하지 않을 거야. 나이 어린 무혁님보다는 경찰이란 안정된 직업을 가진 우영님이 나와 어울려. 풍채도 멋지시고…….'

뚱뚱하다는 길우영에 대한 평가가 어느새 풍채가 멋진 남자로 변했다.

나타샤가 우영과 무혁을 평가하고 있을 때 무혁은 실드를 치고 앉아 있었다. 그의 피로 잔치를 벌이려는 모기들과 싸우기 위해서다.

"휴~"

답답하다. 그리고 당혹스럽다. 이유야 어찌 됐든 무혁은 젊은 남자다. 완벽하게 들어가고 나온 나타샤의 나신이 떠올랐다.

여름날의 밤은 짧다. 하지만 오늘 밤은 길고도 길 것이라는 예감이 들었다.

"휴~!"

긴긴 여름밤 동안 무혁의 한숨 소리가 달려드는 모기들의
화를 돋우고 있었다.

『21세기 황제』 제2권에 계속…

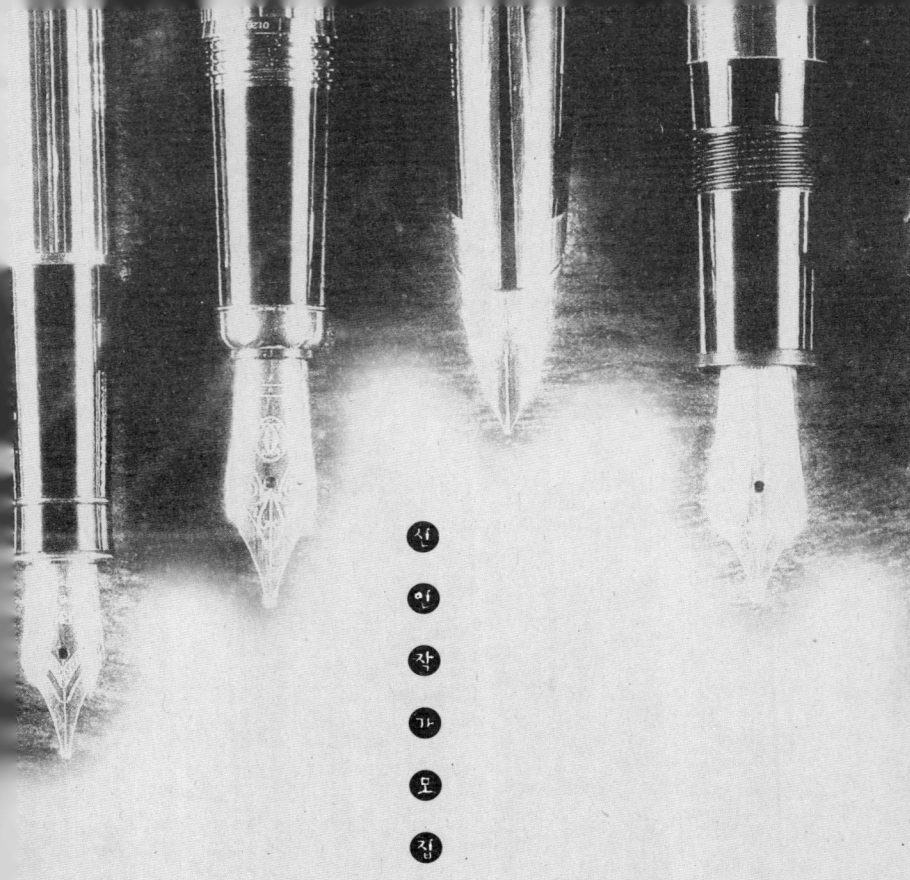

鐵山大公
철산대공

임준후 新무협 판타지 소설

「철혈무정로」,「천마겁염전」의 작가 임준후!
그가 태산처럼 거대한 남자의 이야기로 돌아왔다!

"네가 좋아하는 방식대로 살 거라.
지금까지처럼 마음이 가고 몸이 가는 대로!"

스승이 남긴 말을 가슴에 새기고 중원으로 나온 강산하.
고향으로 향하는 귀로에 하나둘씩 인연이 모여들고
어느새 그의 걸음마다 무림의 판도가 바뀌기 시작한다.

태산처럼 굳세게
산들바람처럼 유유자적하게
흔들리지 않고 올곧게 자신의 길을 걸어간
괴협 철산대공 강산하의 가슴 묵직한 일대기!

Book Publishing CHUNGEORAM

 유행이 아닌 자유추구 -
WWW.chungeoram.com

용호객잔

龍虎客棧

설경구 新무협 판타지 소설

낙양 변두리에 위치한 허름한 용호객잔.
폐업 직전까지 몰렸던 용호객잔에 복덩이,
천유강이 저절로 굴러 들어왔다.
그런데… 이 객잔 좀 수상하다?

독문병기는 낡은 주판, 중원상왕을 꿈꾸는 객잔주인, 용사등.
독문병기는 마른 걸레, 끔찍이 못생긴 점소이, 용팔.
독문병기는 식칼, 긴 독수공방 끝에 요리와 혼인한 숙수, 장유결.
독문병기는 이 빠진 도끼, 사연 많은 남장여인, 문우령.
독문병기는 얼굴, 기억을 잃어버린 절세미남 신입 점소이, 천유강.

"중원의 상왕이 되리라!"

현실감각이라고는 찾아보기 힘든
용사등의 허황된 선언이 천하를 혼란에 빠뜨린다.
바람 잘 날 없는 용호객잔의 평범한(?) 일상에
중원의 이목이 집중된다.

Book Publishing CHUNGEORAM

유행이 아닌 자유추구 -
WWW.chungeoram.com